Sabine Schumacher

Pfirsiche im Spätsommer

Roman

AF236225

Sabine Schumacher

Pfirsiche im Spätsommer

Roman

Sei schlau und hab' Dich lieb.
Du wirst Dein ganzes Leben
mit Dir verbringen.

Impressum

Bibliografische Information der Deutschen
Nationalbibliothek: Die Deutsche Nationalbibliothek
verzeichnet diese Publikation in der Deutschen
Nationalbibliografie; detaillierte bibliografische Daten
sind im Internet über http://dnb.dnb.de abrufbar.

© 2021 Sabine Schumacher
https://www.facebook.com/psychokrimi

Cover, Herstellung und Verlag: BoD – Books on Demand,
Norderstedt

ISBN: 978-3-7543-1562-0

EINS

Gerne würde ich dieses Buch mit den Worten beginnen: „Es war ein lauer Sommertag in München-Grünwald. Die Vögel zwitscherten munter in den Bäumen, und die Sonne schien warm vom wolkenlosen Himmel herab. Fröhlich hüpfte Charlotte Wagner in ihrem frisch geputzten Bad von der Personenwaage und reckte mit siegreicher Geste die Faust gen Zimmerdecke."

Es wäre eine glatte Lüge. Leider. Zumindest ab „Fröhlich". Ich muss es wissen, denn: Charlotte Wagner, das bin ich.

Fakt ist, dass ich die Zahlen auf der Waage gar nicht erkennen konnte. Busen und Bauch waren im Weg. „Ah! Schwanger!", werden Sie jetzt denken, und ich weiß nicht, ob ich Sie dafür küssen oder erwürgen möchte. Ich bin fünfundfünfzig Jahre alt. Damals noch vierundfünfzig. Aber so prägnant ist der Unterschied nun auch wieder nicht. Fangen wir noch mal von vorne an. Diesmal ohne Flunkerei. Den Teil mit dem „lauen Sommertag" kennen Sie ja schon.

Es war der Tag vor meinem fünfundfünfzigsten Jubiläum auf Erden. Ich stand also im Badezimmer, um zu duschen und versuchte, irgendetwas auf dem verdammten Kontrollgerät der Maßlosigkeit zu erkennen, dessen Grundfläche im Laufe der Jahre immer kleiner zu werden schien. Doch so sehr ich mich auch reckte, streckte und die Luft anhielt – mehr als den obersten Rand meiner Zehennägel bekam ich einfach nicht ins Blickfeld! Kurz überlegte ich, einen Handspiegel zur Hilfe zu nehmen, befand das dann aber doch als zu demütigend. Außerdem hatte ich Angst vor der Wahrheit. Also gab ich auf.

Leise ächzend bückte ich mich nach vorne, um den Fluch aller Frauen mit gesundem Appetit und schweren Knochen unters Waschbecken zu schieben, wo er von mir aus bis zur Unkenntlichkeit verstauben konnte. Warum musste ausgerechnet ich das Pech haben, in die Epoche einer Kultur hineingeboren worden zu sein, die den guten alten Rubens vergessen und stattdessen das Urteil über die Sinnlichkeit der Erscheinung einer Heidi Klum in die knochigen Pranken gelegt hatte? Wie jede Woche nahm ich mir auch heute vor, dieses Drecksding nie wieder anzusehen. Ich spreche von der Waage, nicht von Heidi.

Während ich nackt und zwischen Selbstgerechtigkeit, Missmut und Scham schwankend mein bleiches, gut gepolstertes Hinterteil in die Höhe reckte, hörte ich hinter mir die Tür aufgehen. Eilig richtete ich mich auf und wandte den Kopf. Zu eilig. Nur ein kleines bisschen langsamer, wenige Sekundenbruchteile später – ich hätte Geralds Gesichtsausdruck wahrscheinlich gar nicht mehr mitbekommen. Vermutlich wäre mein Leben dann anders verlaufen. Aber sicher bin ich mir nicht.

Früher hätte eine solche Situation zumindest einen Klapps auf den Allerwertesten provoziert, wahrscheinlich mit ein wenig Fummelei und einem eindeutig zweideutigen Angebot verbunden. Letztendlich wären wir im Bett gelandet. Heute musste ich mich der Tatsache stellen, dass mein Ehemann angewidert das Gesicht verzog, wenn er mich nackt im Badezimmer überraschte.

Es tat weh. Schließlich formten nicht nur Cola und Chips diesen wunderbaren Körper, sondern auch die drei Schwangerschaften, während derer ich seine Kinder ausgetragen hatte. Na ja – und meine natürlich. Aber trotzdem.

Gerald und ich hatten geheiratet, als Ralf unterwegs war. Es handelte sich um eine, sagen wir mal, „überraschende" Hochzeit. Unser Ältester war inzwischen dreißig, in leitender Position bei einer Werbeagentur beschäftigt und lebte mit seinem Partner in Berlin. Sarah war siebenundzwanzig, Mutter von einjährigen Zwillingen und mit ihrem Mann nach Norwegen ausgewandert. Felix, der Jüngste, war zweiundzwanzig. Er studierte in Freiburg Medizin.

So würdevoll als möglich schnappte ich mir eines der großen, flauschigen Badetücher mit Aprilduft und wickelte mich darin ein. Gleichzeitig stellte sich mir die Frage, was mein Mann um diese Uhrzeit zu Hause machte. Es war kurz nach fünf Uhr nachmittags, er sollte eigentlich im Büro sein.

Als wir uns kennenlernten, hatte er für meinen Vater gearbeitet. Als Papa dann vor rund zwanzig Jahren in den vorzeitigen Ruhestand gegangen war, um meine Mutter zu pflegen, die an Multipler Sklerose erkrankt war, hatte Gerald die Maklerfirma übernommen. Mittlerweile lebten meine Eltern beide nicht mehr, doch der Name „Immobilien Schmaus – ihr Partner rund um Grund und Haus" war nach wie vor eine angesagte Adresse.

Mein Mann arbeitete oft bis spät in die Nacht hinein. Viele Interessenten hatten erst abends Zeit, um sich die Objekte anzusehen. Als die Kinder noch kleiner waren, hatte er diese späten Termine vermehrt an unsere Angestellten delegiert, doch in den letzten Jahren waren sie häufiger und selbstverständlicher geworden. Bis es schließlich normal war, dass ich die meisten Abende allein verbrachte. Außerdem war mein Mann häufig auf Geschäftsreisen. Sie glauben ja nicht, wie viele Immobilienmessen es in Deutschland jährlich gibt. Und er musste natürlich bei jeder einzelnen dabei sein.

Es mag Ihnen merkwürdig erscheinen, aber bis zu diesem Nachmittag war mir kaum bewusst gewesen, wie sehr wir uns auseinandergelebt hatten. Ich hatte diesen schleichenden Prozess einfach verdrängt, wollte nicht kleinkariert und spießig erscheinen. Eine klammernde Ehefrau, die ihren Mann abends neben sich aufs Sofa tackert? Charlotte doch nicht! Die ist cool. Und tolerant. Und sooo selbständig. Tja – was soll ich sagen? Stimmt alles! Aber ich war noch mehr: Unglaublich dumm und naiv.

Leider komme ich nicht drumherum, nun mit einigen Klischees aufzuwarten, die Sie wahrscheinlich schon hundert Mal gehört und gelesen haben. Doch ohne deren Erwähnung würden Sie nicht verstehen, weshalb ich gezwungen sein sollte, in naher Zukunft rund 70 Euro Trinkgeld zu geben. Oder mit einer Packung Taschentüchern durchs Unterholz zu streifen. Von meiner ausgiebigen Unterhaltung mit einer Schnapsflasche und der drohenden Anzeige wegen Nötigung eines Golden Retrievers einmal ganz abgesehen. Sehen Sie? Ich kann es Ihnen also nicht ersparen.

Gerald hatte das Bad mit den Worten „sorry, komm' bitte ins Schlafzimmer, wenn du angezogen bist" schnell wieder verlassen. Wenn ich nicht schon gespürt hätte, dass da etwas ganz gewaltig nicht stimmte, hätte ich es spätestens bei der Kombination von „Schlafzimmer" und „angezogen" in einem Satz mit Sicherheit wissen müssen.

„Jetzt mach' mal nicht die Kühe scheu", sprach ich mir selbst Mut zu und verschob die Körperpflege kurzerhand auf später. „Du hast morgen immerhin Geburtstag. Einen halbrunden Schnapszahlgeburtstag. Vielleicht will er dich mit irgendetwas überraschen."

Wie recht ich hatte!

Als ich schließlich in Jogginghose und T-Shirt zu meinem Mann ins eheliche, luftig-weiße Schlafgemach mit floraler Tapete trat – fast hätte ich zuvor noch an die Tür geklopft, so suspekt kam mir die Situation vor – stand der am Schrank und warf scheinbar wahllos alles, was ihm an Sommerkleidung unter die Finger kam, in einen großen Trolley, der geöffnet auf dem Bett lag.

„Du musst wegfahren?", stammelte ich verwirrt. War er deshalb so früh nach Hause gekommen? Um zu packen? Oder…? „Vielleicht will er dir eine Reise schenken!" Hoffnung keimte in mir auf. Ein kleiner Sprössling Optimismus. Ganz zart nur, wie der Keim, der im Frühling aus einer Herbstfrucht des Waldes dringt.

„Nein, ich muss nicht, aber ich möchte." Er drehte sich zu mir um. „Charlotte, ich verlasse dich."

Peng! Gerald, das Wildschwein, fraß die Eichel samt Trieb – um bei dem Bild zu bleiben.

Ich plumpste aufs Bett. Fassungslos. Stumm. Mir war bewusst, dass ich Fragen stellen sollte, aber mir fielen keine ein. Es war, als würde mein Unterbewusstsein verzweifelt versuchen, mir Regieanweisungen zuzuflüstern, wie ich mich in dieser Situation zu verhalten hatte. Leider in einer fremden Sprache und ohne Untertitel. Ich verstand kein Wort. Stattdessen lief vor meinem inneren Auge ein Film ab; eigentlich waren es mehrere Filme gleichzeitig. Einer davon zeigte mich in dramatischer Pose auf die eheliche Schlafstatt zurücksinken, ein Unterarm über den Augen, das Becken leicht angehoben, die Brust herausgedrückt und leise schluchzend. Das hilflose Weibchen. In einem anderen sprang ich auf, gab Gerald eine schallende Ohrfeige und warf mich ihm dann heulend an den Hals. Das hysterische Weibchen. Dann war da noch eine verwirrende Szene, in der ich mich selbst wie einen Rennwagen beim Boxenstopp wahrnahm, nur dass mir in Sekundenschnelle fünfzehn Kilogramm Fett abgesaugt und sämtliche Körperteile gestrafft wurden, ich in ein neues, sexy Outfit gepresst wurde, die Haare gestylt und ein mondänes Makeup verpasst bekam. Schnell noch ein Sprühstoß Parfüm – das rundumerneuerte Super-Weibchen.

Ich schüttelte energisch den Kopf und kniff ein paarmal fest die Augen zusammen. Als ich sie wieder öffnete, kniete Gerald vor mir. Der Mistkerl hatte die Nerven, nach meinen Händen zu greifen und sie festzuhalten. Na ja, war vielleicht besser so. Ich hätte ihm vermutlich tatsächlich eine gescheuert.

„Das kommt jetzt bestimmt sehr plötzlich und überraschend für dich, aber Jenny und ich – wir lieben uns!"

Würg.

Melodramatische Theatralik hat mich schon immer kotzen lassen. Jenny. Seine junge, hübsche Sekretärin. Der Klassiker. Aber ich hatte Sie ja gewarnt.

Es kam noch besser: „Den Kindern habe ich bislang nichts gesagt. Ich denke, es wäre von Vorteil, wenn sie es zunächst nicht erfahren."

„Feiger Drecksack", empörte sich meine innere Stimme unflätig.

„Die nächsten zwei Wochen sind wir erstmal auf Malle, Jenny und ich", fuhr Gerald ungerührt fort. „Du hast also genug Zeit, dich nach einer neuen Bleibe umzusehen. In der Firma helfen sie dir sicher gern. Wir haben ein paar hübsche Zweizimmerwohnungen in Neuperlach im Angebot. Sogar mit Ausblick. Zwölfter Stock oder so."

„Das hier ist mein Elternhaus", blaffte ich bestürzt. Dass es sich eigentlich um eine stattliche Villa mit großem Garten handelte, erschien mir als irrelevant. „Elternvilla" sagt man ja auch nicht.

„Genau genommen gehört es Immobilien Schmaus, mein Schatz, und damit mir."

Doppelwürg.

„Nenn' mich nicht Schatz", brachte ich heraus und starrte auf unsere verschlungenen Hände.

Es stimmte. Er hatte recht. Die Firma gehörte ihm. Ihm allein. Und die Villa wiederum der Firma. Irgendwas Steuerliches, von dem ich keine Ahnung hatte. Aber ich wusste, dass meine Eltern es genauso gehandhabt hatten. Also konnte es nicht falsch sein. Dachte ich. Damals. Heute bin ich schlauer. Andererseits würde ich immer wieder genauso handeln, denn so bin ich nun mal: vertrauensselig. Und wenn ich mir eines nicht von Gerald habe nehmen lassen, dann ist das mein Charakter. Ja, ich weiß. Ebenfalls ziemlich melodramatisch, wobei ich mich an dieser Stelle korrigieren möchte. Ich habe mir meinen Charakter *vom Leben* nicht nehmen lassen. Gerald spielt da eine eher untergeordnete Rolle. Das war mir lange nicht bewusst gewesen, doch dazu später mehr.

Jetzt erstmal zurück ins Schlafzimmer: Ich befreite meine Finger ruckartig aus seinem Griff. Instinktiv duckte er sich und hob schützend die Hände über den Kopf. Oh – wie ich diese wenigen Sekunden genoss, in denen er ängstlich vor mir kauerte! Aber ich verbot mir jede Form der körperlichen Gewalt. Zumindest in der Realität. In meiner Vorstellung spielte sich hingegen ein regelrechtes Massaker ab. Die Details möchte ich Ihnen ersparen, aber es hatte viel mit Blut und der guten alten indianischen Tradition des Skalpierens zu tun. Gerald war ja so stolz auf sein

Haupthaar, das er sich in mühsamer und kostenintensiver Kleinstarbeit hatte transplantieren lassen. Damit würde ich ihn wirklich treffen; bis in die hintersten Verästelungen seines männlichen Egos.

Meine Fantasie beruhte also nicht ausschließlich auf blutrünstiger Barbarei, sondern ebenso auf perfiden Rachegelüsten. Beides natürlich absolut unentschuldbar – außer, man ist eine hormongestresste Frau in den Wechseljahren, die gerade von ihrem untreuen Ehemann auf kaltblütigste Art und Weise verlassen und um ihr elterliches Erbe gebracht wird.

Ich stellte mir vor, wie ich mir aus seinem Skalp einen kleinen Beutel nähen lassen würde, in dem ich dann seine Hoden um den Hals tragen… – nun gut, das führt jetzt wirklich zu weit.

Als Gerald begriff, dass ich ihn weder schlagen, aus dem Fenster werfen, noch in irgendeiner anderen Form aufhalten würde, rappelte er sich hoch und packte weiter Kleidung in den Koffer.

Damit war alles gesagt. Ich hatte zu gehen. Den Platz an seiner Seite für eine Jüngere freizumachen. Schade, dass wir nie Eheringe getragen hatten – sonst hätte ich ihm meinen jetzt wenigstens mit großer Geste vor die Füße schleudern können.

Als er mich fragte, ob ich wisse, wo seine Badehose sei, stand ich wortlos auf und verließ das Zimmer. Ein boshaftes Lächeln umspielte meinen Mund. Ich wusste: Er würde sie niemals finden. Nicht in diesem Leben. Genauso wenig wie den Stützstrumpf für sein rechtes Knie, den er beim Bergsteigen tragen musste. Oder die Manschettenknöpfe mit den Löwen drauf. Es gibt Dinge im Leben eines Neunundfünfzigjährigen, die weiß nur seine Frau.

ZWEI

Meine hämische Freude hielt nicht lange an. Natürlich würde er sich einfach eine neue Badehose kaufen. Am besten eine mit Elefantenrüssel für sein bestes Stück. Stückchen. Das würde Jenny sicher gefallen. Jung genug war sie ja noch, um mit Handpuppen zu spielen.

„Pfui", schalt ich mich selbst. „Sie ist immerhin Mitte dreißig. Dir kommt sie nur wie ein Küken vor, weil du selbst ein altes Huhn bist!"

Gack-gack.

Ich schnappte mir eine angebrochene Flasche Hugo aus dem Kühlschrank, um meine Selbstgespräche auf der Terrasse weiterzuführen. Warum nicht unter freiem Himmel in der Sonne sitzen und mit einem kühlen Alkoholgetränk der Selbstkasteiung frönen. Darin bin ich super! Also sowohl im In-der-Sonne-sitzen als auch in der Selbstkasteiung. Und das hat nichts mit meinen oberbayerischen – sprich: katholischen – Wurzeln zu tun. Oder nur wenig. Glaube ich zumindest.

Vielleicht denken Sie jetzt, dass ich eine verzogene Mitfünfziger-Hausfrau bin, die ihre Tage damit verbringt, dem Gärtner auf den strammen Po zu starren oder den Pool-Boy dabei zu beobachten, wie er… – Moment. Habe ich jetzt *Po* geschrieben? Entschuldigung. Ich meinte natürlich Rücken… Die ihre Tage damit zubrachte, dem Gärtner auf den strammen *Rücken* zu starren oder den Pool-Boy dabei zu beobachten, wie er mit einem Kescher einzelne Blätter aus dem Wasser fischt, während die Muskeln seiner eingeölten Oberarme die Nähte des engen Tanktops zu sprengen schienen.

Seufz.

Tja, falsch gedacht. So war ich überhaupt nicht. Und das lag nicht nur daran, dass Gärtner Karl über siebzig war, nur alle zwei Wochen kam und auch den Pool reinigte. Das lag primär an meiner Dings, meiner Lebenseinstellung. Unabhängigkeit war mir schon immer wichtig. Auch damals. Gut, wir hatten eine Zugehfrau. Olga Kowalczyk machte an drei von sieben Tagen sauber. Sie erledigte die Wäsche und ging einkaufen. Aber ansonsten wuppte ich den Haushalt ganz allein. Olga war irgendwie aus der Zeit übriggeblieben, als das Haus noch voller Kinder war. Sie musste mittlerweile fast so alt wie Karl sein! Was wäre ich für ein Mensch, würde ich der alten Dame ihre Arbeit wegnehmen?! Nein. Das konnte ich nicht.

Es stimmt natürlich: Ich hätte mich auf den Lorbeeren meines Vaters Schaffen ausruhen können, zumal mein Mann die Firma wirklich sehr gut und mit Fleiß führte. Gerade die letzten Jahre. Oft hatte er bis spät in die Nacht... – ach so, stimmt ja.

Jedenfalls hatten wir genug Geld. Trotzdem war ich stets meinem Beruf nachgegangen, wenn auch nicht in Vollzeit. Oder halbtags. Aber stundenweise. Ich bin Journalistin. Zum Zeitpunkt meines Verlassenwerdens betreute ich eine Kolumne als Lebensberaterin. Oder, besser gesagt, den wöchentlich erscheinenden Kummerkasten einer Hochglanzillustrierten. Sie wissen schon: „Fragen Sie Tante Carla." Was das mit Journalismus zu tun hat? Hm, keine Ahnung.

Jedenfalls hatte ich das Gefühl, wissen zu müssen, was jetzt zu tun war. Sozusagen auf professioneller Basis: „Liebe Tante Carla, mein Mann vögelt seine Sekretärin und will, dass ich in zwei Wochen aus unserer Villa verschwunden bin. Bitte helfen Sie mir! Was soll ich nur tun?!"

Während ich auf der Terrasse saß und in meinen mehr oder minder gepflegt wirkenden, englischen Garten blickte, den Vögeln beim Zwitschern zuhörte und einen großen Schluck Hugo direkt aus der Flasche trank, versuchte ich, die Prioritäten einer noch hypothetischen To-Do-Liste in eine Skala von eins bis zehn zu pressen. Das mache ich gerne. Es verschafft mir ein wenig Zeit, bevor ich mich tatsächlich zu einer Handlung aufraffen muss. Außerdem dient es selbstverständlich der Übersicht und hilft, die Kontrolle über eine Situation zu bewahren.

„Erstens: Ruhig bleiben. Sehr wichtig. Eine glatte Zehn." Automatisch griff ich nach einem Kugelschreiber, der zusammen mit dem Kreuzworträtsel aus der „Süddeutschen" auf dem Tisch lag, und begann, auf der Zeitung Notizen zu machen. „Zweitens: Schuhe kaufen." Ich runzelte die Stirn und strich den Punkt wieder durch.

„Wenn du nicht mit dem nötigen Ernst an die Sache herangehst, kannst du es auch gleich bleibenlassen!", schallte eine Stimme durch meinen Kopf.

Na gut. Überredet. Ich legte den Stift wieder weg. Dann eben keine Liste. Stattdessen stand ich auf, um mir eine neue Flasche Holunderprosecco zu holen. Die erste war nicht mal halbvoll gewesen. „Jetzt Schuhe kaufen zu wollen, ist sicher nur eine Übersprungshandlung, mit der mein Unterbewusstsein versucht, den großen psychischen Druck zu kompensieren, unter dem ich stehe", rechtfertigte ich mich selbst. „Das musst du doch verstehen!"

Wie recht ich hatte, zeigte sich nur wenige Sekunden später, als ich hörte, dass die Haustür ins Schloss fiel. *Hinter meinem Mann* ins Schloss fiel. Kurz darauf vernahm ich das vertraute Röhren seines Porsche 992, doch da saß ich bereits mit angezogenen Knien auf dem Küchenboden und schluchzte zum Gotterbarmen.

Er war ohne ein Wort des Abschieds gegangen. Nach all der gemeinsamen Zeit. Nach drei Kindern und zwei Enkelkindern. Nach dem Tod meiner Eltern und seiner Mutter. Nach Dotcom-Blase, Bankenkrise und dem Wasserrohrbruch vor drei Jahren, als der ganze Keller vollgelaufen war.

Die Gewissheit, dass niemand in einem solchen Auto bequemen Sex haben konnte – nicht einmal eine sportlichschlanke Mittdreißigerin namens Jenny –, war nur ein schwacher Trost. Wahrscheinlich nahm er sie einfach direkt auf der Motorhaube. – „Hoffentlich verbrennt sie sich dabei ordentlich den Hintern!"

Ich weiß nicht, woher dieser Gedanke kam. So etwas passiert mir ständig! Kennen Sie das auch? Plötzlich – zack! – rutscht mir irgendein Schwachsinn durch die Synapsen. Als ob es zu diesem Zeitpunkt relevant gewesen wäre, wie gut oder schlecht sich ein hypermoderner Sportwagen zum außerehelichen Beischlaf eignet!

Wobei – mein Micro-Van wäre quasi wie dafür geschaffen. Die hintere Sitzbank lässt sich unter den Vordersitzen versenken, nicht nur umklappen. Sie ist einfach weg, und es entsteht eine ansehnlich große, waagrechte Fläche. Perfekt für Spontaneinkäufe in schwedischen Möbelhäusern und dänischen Kojen-Kammern. Außerdem sind die Scheiben getönt. Ich liebe meinen Wagen und würde nie einen anderen haben wollen. Er heißt *Rosi*. Gerald wollte mir zwar ständig einen neuen vor die Tür stellen – wieder aufgrund irgendwelcher Steuervorteile, von denen ich nichts verstand –, aber ich lehnte es kategorisch ab. Er fand das spießig.

Pfff.

Seit Jahrhunderten dieselbe Frisur tragen zu wollen – sogar mit schönheitschirurgischer Unterstützung mittels Haarimplantaten – das war spießig!

Ich schnäuzte ausgiebig ins neben mir hängende Küchentuch und nahm mir vor, es anschließend in den Wäschekorb zu geben. Gleich nach meinem Nervenzusammenbruch. Direkt im Anschluss an die zweitgrößte Krise, mit der ich im Leben konfrontiert wurde.

Die größte war der Tod meiner Eltern gewesen, die in gemeinschaftlichem Suizid aus dem Leben geschieden waren. Das war für mich nicht einfach zu verstehen gewesen. Beziehungsweise, verstehen – im Sinn von „nachvollziehen" – konnte ich es durchaus. Mein Vater hatte mir einen langen Brief hinterlassen, in dem er ihrer beider Beweggründe darlegte, aber es war schwer gewesen, sie zu akzeptieren. Ehrlich gesagt: So ganz gelungen ist mir das bis heute nicht. Und damals, als ich frisch verlassen auf dem Fußboden in der Küche saß, brach es wieder über mich herein: Das plötzliche und totale Gefühl von Einsamkeit.

Schnief.

Gerald hatte die komplette Villa direkt nach ihrem Ableben renovieren und umbauen lassen. Auch der Garten war nicht verschont geblieben. Außer dem Grundriss erinnerte nichts mehr an die Zeiten meiner hier verbrachten Kindheit und Jugend, geschweige denn an meine Eltern. Er hatte ihr Andenken ausradiert, wegdesignt, überpinseln lassen.

Mir schlief der Po ein. Die Fliesen waren hart, kalt und ungemütlich.

„Also doch nicht so doll gepolstert", schoss es mir durch Kopf. Oder war das tröstend gemeint?

Oh, Mann.

Ich rappelte mich auf. Das Küchentuch ließ ich aus Versehen hängen. Möge Olga Kowalczyk mir verzeihen. Mit kribbelnden Beinen schleppte ich mich zurück ins Schlafzimmer. Auch hier erinnerte nichts mehr an die unabänderliche, bedingungslose Liebe, die meine Eltern verbunden haben musste, als sie Hand in Hand auf dem Ehebett liegend dem Tod entgegengesehen hatten.

„Bedingungslose Liebe", meldete sich meine innere Stimme prompt erneut zu Wort. „So ein Blödsinn. Wenn sie bedingungslos wäre, würde sie ja jeden anspringen und niederlieben. Egal wen."

„So habe ich das nicht gemeint, und das weißt du auch ganz genau", raunzte ich zurück. „Und jetzt würde ich gerne in aller Ruhe ein wenig in Selbstmitleid baden dürfen. Schließlich wurde ich gerade nach über dreißig Jahren Ehe von meinem Mann wegen einer Jüngeren verlassen!"

„Melodramatische Theatralik, die Zweite", stichelte es süffisant zurück. Ich achtete nicht weiter darauf, sondern warf mich bäuchlings aufs Bett, vergrub den Kopf in den Kissen und weinte. Und weinte. Und – weinte.

Ich musste kurz eingeschlafen sein, denn als ich meine Augen das nächste Mal öffnete, spürte ich das sehr dringende Bedürfnis, umgehend die Toilette aufsuchen zu müssen. Benommen wankte ich ins Badezimmer und ließ mich mit heruntergelassenen Hosen auf die Keramik sinken. Meine verquollenen Lider brannten vom vielen Heulen. Wie spät mochte es sein? Neben dem Waschbecken lag noch mein Handy. Blinzelnd machte ich mich so lang wie ich konnte, ohne daneben zu pullern, und schaltete es ein. Umgehend erschien die Gewichtskurve meiner neu installierten Abnehm-App auf dem Bildschirm und ermahnte mich vorwurfsvoll: „Tragen Sie nun Ihr Körpergewicht in Kilogramm ein." Ich löschte die unliebsame Errungenschaft der modernen Selbstquäl-Mechanismen kurzerhand und sah auf die Uhr. Es war kurz vor sieben. Morgens! Ich hatte fast zwölf Stunden durchgeschlafen. Mir blieb der Mund offen stehen.

Krass!

Das war mir schon lange nicht mehr passiert! Normalerweise scheuchte mich der nächtliche Harndrang zuverlässig mindestens einmal aus dem Bett. Seit der ersten Schwangerschaft, um genau zu sein. Durch Ralfs Geburt hatte sich die Gebärmutter gesenkt und irgendwas mit meiner Harnröhre gemacht. Fragen Sie meine Gynäkologin, wenn Sie es genauer wissen möchten, die kann es Ihnen bestimmt erklären.

Wow.

Das musste ich mir unbedingt für den Kummerkasten merken. „Liebe Tante Carla, seit Tim-Finn unterwegs war, muss ich jede Nacht raus. Haben Sie einen Tipp für mich? Ihre Lena." – „Liebe Lena, bitten Sie Ihren Mann, die Sekretärin zu bumsen. Wenn er Sie dann verlässt, werden Sie schlafen, wie ein komatöses Murmeltier. Ihre Tante Carla."

„Hör mit dem Gequatsche auf", meldete sich meine innere Stimme zu Wort. „Sarkasmus steht dir nicht."

„Tut er wohl", grunzte ich schlechtgelaunt zurück.

„Nein."

„Tut er wohl."

„Nein."

„Tut er wohl."

„Nein."

„Ach – lass mich doch in Ruhe!", rief ich laut und griff nach dem Toilettenpapier. Vor dem ersten Kaffee sollte mich besser niemand ansprechen.

D R E I

Es ist an der Zeit, Ihnen von Sammy zu erzählen. Eigentlich Samantha. Sie war schon immer da, solange ich denken kann. Meine frühesten Kindheitserinnerungen hängen mit ihr zusammen. Wir haben uns Geschichten erzählt, über Probleme diskutiert, Streiche ausgeheckt...

Streng genommen ist Sammy nur eine Stimme in meinem Kopf, aber sie ist auch ich. Bevor jetzt Gerüchte über eine mögliche Schizophrenie die Runde machen: Blödsinn. Ich erfreue mich reger geistiger Gesundheit, und es gab nie einen Anlass, daran zu zweifeln. Außer vielleicht, wenn ich gerade von Aggression, Depressionen oder welcher Art von „-ssionen" auch immer übermannt werde, was sicher gänzlich den Wechseljahren geschuldet ist. Ich erwähnte das bereits.

Sammy ist eher so etwas wie eine *imaginäre Freundin*. Manchmal auch Feindin oder entfernte Bekannte.

Wenn wir sie jetzt selbst fragen würden, wie sie ihre Existenz definiert, würde sie antworten: „Scheißegal, man muss nicht alles verstehen."

Inzwischen war Sammy mein Geheimnis. Ich hatte schnell gelernt, nicht jedem von ihr zu erzählen. Heute gibt es nur noch einen anderen Menschen, der von ihr weiß: Meine beste Freundin Rita, mit der ich quasi aufgewachsen bin. Wir waren zusammen im Kindergarten, später in der Schule. Rita ist eine Frau aus Fleisch und Blut. Ich erwähne das nur vorsichtshalber. Damit keine Missverständnisse aufkommen.

Nun aber zurück zum eigentlichen Thema: Ohne Kaffee bin ich nach dem Aufwachen unerträglich. Und da ist es völlig irrelevant, ob der Tag um 12 Uhr mittags oder um sieben Uhr morgens beginnt. Das geht so weit, dass ich eine Zeitschaltuhr an der Maschine habe, damit die Motivations-Plörre fertig ist, wenn ich aufstehe. Allerdings funktioniert so ein Timer natürlich nicht intuitiv, sondern muss manuell eingestellt werden. Auch das Gerät selbst füllt sich nicht automatisch jeden Tag mit frischem Wasser, Filtertüte und Pulver. Normalerweise erledigte ich beides am Abend zuvor. Aber gestern hatte ich es – im wahrsten Sinne des Wortes – verpennt.

Ich schleppte mich also vom Bad in die Küche, um Kaffee aufzusetzen, ohne beim Händewaschen in den Spiegel gesehen zu haben. Das ist einer der Vorteile des Alters: Man lernt aus Erfahrung.

Während das stimulierende Heißgetränk durch den Filter tropfte und mit seinem wohlaromatisierten Geruch meine Gier nach Koffein ins Unermessliche steigerte, trabte ich durch die Räume, um nachzusehen, was mein Herr Gemahl außer seinen Sommerklamotten und Hygieneartikeln noch mitgenommen hatte. Dass Rasierapparat, Aftershave und Zahnbürste fehlten, war mir vorhin schon aufgefallen und hatte mir einen Stich versetzt.

Die traurige Wahrheit lautete: nichts. Absolut gar nichts schien ihm wichtig genug gewesen zu sein, um es einzupacken. Weder Fotos der Kinder noch die goldene Uhr, die ich ihm zu unserer Silberhochzeit geschenkt hatte. Dann fiel mir ein, dass er ja nur in den Urlaub geflogen war. Dass er wieder hierher zurückkehren würde und ich diejenige war, die ausziehen sollte. Der Gedanke war so absurd und gleichzeitig so unerträglich, dass ich fast wieder geheult hätte.

„Jetzt reiß dich gefälligst mal zusammen!" Sammy hatte kein Verständnis für meine Emotionen. „Wenn dir etwas nicht passt, musst du dich wehren. Kämpfen!"

„Was soll ich denn machen? Es ist nun mal sein Haus!"

„Du könntest dich verbarrikadieren. Oder auf den Markt fahren und Meeresfrüchte kaufen. Besser noch frischen Fisch. Den stopfst du dann in die Hohlräume der Vorhangstangen." Sammy kicherte. „Was meinst du, wie der nach einiger Zeit zu stinken anfängt?! Und finden tut das Zeug da kein Mensch, das ist ein absolut sicheres Versteck. Nach ein paar Wochen oder Monaten schenkt er dir die Villa – mit Handkuss!"

„Manchmal machst du mir direkt Angst."

„Ich will nur helfen."

Es zischte und röchelte aus der Küche. Der Kaffee war durchgelaufen. So schnell mich meine rosa Hasenpantoffeln mit Plüschohren trugen, eilte ich der ausladenden, antiken Anrichte entgegen, in der wir unser Geschirr aufbewahrten, und holte eine Tasse heraus. Ich entschied mich für die größte. Die mit dem Garfield-Schriftzug: „Ich liebe Lasagne!". Fragen Sie mich bitte nicht, weshalb das jemand auf eine Tasse druckt. Oder wer so etwas kauft.

Seit einiger Zeit trank ich ihn schwarz. Der Figur zuliebe; außerdem sollte es angeblich gesünder sein. Seitdem war Kaffee für mich vom Genussmittel zur schlichten Notwendigkeit mutiert. Ich beschloss spontan, das wieder zu ändern, und gab drei Stück Würfelzucker und reichlich Vollmilch dazu. Noch im Stehen schlürfte ich den ersten Schluck. Lecker! Außerdem nicht so heiß.

Garfield, Sammy und ich setzten uns raus auf die Terrasse. Es war schon hell, die Sonne schien. In der leeren Hugo-Flasche hatten ein paar Ameisen über Nacht Party gefeiert. Es gab drei Todesopfer zu beklagen. Mein Blick fiel auf die angefangene To-Do-Liste – und schon hielt mich der ungläubige Schmerz des Verlassenwerdens wieder in seinen grässlichen Klauen. Wenigstens hatte ich den ersten und einzigen Punkt der Aufstellung, nämlich „Ruhig bleiben", ganz gut hinbekommen. Fast schon zu gut.

„Vielleicht befinde ich mich in einer Art Schockstarre."

„Mhm, kann schon sein", stimmte Sammy zu.

„Ich sollte überlegen, was ich als nächstes mache."

„Duschen?"

„Jetzt bleib' doch mal ernst! Ich meine: Mit meinem Leben. Was ich als nächstes mit meinem Leben mache."

„Ich *bin* ernst. Du solltest endlich duschen. Und Zähneputzen."

Argh.

Das Telefon läutete. Es war gerade mal halb acht. Das konnte nur eins bedeuten: Sarah. Als junge Mutter war sie nicht nur früh auf den Beinen, sondern um diese Uhrzeit schon seit mindestens zwei Stunden wach.

„Hallo?"

„Hi Mama! Alles Gute zum Geburtstag!"

„Was?" Im Hintergrund hörte ich meine beiden Enkel brabbeln. Torben und Sören. Geben Sie nicht mir die Schuld, ich wurde bei der Namensgebung nicht gefragt.

„Ich sagte: Alles Gute zum Geburtstag, Mama! Hast du unsere Karte bekommen?"

Stimmt ja. Es war mein Geburtstag. Bei all dem anderen Ungemach hatte das ganz vergessen. Juhu! Endlich näher an der 60 als an der 50. Ich nahm das Mobilteil mit nach draußen. „Danke Schätzchen. Ja, gestern schon. So putzig! Wie hast du es nur hinbekommen, dass die beiden ihre Hände so ordentlich aufs Papier gedrückt haben?"

Sarah lachte. „Frag mich nicht, wie die Küche hinterher ausgesehen hat! Eigentlich wollte ich noch ihre Fußsohlen blau anmalen, aber da hatte ich keine Chance. – Wie geht es dir? Was hast du geplant an deinem Ehrentag?"

„Duschen und Zähneputzen", rutsche mir unbedacht heraus. Ich spürte förmlich durch den Hörer hindurch, dass in Norwegen gerade eine Stirn gerunzelt wurde. Zwei Sekunden Stille, dann siegte die gute Erziehung. Oder die Gleichgültigkeit.

„Ah! Schön! – Ist Papa auch da?"

Diese Frage brachte wiederum mich kurz aus dem Konzept. „Nein, nicht mehr", stammelte ich schließlich und wurde feuerrot. Zum Glück war dies kein Video-Call. Wenn ich etwas überhaupt nicht gut kann, dann ist das lügen. Ich meine: So richtig. Die Wahrheit ein wenig verbiegen, beschönigen, hier und da etwas weglassen oder hinzufügen – kein Problem. Die Zwillinge greinten mittlerweile.

„Schade – Ich soll dich auch lieb von Janne grüßen", setzte sich Sarah mit leicht erhobener Stimme über die ihrer Sprösslinge hinweg.

Janne war Sarahs Ehemann. Ihm hatte ich zu verdanken, dass meine süße kleine Tochter mit meinen beiden süßen kleinen Enkeln so weit weg lebte. Aber ich will nicht ungerecht sein. Er war ein netter Kerl, der Frau und Söhne förmlich vergötterte. Es war nicht seine Schuld, dass er Skandinavier war.

Das Weinen wurde lauter. „Danke Schätzchen", antwortete ich erneut. „Sag ihm auch einen lieben Gruß von mir! – Was ist los mit den beiden Zwergen? Wieder die Zähnchen?"

„Ich befürchte schon. Sören hat ja die unteren und oberen beiden schön länger. Aber bei Torben…"

Entspannt lehnte ich mich im Korbsessel zurück und schlürfte genüsslich meinen süßen Milchkaffee. Wenn Mütter erst einmal anfangen, über ihre Babys zu sprechen, hören sie so schnell nicht wieder auf damit.

Erst, als ich genaustens über Windelsoor, Stuhlkonsistenz, Hochzieh-Fortschritte an diversen Möbelstücken und Schlafdauer unterrichtet worden war, fasste ich mir ein Herz. Der Entschluss kam ganz plötzlich. Er tauchte gemeinsam mit der Erinnerung an den verächtlichen Gesichtsausdruck auf, mit dem Gerald mich im Bad gemustert hatte. Ich sah ihn wie auf einem Foto vor mir. Oder einem Standbild: herabgezogene Mundwinkel, gekräuselte Nase, die Augen leicht geschlossen. Weshalb sollte ich ihn schützen? Warum seinen Anweisungen Folge leisten und den Kindern die Wahrheit verschweigen? Der Mistkerl hatte kein Recht, von mir noch überhaupt irgendein Entgegenkommen zu erwarten! Trotzdem hatte ich von jetzt auf gleich einen dicken Stein im Bauch. Mein Mund wurde trocken. Ich schluckte. „Schätzchen, ich muss dir etwas sagen…"

„Wäääähhh!"

Meine Worte gingen in empörtem Geplärre unter. „Mama? Ich muss Schluss machen. Sören hat Torben das Fläschchen über den Schädel gezogen", schrie mir meine schlagartig gestresste Tochter atemlos entgegen. „Tut mir leid, sei nicht böse! Bussi, hab dich lieb! Feier schön!"

Tut – tut – tut.

Ich starrte verdattert auf das Telefon in meiner Hand. Nach einigen Sekunden drückte ich ebenfalls den roten Hörer. „Hm. Vielleicht besser so", murmelte ich, ohne zu wissen, ob ich das auch so meinte.

„Feigling", kommentierte Sammy trocken.

Ich ließ mich nicht provozieren. Sollte sie doch denken, was sie wollte. Der Moment, an dem ich kurz davorgestanden hatte, Sarah vom Verrat ihres Vaters zu erzählen, hatte mir den Angstschweiß auf die Stirn getrieben. Als wäre durch die Tatsache, es laut auszusprechen, die Ungeheuer-lichkeit erst real geworden. Aufdringlich hämmerte der Puls in meinen Ohren.

„Probier's halt aus", schlug Sammy vor.

„Wenn du meinst", willigte ich zögernd ein und holte tief Luft. „Dein Vater und ich haben uns getrennt", spru-delte ich hervor und lauschte dem Klang meiner Stimme nach. Verdammt. Es stimmte tatsächlich. Die Erkenntnis traf mich mit voller Wucht. Allerdings diesmal auf der ra-tionalen Ebene. Nicht auf der emotionalen. Obwohl sich ja genau genommen nur Gerald getrennt hatte. Aber beim Verlassenwerden ist es wie beim Zusammenkommen: al-lein funktioniert es nicht.

„Jetzt hörst du dich schon an wie Tante Carla."

„Ich *bin* Tante Carla."

„Aber doch nicht in der Freizeit!", empörte sich Sammy.

Und das völlig zurecht. Privat war ich offenbar keine Expertin für Probleme von A, wie Ameisen nachhaltig und umweltbewusst vom Balkon vertreiben, bis Z, wie Zettel-wirtschaft im Haushaltsbuch und ihre dramatischen Fol-gen.

Sonst hätte ich gewusst, was ich nun tun sollte, als ein-seitig getrennte Frau Mitte fünfzig. „*Außer* Duschen und Zähneputzen", fügte ich wohlweislich hinzu.

Auf weitere Geburtstagsglückwünsche hatte ich definitiv keine Lust. Ebenso wenig auf Feierlichkeiten jedweder Art. Gut. Damit war eine Entscheidung bereits gefallen, denn ich hatte mich mit Rita für zehn Uhr zum Festtags-brunch in unserem Lieblingscafé verabredet. Ich musste ihr absagen. Das Problem: Rita würde keine Ausreden gelten lassen, sondern so lange nachfragen und bohren, bis sie den wahren Grund für meine Unlust herausgefunden hätte. Als

Rechtsanwaltsgehilfin einer großen Kanzlei war sie in dieser Hinsicht geschult.

„Und dann steht sie hier auf der Matte", führte Sammy den Gedanken zu Ende. „Mit einem Blumenstrauß, drei Flaschen Prosecco und einer Großpackung Kosmetiktüchern in einer praktischen Box im Leopardendesign."

„Kann gut sein", stimmte ich zu. Tierfellmuster waren gerade besonders hipp.

„Um dich zu trösten!"

„Ja, das auch."

„Am besten schickst du ihr eine Nachricht per WhatsApp."

„Und was soll ich schreiben?" Ich war aufgestanden und hatte mir einen zweiten Kaffee eingeschenkt. Gedankenverloren rührte ich um.

„Wie wäre es mit der Wahrheit?"

„Hm – gute Idee!" Ich schnappte mir die Tasse und ging zurück nach draußen, wo mein Smartphone lag. „Hi Süße, möchte heute lieber allein sein. Melde mich wieder." Nachdem die wenigen Wörter zusammen mit rund zwanzig Bussi- und Umarm-Emoticons, ein paar Herzchen und Blümchen versandt waren, verspürte ich umgehend Erleichterung. Es war die richtige Entscheidung gewesen. Ich aktivierte den Flugmodus und stellte das Schnurlosgerät des Festnetzanschlusses auf lautlos.

„Wenn du jetzt noch die Klingel an der Haustür ausschaltest, bist du so abgeschottet, wie es nur möglich ist."

„Ich weiß nicht, wie man das macht", gab ich zurück. „Du vielleicht?"

„Sehr witzig."

„Dann werde ich jetzt duschen gehen – da hör' ich sie auch nicht."

„Endlich."

VIER

Eine gute halbe Stunde später saß ich in meinem Lieblings-schlabbershirt, Taillenslip und Handtuchturban auf dem Sofa und zappte durch das vormittägliche Unterhaltungs-programm verschiedenster Fernsehsender. Ich wollte nicht nachdenken müssen, und den Intendanten schien kaum et-was ferner zu liegen, als den Intellekt ihrer Zuschauer aktiv einzufordern. Eine Win-Win-Situation. Anstelle des Kaf-fees war eine Flasche Cola getreten, die ich zufällig neben der H-Milch im Keller gefunden hatte. Ja, Sie haben richtig gelesen. Stinknormale Cola. Weder „Light" noch „Zero". Schlappe 420 Kilokalorien pro Liter. Dazu eine Schüssel voll Frühstücks-Chips mit Zwiebel- und Sauer-cremearoma, die ich aus der hintersten Ecke der Speise-kammer gekramt hatte. Zufrieden leckte ich mir die Krü-mel von den Fingern.

Yummi!

Gerald hätte konsterniert die Stirn gerunzelt, wenn er mich so gesehen hätte. Rita ebenfalls. Von meinem Schwie-gervater oder dem Redaktionsleiter der Hochglanzillus-trierten ganz zu schweigen. Eigentlich jeder, der mich kennt oder zu kennen glaubt. Aber es war ja keiner da au-ßer mir. Ein ungeahntes Gefühl von Freiheit überkam mich. Wäre ein Becher Speiseeis im Haus gewesen – ich hätte ihn gegessen! Also „es" – das Eis, nicht „ihn", den Becher. Die deutsche Grammatik ist manchmal nicht so stimmig wie sie sein sollte.

„Du meinst, wie in einer dieser amerikanischen Fern-sehserien, wo dürre Schauspielerinnen einen ganzen Eimer voll mit dem Löffel vom Salatbesteck in sich hineinschau-feln, wenn sie Kummer haben?", fragte Sammy.

„Genau *so*!", bestätigte ich.

„Schade, dass keins da ist."

„Aber die Chips sind auch lecker. Und die Cola."

„Du wirst dir den Magen verderben."

„Jetzt sieh nicht alles so schwarz. Das sind Mindesthaltbarkeitsdaten, keine Ab-da-tödlich-Countdowns."

„Trotzdem. Über zwei Jahre… das ist schon 'ne Hausnummer!"

„Die Chips nur knapp elf Monate – und mit Cola hätten die alten Ägypter früher ihre Mumien konserviert, wenn sie zu der Zeit bereits erfunden gewesen wäre. Damit kann man sogar Rost entfernen!"

„Was hat denn jetzt die Möglichkeit der Eliminierung eines Korrosionsproduktes mit der Verträglichkeit abgelaufener Lebensmittel zu tun?"

Grrr.

Mir war nicht nach rhetorischen Klugscheißerei-Ergüssen. Ich beschloss, mir von der alten ‚Unk'-Nudel nicht den Spaß verderben zu lassen, und saugte weiter Rentnerwissen in mich auf. Direkt auf einen Bericht über die nachgewiesene Schädigung der Gesundheit durch Lärm folgte eine Reportage, wonach Elektroautos künftig mit künstlichen Geräuschen ausgestattet sein müssen, damit sie im lauten Straßenverkehr nicht überhört werden. Genau mein Humor!

In einer Werbepause ging ich kurz ins Bad, um das Handtuch loszuwerden und mit einem breitzinkigen Kamm halbherzig durch meine Lockenmähne zu fahren, die trotz fortschreitenden Alters noch erfreulich füllig und kaum ergraut war. Früher trug ich die Haare stets getönt. In Jugendzeiten hatte ich das wagemutig über dem Waschbecken selbst erledigt, später delegierte ich die Hauptverantwortung für mein Selbstbewusstsein in die Hände eines

Frisörs. Ich war sehr experimentierfreudig gewesen: Von schwarz über blond und rot hatte es auch Abstecher in Richtung blau, grün und violett gegeben – zumeist als Strähnchen. Als jedoch vor rund drei Jahren die ersten Weißen aus der Kopfhaut hervorsprießten, hatte ich entschieden, dass es an der Zeit wäre, nun zu meiner Ursprungsfarbe, einem gar nicht mal so üblen Straßenköter-Dunkelblond zurückzukehren, um ohne lästigen Ansatz in Ruhe und Würde zu ergrauen. Ich stellte es mir spannend vor, diesen Teil des Alterungsprozesses ohne den Einsatz von Chemie oder Henna mitzuerleben. „Mal sehen, wie lange noch", dachte ich nun mit skeptischem Blick auf meine Schläfen. Der Reiz des neuen Alten ließ bereits nach. Schnell noch ein bisschen Repair-Öl in die nassen Spitzen geknetet, und ich fläzte mich wieder gemütlich aufs Sofa, stopfte mir eine Handvoll Chips in den Mund – und erstarrte.

Nicht wegen der Werbung – es lief der sehr authentisch wirkende Spot eines Baumarkts, in dem ein ungepflegter, stark schwitzender Mann mit stolzem Blick sein neues, überdimensional großes Waschbecken an die Wand wuchtete, während heroische Hintergrundmusik dudelte – sondern wegen eines Gedankenblitzes, der mich soeben ereilt hatte. Prompt verschluckte ich mich am frittierten Kartoffelscheibchen und musste husten.

Eilig sprang ich auf und kniff die Beine zusammen. Sie wissen schon: Harninkontinenz. Ein weiteres Geschenk meiner drei Schwangerschaften. Zu diesem Thema gibt es auch ganz hervorragend ausgearbeitete, aus dem Leben gegriffene Reklamefilmchen. Ironie off. Mein persönlicher Favorit ist der, in dem drei kichernde Frauen auf Barhockern in einer Kabarettvorführung sitzen und die eine neckisch in die Kamera flüstert: „Ich mache mir vor Lachen in die Hose

– Wirklich!" – Dabei hat sie nicht mal eine an! Sie trägt einen schmalen Stiftrock.

Aber mal ehrlich: Muss man alles im Fernsehen herausposaunen? Wo bleibt denn da bitte die persönliche Intimität des Individuums? Möchte ich, dass mein Mann, der in einer Parallelwelt vielleicht neben mir auf dem Sofa sitzen würde, den Blick auf mich richtet und sich fragt, ob ich eigentlich noch ganz dicht bin? – Nein! Das möchte ich nicht! Genauso wenig wie ich will, dass sich die männliche Gedankenwelt auf die Suche nach dem Sinn einer nach hinten dicker und breiter werdenden Menstruationsbinde für die Nacht begibt. Nennen Sie mich altmodisch und verklemmt – aber mir ist das peinlich!

Seit einiger Zeit wird auch eine sehr anschauliche Werbung für Potenzmittel im TV ausgestrahlt. Eine Horde Ritter, Wikinger, Tataren oder was weiß ich, ist beauftragt, mit phallusähnlichem Rammbock das Tor einer Burg zu stürmen. Leider ist er nicht hart genug. Die Eichel hängt traurig herunter. Kein schöner Anblick. Jedenfalls habe ich mit meinem Sohn darüber gesprochen, und nach einigem Hin und Her hat er zugegeben, dass es ihm unangenehm ist. Beides. Also sowohl mit mir über solche Dinge zu reden, als auch die Werbung. Und Ralf ist erst dreißig, wie gesagt!

Aber ich schweife ab. Während der körperlich völlig verausgabte Mann aus der Baumarktwerbung zufrieden auf die Taste seines – warum auch immer – mit Spachtelmasse und Wandfarbe überzogenen Kofferradios drückte und die Musik schlagartig verstummte, schoss mir der Gedanke durch den Kopf, was Gerald doch für ein verzogener Weichling war. Kein Hauch von maskulinem, testosterongeschwängertem Handwerksgeschick steckte in seinen penibel manikürten Fingerspitzen. Diese Vorstellung führte mich wiederum zu meinen eigenen Besuchen im Kosmetik-studio und der Tatsache, dass ich derartige Ausgaben von meinem „Taschengeld" bezahlte, wie ich es für mich selbst nannte.

Ich besaß seit meinem vierzehnten Lebensjahr ein Giro-konto. Damals hatte ich mein erstes eigenes Geld mit dem Austragen des „Schwabinger Anzeigers" verdient. Ein Wo-chenblatt mit Werbebeilagen, das alle Haushalte besagten Münchner Stadtteils in die Postkästen beziehungsweise auf die Fußmatte vor der Wohnungstür gelegt bekamen. Auf keinen Fall ins Treppenhaus! Die Altbauten hatten nicht selten weder Briefkästen noch Aufzug. Mein Revier um-fasste vier Blocks. Noch heute träume ich manchmal davon, wie mich aufgebrachte Mieter beschimpften – ja, sogar ver-folgten! – weil ich bei sämtlichen Parteien geläutet hatte, damit mir ein Bewohner die Haustür öffnete und ich „Schwabinger Annnnzeigeeer!!! Dankeschöööön!!!" durchs Treppenhaus plärren konnte.

Hach. Die gute alte Zeit. Damals hatte Immobilien Schmaus noch eine Zweigstelle in der Georgenstraße, und während mein Vater dort nach dem Rechten sah, konnte ich ein wenig Geld verdienen.

Jedenfalls wurde seither mein Gehalt immer auf dieses Konto überwiesen. Auch das wenige, das ich als „Tante Carla" verdiente. Ich bezahlte davon die Dinge, für die ich Gerald gegenüber keine Rechenschaft ablegen wollte: Zweimal Friseur in einer Woche, weil ich den Pony nun doch ein wenig gestufter haben wollte, eine Rechnung über die Lieferung von fünf Kartons Aperol, oder die Buchung eines Strippers für Ritas fünfzigsten Geburtstag. Nein, ich mache Spaß. Es waren nur drei Kartons. Aber trotzdem. Mein Gatte musste nicht alles erfahren. Das war nicht gut für sein Herz. Außerdem habe ich immer nur Kleinigkeiten verschwiegen und nie gelogen. Hätte er gefragt, ob ich jemals dafür bezahlt habe, dabei zuzusehen, wie sich ein muskelbepackter Polizist zu lasziver Musik aus seiner Uniform schält – ich hätte es ohne Zögern bejaht. Aber er wollte es nicht wissen.

Über diese Umwege bin ich also aufs Thema *Geld* gekommen. Und auf den erschreckenden Gedanken, dass sich mein habgieriger Bald-Ex-Ehemann nicht nur mein Elternhaus, sondern vielleicht unser gesamtes Vermögen unter den gepflegten Nagel reißen wollte. Das war der Punkt, an dem ich mich verschluckte und aufsprang.

Mit einem flauen Gefühl im Bauch hastete ich ins Arbeitszimmer, wo mein Laptop stand. Ich rief im Internet die Seite fürs Onlinebanking auf und gab die Nummer unseres gemeinsamen Girokontos und die PIN ein: „Sie haben einen falschen Anmeldenamen oder eine falsche Legitimations-ID eingegeben oder die PIN ist falsch. Bitte prüfen Sie die Daten und geben Sie diese korrekt ein", las ich halblaut die mir angezeigte Fehlermeldung und schüttelte ungläubig den Kopf.

„Er hat tatsächlich die Zahlen geändert!", flüsterte ich fassungslos.

„Vielleicht hast du dich auch nur vertippt."

„Nein."

„Versuch's halt noch mal!"

„Wenn du meinst..."

Wieder erschien der Hinweis und mahnte mich zum Prüfen der Daten.

„Dieser Mistkerl!", eiferte sich Sammy. *Mistkerl* schien Geralds neuer Kosename zu werden. Durchaus passend, wie ich fand.

Aus reiner Gehässigkeit gab ich die Nummernfolge ein weiteres Mal ein. Wenn ich schon keinen Zugang mehr zum Onlinebanking bekam, sollte er ihn auch nicht nutzen können: „Sie haben dreimal hintereinander die falsche PIN eingegeben. Zu Ihrer Sicherheit wurde eine PIN-Sperre erzeugt. Für die Freischaltung dieser Sperre nehmen Sie bitte mit Ihrer Zweigniederlassung Kontakt auf."

„Worauf ihr einen lassen könnt!", rief ich wenig damenhaft und haute mit der Faust auf den Schreibtisch. Nicht genug damit, von Gerald unter geradezu empörend klischeehaften Umständen verlassen worden zu sein – jetzt beleidigte er mich noch zusätzlich, indem er mir den Zugriff auf unser gemeinsames Geld verweigern wollte. Wie ordinär!

„Bestimmt sind die Karten ebenfalls gesperrt", mutmaßte meine innere Stimme. „Gut, dass du auf die Idee gekommen bist, das Konto zu überprüfen – sonst hättest du beim nächsten Einkauf schön blöd dagestanden. Er weiß schließlich, dass du nie Bargeld dabeihast."

Der Mistkerl.

Die nötige Ruhe zur kulinarischen Revolution vor der Glotze war mir schlagartig abhandengekommen. Ich war sauer. Stinksauer. Knurrende Laute stiegen aus den Tiefen meiner Kehle, als ich ruckartig den Stuhl zurückschob und ins Schlafzimmer stapfte, um eine Jeans mit Rundum-Gummi anzuziehen. Entgegen der stets perfekt gestylten Flittchen-Jenny, die sogar zum Grillfest an der Isar, das Immobilien Schmaus letzten Sommer ausgerichtet hatte, in Bluse und Kostüm erschienen war, stand bei mir die Bequemlichkeit der Klamotten mehr im Fokus als ihr gesellschaftliches Ansehen. Gleiches galt – und gilt auch heute noch – für den Rest meiner Erscheinung.

Ich bändigte meine nicht ganz trockene Mähne mit einem Baumwolltuch und sprühte Deo unter die Achseln.

Fertig. Warum sollte ich mich modebewusst mit mattierendem Anti-Aging-Makeup zukleistern? Stellen Sie sich vor, ich träfe auf eine Koreanerin – die arme Frau fiele schier in Ohnmacht. Dort ist nämlich gerade „Glass Skin" hip. Ebenfalls ebenmäßige, aber glänzende Gesichtshaut. Sie sehen: Wie man's macht, ist's verkehrt. Klar, jünger aussehen zu müssen, ist vermutlich ein weltweiter Trend. Der Preis dafür, dass 40 das neue 30 ist.

Ausgenommen vielleicht das völlig abgeschottet lebende Inselvolk auf North Sentinel im indischen Ozean. Haben Sie davon gehört? Dort wurde 2018 ein amerikanischer Missionar von den indigenen Bewohnern mit Pfeil und Bogen erschossen, als er ihr Eiland unerlaubter Weise betreten wollte, um ihnen Jesus näher zu bringen. Die Leiche des Siebenundzwanzigjährigen wurde nie geborgen. Stellen Sie sich vor, modebewusste Paradiesvögel wie Jorge González oder Bruce Darnell wären an seiner Stelle auf der einsamen Insel gelandet! Ich glaube, die Sentinelesen wären entweder vor Schreck tot umgefallen, oder sie hätten einen neuen Gott verehrt. Beides ist möglich.

Aber mal ehrlich: Wenn ich mit fünfundfünfzig wie fünfundvierzig aussehe, bin ich doch trotzdem fünfundfünfzig, stimmt's? Da kann mir die Werbung erzählen, was sie will. Oder noch so viele diffuse Ängste einzuimpfen versuchen. Auch, dass mich irgendwelche Schnösel eventuell nicht für voll nehmen, wenn mein Körper sein vermutliches Ablaufdatum öffentlich preisgibt. Das ist dann doch wohl deren Problem und nicht meins! Morgan Freeman hat mal gesagt, dass ihm mal jemand gesagt habe: „Nimm keine Kritik von Leuten an, die du nicht von dir aus um Rat fragen würdest" – oder so ähnlich. Damit lässt sich meine Lebensauffassung ganz gut beschreiben. Zumindest heute. Damals war ich noch nicht ganz so weit, aber immerhin so selbstbewusst, dass ich meistens auf die zwanghafte kosmetische Optimierung meiner äußeren Erscheinung nach aktuellen europäischen Maßstäben verzichten konnte.

Ich unternahm einen kurzen Rundgang durchs Haus. Vater hatte mir schon als Kind beigebracht, sämtliche Fenster und Türen zu kontrollieren und verderbliche Lebensmittel wegzuräumen, bevor ich meine vier Wände verließ – dann machte ich mich ungeschminkt auf den Weg zum Kreditinstitut.

Immer noch aufgebracht, warf ich meinen Maxi-Shopper auf den Beifahrersitz des Micro-Vans. Es klimperte und klirrte. In der praktischen Verschmelzung von Hand- und Einkaufstasche schleppte ich etliche Kilogramm Reingewicht mit mir herum – dafür war es nie nötig nachzusehen, ob ich auch wirklich alles dabeihatte. Wie immer musste ich Rosi kurz überzeugen, dass meine Handtasche kein nicht angeschnallter Beifahrer war, dann ging's los.

Das Wetter war herrlich, doch ich hatte keinen Blick für die leuchtenden Farben der Blumen, die in den akkurat angelegten Rabatten meiner allesamt wohlbetuchten Nachbarn blühten und in denen einzelne Bienen tapfer gegen die Hinterlassenschaften diverser Unkrautvernichtungsmittel und Insektizide kämpften. Tatsächlich pflatschte sogar die ein oder andere gegen meine Frontscheibe, während ich mit sechzig Stundenkilometern durch die verkehrsberuhigte Zone bretterte, um meinem Unmut Luft zu machen. Vielleicht waren es aber auch Schmeißfliegen.

Hoffentlich.

Vor der Filiale zwängte ich mein Auto rückwärts zwischen zwei Prachtkarossen. Noch ein Detail, das ich bei einem Fahrzeug nie wieder missen möchte: Das nahezu senkrechte Steilheck. Dieses typisch weibliche Klischee erfülle ich nämlich zu einhundert Prozent – ich kann nicht rückwärts einparken, wenn ich nicht weiß, wo mein Auto aufhört. Also wenn da hinten noch was dran ist, das ich nicht sehen kann. So aber war es kein Problem. Nach nicht einmal sieben Zügen stand mein Wagen lediglich mit einem Hinterrad auf dem Bordstein. Durchaus vertretbar, wie ich fand. Noch eine kurze, verbale Auseinandersetzung mit einem Fahrradfahrer, der mir fast die offene Autotür beschädigt hätte, dann stürmte ich in die Bank.

„Probier' erst mal die Karten aus", riet mir Sammy. Ich stoppte unvermittelt. Der hinter mir gehenden Mutter gelang es gerade noch, den Kinderwagen herumzureißen, sonst wäre ich vermutlich mit lädierten Achillessehnen im Krankenhaus gelandet. Wer weiß, wie sich mein Leben dann entwickelt hätte. Es war wie mit diesem Schmetterling, Sie wissen schon, der unschuldig durch Brasilien flattert und damit in Texas einen Wirbelsturm auslöst. Zumindest, wenn man Edward Lorenz Glauben schenkt. Er nennt das „Chaostheorie". Alles eine Frage der Kausalität.

Egal.

Jedenfalls ließ sich weder mit der Bankkarte noch mit der Kreditkarte Geld abheben. Sie waren beide gesperrt, wurden aber nicht sofort eingezogen.

„Glück gehabt", dachte ich.

„Du spinnst doch." Ich ignorierte Sammys Meinung, stellte mich in der kurzen Reihe vor den Schaltern an und atmete tief durch. Langsam verflüchtigte sich meine Wut, was ich sehr bedauerlich fand. Und auch hinderlich. Der Zorn hatte mir Schwung gegeben. Elan. Sozusagen Feuer unterm Hintern gemacht. Jetzt streckte wieder der Schmerz seine ekligen Gichtgriffel nach mir aus und infizierte mich mit Selbstzweifeln. „Vielleicht habe ich es nicht besser verdient", zerfleischte ich mich miesepetrig selbst.

„Du meinst, dass dich der Mistkerl mittellos zurücklassen will, während er sich mit seiner Schlampe auf Malle das Hirn aus dem Leib vögelt?"

„Welches Hirn?", fragte ich zurück und musste kichern. Die Oma vor mir drehte sich irritiert um: „Ist alles in Ordnung, meine Liebe?" In ihren Augen stand eine Mischung aus Besorgnis und Misstrauen.

„Ja, danke, alles bestens."

„Sind Sie sicher?" Nun mischte sich Neugierde in den Blick der alten Dame. Vielleicht hätte sie endlich einmal wieder etwas zu erzählen, auf dem nächsten Stammtisch der „Grünwalder Elite und deren Nachfahren"!

Ich nickte und lächelte ihr zu. „Tut mir leid, kein Grund zur Sorge. Wirklich. Sagt mein Psychiater auch." Ich zwinkerte vertraulich. Sie fixierte mich kurz mit hochgezogenen Augenbrauen und wandte sich dann brüsk ab. Die Handtasche hielt sie so fest umklammert, dass die Fingerknöchel weiß wurden. Ich war ihr nicht böse. Ich hätte es genauso gemacht.

„Ihr Mann hat das gemeinsame private Girokonto gestern in ein Geschäftskonto ändern lassen", erklärte mir Dr. Rainer Pingel, als ich später an seinem Schreibtisch saß. „Kontoinhaber ist somit Immobilien Schmaus."

Die Angestellte am Tresen hatte mir lediglich mitteilen können, dass das zu meinen Karten gehörende Konto nicht mehr existierte. Eine nahende Ohnmacht sowie lautes Gekeife und Schnappatmung meinerseits hatten die arme Frau dazu bewogen, mich aus dem öffentlichen Geschehen zu entfernen und ins Büro des Filialleiters zu führen. Eine weise Entscheidung, wie ich zugeben musste. Wahrscheinlich hätte ich sonst die bunte Sparpyramide zerpflückt, die kunstvoll aus Pappmaché gefertigt neben ihrem Monitor stand, und ihr die Fetzen um die gepiercten Ohren gehauen.

„Aber dem habe ich nie zugestimmt", stammelte ich nun, kalkweiß im Gesicht.

„Hm, ja, also… in der Tat!" Pingels Augen huschten unbehaglich über den Bildschirm, während er hektisch mit der Maus klickte. „Ihr Gatte versicherte mir glaubhaft, dass er mit Ihrem Einverständnis… also in Ihrem Willen… und mit bestem…"

„Er hat gelogen", stellte ich klar und bemühte mich, meiner Stimme einen festen Klang zu geben. Langsam kehrten meine Lebensgeister zurück. Und mit ihnen die Wut über die Selbstverständlichkeit und Arroganz, mit der diese beiden alten Säcke über meine finanzielle Zukunft entschieden hatten. „Mein Mann und ich haben uns getrennt. Er versucht, unser Vermögen für sich allein zu beanspruchen. Das werde ich keinesfalls dulden!"

Der Filialleiter blickte auf. „Nun, Frau Wagner, ich denke nicht…"

„Schön, dass Sie das so offen zugeben, Herr Doktor Pingel", unterbrach ich ihn von oben herab. „Aber ich möchte dennoch Ihre Auszubildenden sprechen."

„Meine…? – Warum das denn?"

„Da Sie der Filialleiter sind, kann ich nicht nach Ihrem Vorgesetzten verlangen. Stattdessen werde ich gerne dabei zuhören, wie Sie höchstpersönlich den angehenden Bankkaufmännern und -frauen erläutern, was hier gestern geschehen ist. Mich würde doch sehr interessieren, wie Sie Ihr Verhalten rechtfertigen oder gar vertretbar erscheinen lassen." Meine Stimme wurde lauter. „Denken Sie, ich weiß nicht, dass Sie mit meinem Mann zum Golfspielen gehen und im gleichen Tennisclub sind?"

Der Ehrlichkeit halber muss ich an dieser Stelle gestehen, dass ich keine Ahnung hatte, wo Dr. Pingel seinen Schläger schwingt – egal welchen. Aber das hatte ich ja auch nicht behauptet. Ich hatte lediglich eine rhetorische Frage gestellt, mit dieser jedoch offensichtlich voll ins Schwarze getroffen. Oder ins Rote. Je nachdem, ob ich mir eine Dart- oder Schießscheibe für meine Metapher vorstellte. Bevor ich mich entschieden hatte, fand Pingel seine Stimme wieder:

„Ähm… Frau Wagner, also ich…" Der sichtbar verunsicherte Mann räusperte sich und zupfte am Kragen seines Designerhemdes. „Ich bin sicher, wir können das zu unser aller…"

„Die Hälfte", beschied ich knapp. „Ich erwarte, dass Sie die Hälfte des Geldes umbuchen. Jetzt." Ich schob die EC-Karte meines Taschengeldkontos über den Tisch.

„Um Himmelswillen! Wie stellen Sie sich das vor?"

Ich antwortete nicht, sondern trommelte nur ungeduldig mit den Fingernägeln auf der Tischplatte und musterte Pingel scharf und unerbittlich. Zumindest hoffte ich das. Gefühlte fünf Minuten starrenden Schweigens später öffnete sich nach zweimaligem Klopfen die Glastür des Büros. Tatsächlich waren wahrscheinlich nicht mehr als dreißig Sekunden vergangen.

Die junge Frau vom Schalter steckte den Kopf herein. Ihre runden Ohrringe in Größe einer Papageienschaukel klimperten gegen die Scheibe, als sie mit nervöser Stimme sagte: „Bitte entschuldigen Sie Herr Doktor Pingel, aber die Herren vom Vorstand…"

Er unterbrach sie sofort. Geradezu hektisch, wie mir schien. Wahrscheinlich sollte ich nicht auf die Idee kommen, besagten Herren ebenfalls einen Besuch abzustatten.

„Danke, Fräulein Engelbrecht. Ich bin gleich da. Fünf Minuten!"

Ich konnte es kaum glauben. Hatte er tatsächlich „Fräulein" gesagt? Diese Anrede war im Amtsdeutsch bereits 1971 abgeschafft worden! Anscheinend war Pingel am Ende der 1960er hängengeblieben. Also geschätzt im zarten Alter von acht Jahren.

Hmpf.

Ich bin wirklich kein Verfechter des Feminismus. Verfechterin. Die klassische Rollenverteilung zwischen Hauptverdiener, Ehefrau, Haushälterin und Kindermädchen hat mir immer gut gefallen. Gegenseitiger Respekt hingegen sollte selbstverständlich sein. Und der zeigte sich meiner Ansicht nach nicht in einer Verniedlichung der Anrede. Schließlich gab es ja auch kein „Herrchen". Zumindest nicht in diesem Kontext.

„Einen Moment bitte", schaltete ich mich ein, bevor das Fräulein die Tür wieder schließen konnte. Ich hatte mich zu ihr umgedreht und lächelte sie nun freundlich an. „Angenommen, ein Ehepaar hat ein gemeinsames, privates Konto bei Ihrer Bank. Würden Sie dieses ohne das Einverständnis des jeweils anderen in ein Geschäftskonto umwandeln?"

Die Auszubildende zögerte. Ihr Blick huschte zu Pingel. War das eine Falle? „Äh… gibt es eine entsprechende Vollmacht?"

„Nein." Ich schüttelte den Kopf. „Keine Vollmacht."

„Nun, dann würde eine Änderung gegen die vertragliche Vereinbarung verstoßen, die einem gemeinsamen Konto zugrunde liegt?" Sie formulierte ihr Antwort als Frage.

Ich nickte gnädig. „Danke, Frau Engelbrecht. Das war's auch schon. Sie können gehen." Sie zog eilig die Tür zu.

Durchs Glas blitzte kurz ihr verwirrter und zugleich erleichterter Gesichtsausdruck auf, bevor sie sich abwandte. Vermutlich, um dem Vorstand Kaffee zu kochen und die Mineralwasserfläschchen aufzuschrauben.

Pingel musterte mich ärgerlich und seufzte hörbar. Ich nicht. Ich seufzte innerlich.

„Sie wünschen eine Überweisung der Hälfte des Geldes, Kontostand gestern, bevor ihr Mann mich aufgesucht hatte?", vergewisserte sich der Filialleiter.

Sammy gab mir in Gedanken ein High-Five. „Jetzt haben wir ihn!", triumphierte sie.

„Ja", antwortete ich mit fester Stimme. „Wie viel ist das denn?", fiel mir dann ein zu fragen. Um die Finanzen hatte sich stets Gerald, der Mistkerl, gekümmert. Mir hatte das Wissen um eine gedeckte Kreditkarte völlig ausgereicht.

Pingel klickte ein paar Mal mit der Maus. „Einhundertsechsundachtzigtausend Euro und zwölf Cent."

Wow.

Dann verfügte ich nun – zusammen mit dem Guthaben des Taschengeldkontos – über ein Gesamtvermögen von ziemlich genau 186.150 Euro! Ich umklammerte meinen Riesen-Shopper und wagte kaum zu atmen. Erst, als Pingel mit theatralischer Geste den rechten Zeigefinger auf die Enter-Taste niedersausen ließ und „Gott steh' mir bei" murmelte, sagte ich: „Was ist mit dem restlichen Zeug? – Ich meine… Wir besitzen doch zudem Aktienpakete, Sparbriefe, Staatsanleihen – etwas in der Art?"

„In der Tat."

„Haben Sie da auch etwas für meinen Mann zu deichseln versucht?"

„Natürlich nicht!" Pingel spielte den aufrichtig empörten Pinkel überzeugend und tupfte mit einem Taschentuch seine Stirnglatze trocken.

Ich stand auf. „Ihnen wird bekannt sein, dass ich Journalistin bin und sehr gute Kontakte zu den Boulevardmedien pflege. Sollten Sie also gelogen haben…" Ich ließ die Worte drohend in der Luft hängen und stemmte die Hände in die Hüfte.

Pingel hatte sich ebenfalls erhoben. „Sie sollten nun gehen. Auf Wiedersehen, Frau Wagner."

Na gut.

Ich schnappte mir die EC-Karte meines Taschengeldkontos aus Kindheitstagen und stolzierte so damenhaft, wie es mir auf weißen Sneakers mit rosa Schnürsenkeln möglich war, über die graue Auslegeware des Büros in Richtung Ausgang.

FÜNF

„Einhundertsechsundachtzigtausend Euro! Du heilige Scheiße! – Und das ist nur das Geld vom *Girokonto*!" Während ich, äußerlich ruhig, am Bankomat meine Karte ausprobierte – schließlich konnte mir Pingel viel erzählen, wenn die Krawatte lang genug war –, war Sammy ganz außer sich. „Weißt du, wie viele Kugeln Eis man dafür kaufen kann?!"

„Na ja, wenn jede einen Euro kostet, habe ich eine Vermutung", gab ich trocken zurück.

„Oder Schuhe?! – Oh mein Gott, wir können in Schuhen *baden*, wenn wir wollen!" Meine innere Stimme war nicht mehr zu bremsen.

Zufrieden grinsend betrachtete ich das Display mit dem Kontostand. Entgegen meiner sonstigen Gewohnheit, kein Bargeld bei mir zu tragen, hob ich fünfhundert Euro ab. Einfach so. Meine Großmutter mütterlicherseits – eine herzensgute Frau und mindestens ebenso weise wie Mister Freeman – hatte stets die Meinung vertreten, dass Menschen über sechs Sinne verfügen: Hören, Riechen, Schmecken, Sehen, Tasten und – Erspüren. Ich war also von klein auf mit dem Wissen um die Macht der Intuition gesegnet gewesen. Die Erkenntnis, dass es auch tatsächlich besser ist, auf das eigene Gefühl zu hören, konnte mir Oma allerdings nicht beibringen. Diese Erfahrung muss jeder Mensch im Laufe seines Lebens selbst machen. Oder eben nicht.

Nehmen wir als Beispiel Gerald, den Mistkerl. Als ich ihn das erste Mal sah, dachte ich spontan: „Was für ein verlogenes Weichei!" Aber hat mich das davon abgehalten, ihn zu heiraten, Kinder in die Welt zu setzen und ihm zu *vertrauen*? Nun, Sie kennen die Antwort. Und weshalb war ich so bescheuert? Weil ich nicht auf meine Intuition gehört hatte, sondern auf meinen Verstand.

Papa war so begeistert von seinem neuen Angestellten, seinem „Verkaufsschlager", wie er ihn enthusiastisch nannte: „Drei Häuser in der ersten Woche, das ist Rekord!"

Ich sehe die beiden heute noch vor mir. Wie sie gemeinsam beim jährlichen Sommerfest von Immobilien Schmaus am Grill in unserem Garten standen, der damals noch genauso ordentlich und gepflegt war wie der der Nachbarn. Das war meiner Mutter zu verdanken, die ebenso grüne Daumen hatte wie *Shrek, Hulk* oder *Meister Yoda*. Bratwürste, Nackensteaks und Burger-Patties eiferten mit dem Aroma von Rosen- und Holunderblüten um die Wette. Glauben Sie mir: Es roch genauso merkwürdig wie es sich liest. Trotzdem war die Stimmung gleichermaßen gemütlich wie fröhlich. Die Biertische bogen sich unter den Schüsseln mit Nudel-, Kartoffel- und Kopfsalat, in meiner alten Babybadewanne kühlten Bier und Limonade. Mein Vater hatte einen Arm um Gerald gelegt, wendete gekonnt das Fleisch und sah so rundum zufrieden aus, dass ich es nicht übers Herz brachte, ihm die Wahrheit über das neue Wunderkind zu erzählen. Denn es war nicht Gerald Wagner gewesen, der die Käufer für die Häuser gefunden hatte, sondern Anne Schmidt. Seine Vorgängerin, die in Pension gegangen war und heute Besuch von ihren Enkelkindern bekam, weshalb sie sich entschuldigen ließ. Gerald selbst hatte nur noch die Verträge unterschreiben lassen müssen. Ich wusste das, weil ich am Nachmittag zuvor bei Anne zu Hause gewesen war und ihren selbstgebackenen Erdbeerkuchen geholt hatte. Eine Firmenfeier ohne Annes Erdbeerkuchen zum Nachtisch? Undenkbar! Sie hatte mich gefragt, ob ich wüsste, wie sich die Interessenten entschieden hatten. Jeden Moment erwartete ich, dass Gerald meinen Vater korrigierte und seine wahre Rolle beim Verkauf der Häuser eingestand – doch er schwieg. *„Verlogenes Weichei."*

Spät in der Nacht, als sich die letzten Gäste verabschiedet hatten, war mein Vater zu mir ins Kinderzimmer gekommen, wie wir den Raum immer noch nannten, obwohl ich seit einem Jahr mein eigenes Geld als Volontärin verdiente und die Zwanzig längst überschritten hatte.

„Ist dieser Wagner nicht ein wahrer Prachtkerl?", hatte er gefragt und sich zu mir auf die Bettkante gesetzt. „Ich weiß zufällig, dass du ihn sehr beeindruckt hast." Er zwinkerte mir zu. „Vielleicht hast du Lust, ihn anfangs ein wenig zu begleiten, wenn er die verschiedenen Objekte besucht? Du könntest eine Reportage schreiben."

„Du willst ja nur kostenlose Werbung", versuchte ich zu spaßen, doch mein Vater blieb ernst.

„Überlege es dir. Ich habe ihm die drei neu reingekommenen Bauernhöfe in Baierbrunn, Laufzorn und Buchenhain übertragen. Wenn du nicht darüber schreiben willst, könntest du zumindest die Fotos machen. – Gegen Bezahlung, versteht sich."

Fotografieren war neben der Texterei meine zweite große Leidenschaft, am liebsten Menschen. Aber dass mein Vater mir die Aufgabe übertrug, seine Immobilien abzulichten, war nicht ungewöhnlich.

Lange hatte ich zwischen diesen kreativen beruflichen Möglichkeiten geschwankt, die beide meine ausgeprägte Neugierde am Leben befriedigten. Den Ausschlag für die Ausbildung zur Redakteurin hatte schließlich der Zufall gegeben. Oder war es Schicksal? Jedenfalls hatte ich einen Tag vor meinen letzten Abiturprüfungen die Zeitung aufgeschlagen, die Stellenanzeige entdeckt und das Volontariat mit einer großen Portion Glück auch bekommen. Zehn Monate später bekam ich noch etwas anderes: Den Grund, weshalb ich heute keine Redakteurin, sondern lediglich Journalistin bin. Wie Sie wissen nannten wir ihn Ralf.

Aber ich möchte an dieser Stelle nicht den Eindruck erwecken, dass ich von Papa in die Arme meines künftigen Ex-Ehemannes gezwungen worden wäre oder nicht selbst die Verantwortung für meine Verhütung hätte übernehmen können. Gerald erwies sich auf den Touren zu den Bauernhöfen als durchaus angenehme Begleitung. Auch in den folgenden Wochen und Monaten zeigte er sich stets großzügig und charmant. Außerdem war er gut im Bett. Alles Dinge, von denen nun Flittchen-Jenny profitieren konnte. Nur weil ich damals nicht auf meine Intuition gehört hatte. Das will ich nur mal klarstellen. Ich war in Gerald verliebt und habe ihn geheiratet, weil mir mein Verstand zudem sagte, dass es nicht falsch sein könne. Er hatte eine aussichtsreiche Karriere vor sich, keine Erbkrankheiten in der Familie – was insbesondere in Bezug auf die Schwangerschaft relevant war – und mir überzeugend versichert, dass er mich ebenfalls liebe.

Der Mistkerl.

Ich ließ das Auto vor dem Kreditinstitut stehen und schlenderte über die Einkaufsmeile der Schlosspassage. „Ein Ort mit Anspruch im Herzen Grünwalds", wie ich erst kürzlich im Internet gelesen hatte. Aktuell beschränkten sich meine persönlichen Ansprüche auf eine Kugel Vanilleeis in der großen Waffel und – vielleicht – ein wenig „Sehbedarf", wie ich den Erwerb von Dingen scherzhaft nenne, die ich nur deshalb benötige, weil sie direkt vor meiner Nase liegen. Letzterer manifestierte sich nur wenige Minuten später im Schaufenster einer Boutique, die offensichtlich Mode für Barbiepuppen präsentierte. Zumindest konnte ich mir nicht vorstellen, dass der Körper einer leibhaftigen Frau in die bleistiftdünnen Hosenbeine oder Oberteile mit dem Flächenvolumen einer durchschnittlichen Leinenserviette passen würde. Aber das interessierte mich nicht, denn mein Augenmerk war auf etwas gerichtet, dessen Liebreiz unabhängig vom Leibesumfang glänzte: Sandalen! Mattschwarz, mit ergonomischem Fußbett und Silberperlen am Seitenriemchen. Noch dazu ökologisch, nachhaltig und in Fair-Trade produziert, wie im Übrigen das gesamte Ladensortiment, wenn man dem Hinweisschild hinter der Scheibe Glauben schenken durfte. Das war ein Zeichen! Die Sonne brannte heiß vom Himmel, und meine sneakerummantelten, feuchten Zehen lechzten nach Freiheit. Also nichts wie rein.

Eine altmodische Schelle über der Tür bimmelte fröhlich, als ich das klimaanlagentechnisch auf geschätzte achtzehn Grad heruntergekühlte Geschäft betrat. So viel zum Thema „ökologisch und nachhaltig". Die nun auf mich zutretende Verkäuferin machte ebenfalls nicht den Eindruck, als sei sie vom Woodstock-Festival übriggeblieben – oder auch nur am Rande an umweltrelevanten Produktionsketten interessiert. Ehrlich gesagt fragte ich mich sogar, ob sie a) volljährig und b) überhaupt echt war. Oder ob es sich um eine dieser Real-Dolls aus Japan beziehungsweise den USA handelte. Das sind lebensechte Puppen, die nicht nur die Beine breit machen, sondern sich – dank Computerchip mit Internetzugang im hohlen Haupt – sogar tagesaktuell unterhalten können. Doch als das Wesen vor mir zu sprechen begann, war mir klar, dass es sich um eine Frau aus Fleisch und Blut handeln musste. Trotz großer Mengen Kunststoff am und im Körper. Angefangen bei den Fingernägeln aus Acryl über fluoreszierenden Modeschmuck bis hin zu den Silikonbrüsten und der pinken Polyesterperücke.

„Übergrößen führen wir nicht", informierte sie mich hilfsbereit nach kurzem, abschätzendem Blick und formte mit ihrem Kaugummi eine große Blase.

Eine dermaßen schrille Quietschstimme wäre niemals in eines dieser Hightech-Kunstgeschöpfe einprogrammiert worden. Völlig kontraproduktiv. Stichwort: erektile Dysfunktion. Kein Mann zahlt Tausende von Dollar, damit ihm der Ständer zusammenfällt, sobald die Alte den Mund aufmacht. Ich dachte kurz darüber nach, ob ich der Verkäuferin meine Überlegungen mitteilen sollte, hatte dann aber Sorge, sie damit zu kränken. Oder intellektuell zu überfordern.

Stattdessen sagte ich: „Guten Tag, mein Name ist Charlotte Wagner. Wir von Greenpeace sind über die ansteigende Menge Plastikmüll in menschlichen Wasserleichen besorgt, die zunehmend die Weltmeere verschmutzen. Wussten Sie, dass immer mehr Haie qualvoll an den Giften verenden, die in den Silikonaufbauten der Surferinnen und Surfer enthalten sind? Auch junge Wasservögel leiden verstärkt an sogenannten ‚Schwellbäuchen‘, weil sie die synthetischen Polymere, die aus den Leichnamen austreten, mit der Nahrung aufnehmen."

Die junge Frau starrte mich verdutzt an. „Nein, das wusste ich nicht." Fünf Sekunden Pause. „Das ist ja schrecklich!" Sie fasste sich reflexartig an die Mogelbrust und riss entsetzt die Augen auf. „Aber – was soll ich jetzt tun?"

Sammy kicherte.

„Jetzt holen Sie mir bitte die Sandalen aus dem Schaufenster. Die schwarzen mit den Perlen. Größe 39", antwortete ich unschuldig.

Sie passten wie angegossen.

Der große alte Ahorn gegenüber der Eisdiele bot perfekten Schutz für Körper und Vanillekugel. Ich stellte meinen Shopper und die Baumwolltasche, in die ich die Sneakers gestopft hatte, neben mir auf den Boden und setzte mich auf eine der schattigen Holzbänke, die um den mächtigen Stamm herum verteilt standen. Es waren solche, deren Sitzfläche eine leichte Wölbung nach unten aufwies. Mein Po rutschte wie von selbst in die Kuhle. „Na bitte", dachte ich zufrieden und streckte die Beine aus. Das Eis schmeckte wunderbar, die Waffel war riesig. Ich wackelte fröhlich mit den Zehen, die aus den neuen Sandalen hervorlugten. Der apfelgrüne Nagellack, den mir die Podologin letzte Woche aufgeschwatzt hatte, wetteiferte mit den leuchtenden Farben der Natur. Die Sonne schien, die Vögel zwitscherten, Menschen gingen vorbei und lächelten mir zu – das Leben war schön!

Fast hätte ich Gerald, den Mistkerl, vergessen können. Aber eben nur fast. Es war wie mit dem aufdringlichen Geruch meiner verschwitzten Turnschuhe, der aus dem Jutebeutel neben mir langsam nach oben waberte und meine Nase beleidigte: Auf Dauer konnte ich den Gedanken an meinen taufrischen Familienstand nicht verdrängen, so sehr ich mich auch bemühte.

„Getrennt lebend", dachte ich. „Es ist unfassbar. Er hat mich tatsächlich sitzenlassen."

„Der Mistkerl", schloss sich Sammy an. Dann fügte sie energisch hinzu: „Eigentlich hast du gar keine Zeit, hier rumzuhocken und Kalorien in dich reinzuschlecken. Du musst eine neue Bleibe suchen. Und zusätzliche Arbeit!"

„Das ist nicht das Problem. Was Immobilien angeht, sitze ich ja quasi an der Quelle, und als Freiberuflerin habe ich auch genug Erfahrung."

„Genau! Du schaffst das schon, aber nicht durch Müßiggang. Du kennst das Sprichwort: Müßiggang ist aller...“

„Die Frage ist nicht, ob ich das *schaffe*, sondern ob ich das *möchte*“, unterbrach ich sie schroff.

„Du hast keine Wahl“, stellte Sammy klar.

„Vielleicht überlegt es sich Gerald ja auch noch mal?“, widersprach ich kleinlaut und hätte mir am liebsten gleich darauf einen Knoten in die Gehirnwindung gemacht, durch die diese Überlegung geflutscht war. Hatte ich denn gar keinen Stolz?!

„Was jetzt genau?“, hakte sie nach. „Dass er Jenny doch nicht liebt, oder dass er die Villa nicht mehr will?“

„Beides.“

„Und dann?“

„Keine Ahnung.“

„Gut, dass wir darüber gesprochen haben“, fasste meine innere Stimme ironisch zusammen.

Wie um mir endgültig die Illusion zu nehmen, dass die Probleme des Lebens nicht der Rede wert seien, solange man nur ein Vanilleeis und neue Schuhe hatte, kackte mir justament ein Vogel auf die Waffel. Direkt vom Baum, senkrecht herunter.

Pflatsch.

Vielleicht denken Sie nun, dass ich das verdient hätte, und wie blöd man eigentlich sein musste, um auch nur in Erwägung zu ziehen, seinem hinterfotzigen, untreuen und verlogenen Ehemann einfach zu verzeihen, falls er seinen Irrtum bemerken würde. Und, na ja, Sie haben recht. Irgendwie.

Meine Großmutter – hatte ich bereits erwähnt, dass sie eine wirklich kluge Frau war? – hat mir einmal geraten, dass ich mit mir selbst in Krisensituationen so umgehen sollte, als wäre ich meine beste Freundin. Weil ich es dann automatisch gut mit mir meinen und mich nicht fertigmachen würde. Da ist viel Wahres dran. Zu einer Freundin würde ich nie sagen: „Mein *Gott*, bist du *bescheuert*!" – oder zumindest nicht im Ernstfall. Mir selbst gegenüber äußere ich so etwas durchaus. Nicht nett. Und in der Regel kontraproduktiv.

„Leben ist das, was einem passiert, während man auf seine Träume wartet", zitierte Sammy John Lennon in meinem Kopf. Großartig – jetzt kam ich mir schon selbst mit abgedroschen Phrasen.

„Leben ist das, was einem passiert, während man auf sein Smartphone starrt", gab ich, ein wenig zickig, zurück. „Und überhaupt: Welche Träume denn?"

Ich war ganz glücklich gewesen, in meiner kleinen, heilen Welt. Zumindest zufrieden. Meistens. Mein Zuhause, der Job, Telefonate mit den Kindern, ab und an ein wenig Sport im Fernsehen, Lesen, Kreuzworträtsel... Das hatte mir genügt. Ich kam sehr gut mit mir allein zurecht. Und mit Sammy natürlich. Wenn ich in einem Café saß oder in einer Buchhandlung stöberte, schloss ich schnell neue Bekanntschaften. Echte Freunde hingegen hatte ich wenig. Eigentlich nur Rita, mit der ich mich auch häufig traf.

Erst neulich hatten wir in der Germeringer Stadthalle eine Aufführung des russischen Staatsballetts besucht: „Der Nussknacker". Die Geschichte war mir aus dem gleichnamigen Barbie-Film geläufig gewesen. Ich hatte ihn mir mit meiner Tochter Sarah bestimmt dreißigmal angesehen. Es war ein „netter Abend", der meinen inneren Speicher für gehobene kulturelle Veranstaltungen für die nächsten Monate hinreichend gefüllt hatte. Rita hatten die Prosecco-Pausen am besten gefallen. Beziehungsweise der Student hinter dem Tresen.

Stößchen!

„Eben! Genau das meine ich ja! Du brauchst neue Träume. *Ziele*!", echauffierte sich Sammy und riss mich damit wieder in die Gegenwart zurück.

Murrend stand ich auf und warf das fäkalienverzierte Eis in einen Mülleimer neben der Bank. Die wohlig-entspannte Stimmung war endgültig verflogen und einer fiesen Erwartungshaltung gewichen. Tatkraft war gefragt!

Allein der Gedanke ließ mich gähnen.

„Reiß dich gefälligst zusammen!"

„Geht das vielleicht auch ein bisschen freundlicher?", keifte ich zurück. „Denk an Oma!"

„Na gut. Was würdest du denn jetzt gerne als nächstes unternehmen?"

„Du meinst in punkto Job und neuer Bleibe?"

„Nein – in Bezug auf Weltfrieden und Klimaschutz. – Himmelherrgottnocheinmal! Natürlich spreche ich von den naheliegenden Problemen."

„Du musst nicht gleich pampig werden", wies ich Sammy erneut zurecht, obwohl ich ihre Reizbarkeit selbstredend nachvollziehen konnte. Nur zu gut. Leider.

Seufzend setzte ich mich wieder hin und kramte mein Handy aus dem Seitenfach des Shoppers, das sich nach wie vor im Offlinemodus befand. Ob sich Gerald gemeldet hatte? Neugierig wischte ich über den Touchscreen und tippte auf das Flugzeugsymbol. Während ich auf das bestimmt gleich einsetzende Summen, Piepen und Vibrieren wartete, mit dem mich die digitale Welt willkommen heißen würde, kämpfte mein Magen mit Turbulenzen.

Sammy schwieg. Ich wusste, dass sie meine Hoffnung missbilligte. Aber sie war eben meine beste eigene Freundin, und als solche stand sie mir bei. *In memoria avia* sozusagen. Im Gedenken an Großmutter.

Mein Smartphone zeigte den Eingang von zwei neuen E-Mails, fünf WhatsApp-Nachrichten und vier Anrufen in Abwesenheit an. Einer war von Ralf, drei von Rita. Die Arme hat sich bis heute noch nicht damit abgefunden, dass ich keine Mailbox geschaltet habe. Aber ich mag es weder, ständig erreichbar sein zu müssen, noch zu Rückrufen verpflichtet zu werden. „Hi, ich bin's – ruf mich an, wenn du das hörst!"

Nö. Keinen Bock.

Die E-Mails waren beide von der Redaktion. Fragen von Leserinnen, die meiner Hilfe bedurften. Das konnte warten. Abgabefrist war erst übermorgen.

Die erste Textnachricht stammte von meinem Jüngsten: Felix. Dass er um diese Uhrzeit überhaupt schon wach war, wertete ich als gutes Zeichen für sein Studium. „hi mom happy birthday see u!", stand da zu lesen.

„Keine Groß- und Kleinschreibung, keine Interpunktion, nicht mal Deutsch", kritisierte die Journalistin in mir, während die Mutter schlicht dahinschmolz. „Er hat an mich gedacht. Wie *lieb* von ihm!" Ich schickte ein blinkendes Herz zurück.

Mit vermutlich dümmlichem Lächeln öffnete ich die nächste Message. Auch Ralf hatte mich nicht vergessen: „Alles Gute zum Geburtstag, Mama!" Es folgten die Emoticons einer Torte, eines Luftballons, eines Geschenks und einer roten Rose. „Wir drücken dich ganz fest und schicken dir liebe Grüße. Leider bist du ja nicht zu Hause und dein Handy ist aus. Bussi!"

Ja – es hat durchaus Vorteile, einen schwulen Sohn zu haben. Zum Beispiel die nicht vorhandene Pseudocoolness, die manch männliche Nachfahren an den Tag legen. Nachteile fallen mir im Übrigen gar keine ein. Zumindest, wenn der Sprössling zu seiner Homosexualität steht und nicht

unter ihr leidet. Als Ralf mich mit sechzehn in sein Jugend-
zimmer gebeten hatte, weil er „etwas besprechen" wollte,
hatte ich mich dort aufs Bett gesetzt, mit der Hand einla-
dend neben mich geklopft und gesagt: „Entweder hast du
ein Mädchen geschwängert, oder du bist schwul. Was ist
es?"

Fast alle Eltern möchten ihre Kinder zu selbstbewussten
Menschen erziehen. Zumindest sollten sie das. Und sich
dann freuen, wenn sie es sind. Sich ihrer selbst bewusst,
meine ich. Ralf hatte Sorge, dass ich nun anfangen würde,
Regenbogenfahnen in die Fenster zu hängen und T-Shirts
mit der Aufschrift „Gay ist geil" zu tragen. Er kannte mich
eben. Als Zeichen meiner mütterlichen Toleranz verzichtete ich darauf. Wenn auch ungern. Ich war so stolz auf ihn!
Und bin es heute noch. „Danke schön! Liebe Grüße und
Bussi zurück!", tippte ich schnell, bevor ich mich den anderen drei Nachrichten zuwandte.

„Wo zum Teufel steckst du? Denkst du, du kannst mich
einfach so abservieren?! Und schalt gefälligst dein Handy
ein, verflucht noch mal!"

„Süße, was ist los? Warum tauchst du unter? Ich mach'
mir Sorgen!"

„Ich bin immer für dich da! Das weißt du doch, oder?
Ich steh' vor deiner Tür, aber es macht keiner auf. Bitte…"

In diesem Moment läutete mein Handy. Klar, Rita hatte
gesehen, dass ich ihre Nachrichten anschaute. Die zwei
blauen Häkchen hatten es ihr verraten. Vermutlich hatte sie
die ganze Zeit aufs Display gestarrt. Prompt bekam ich
Schuldgefühle. Ich atmete tief ein und nahm den Anruf entgegen: „Hi! Nicht böse sein, ich…"

„Happy Birthday to you, happy Birthday to you, happy
Biiirthdaaay, liebe Charlotte, happy Birthday tooo
yooouuu!", schallte es mir entgegen.

Wie süß. Rita sang mir ein Ständchen. Ein reichlich schiefes, aber trotzdem.

Schnief.

„Danke, Süße. Lieb von dir."

„Wo bist du?"

„In der Stadt."

„Schuhe kaufen?"

„Ja", gab ich zu.

„So schlimm?"

„Schlimmer."

„Magst du darüber reden? Ich könnte zu dir kommen. – Du sitzt doch wahrscheinlich bei der Eisdiele, oder?"

„Ich… ich weiß nicht", fing ich an, und dann kamen die Tränen. Mitten im Grünwalder Einkaufsparadies! Wie peinlich. Ich stand hektisch wieder auf, griff nach Shopper und stinkendem Jutebeutel und suchte verzweifelt nach einem Rückzugsort. Es gab keinen.

„Gerald hat mich verlassen", stammelte ich schluchzend, während ich halbblind über den Platz stolperte, auf dem Weg zu meinem Auto. Zum Glück war es nicht weit.

„Waaas? – Dieses Arschloch! Bleib wo du bist, bin gleich bei dir!", rief Rita. „Zehn Minuten!"

„Nein! – Nein, bitte nicht."

Ich blieb stehen, stellte die Taschen ab und zog laut die Nase hoch.

Ein Rentner mit kariertem Anglerhut starrte mich befremdet an. Ich streckte ihm die Zunge raus und wischte mir mit der freien Hand die Tränen aus dem Gesicht.

„Ich will nicht darüber reden", sagte ich so bestimmt ich konnte ins Telefon und merkte im selben Moment, dass das der Wahrheit entsprach. Ich war nicht zu feige oder zu verschämt, sondern ich hatte schlichtweg keine Lust, über die Untreue meines Ehemannes, den Verlust meines Zuhauses und die daraus resultierenden, eventuell auf mich zukommenden Probleme zu diskutieren. Ich wollte auch keinen Trost, kein Mitgefühl, und auf das einmütige Ablästern über Flittchen-Jennys kleine Titten und Geralds offensichtlich nur rudimentär vorhandene Hirnmasse konnte ich ebenfalls verzichten. Das alles brauchte ich erstaunlicherweise nicht. Stattdessen brauchte ich… Abstand. Genau. „Ich brauche Abstand", wiederholte ich laut für Rita. „Von allem."

SECHS

„Du hättest kurz noch mal nach Hause fahren und wenigstens ein paar Sachen einpacken sollen", meinte Sammy, während ich das Ortsschild von Grünwald passierte.

Ich hatte kein bestimmtes Ziel, wusste selbst nicht, wohin ich fuhr oder wie lange ich fortbleiben wollte. *Einfach weg.* Aber es war keine Flucht, kein kopfloses Davonrennen. Es war ein Drang. Ein Wunsch. Ein Muss. Na gut, also doch eine Flucht.

„Alles, was ich brauche, kann ich auch kaufen", widersprach ich. „Schließlich habe ich ein gut gefülltes Bankkonto – zumindest für den Moment – und genügend Bargeld einstecken."

„Funny-Money", kicherte Sammy.

„Genau!"

Ich fuhr in Richtung Süden, weg von München. Baierbrunn lag bereits hinter mir, und auf der linken Seite kamen die ersten Wegweiser zum Kloster Schäftlarn in Sicht. Die im Jahr 762 von dem Benediktiner Waltrich gegründete Abtei beherbergt ein Privatgymnasium mit Tagesheim und Internat. Die Mönche betreiben zudem Forstwirtschaft, eine Imkerei und eine Brennerei. Ihre Produkte bieten sie in einem kleinen Klosterladen an, in dem ich schon häufiger eingekauft hatte. Kurz überlegte ich, ob mir heute ebenfalls der Sinn nach einem Spontanbesuch stand.

„Beginnt dort nicht auch die erste Etappe eines Jakobswegs, den sie vor zehn Jahren oder so ausgeschildert haben?", fiel Sammy ein.

Doch.

„Vielleicht ist das der eigentliche Sinn, der hinter deinem überhasteten Aufbruch steckt: Den Weg zu Gott zu finden." Sie hörte sich regelrecht begeistert an. Fast schon enthusiastisch.

Ich drückte aufs Gaspedal. Kein Abstecher zum Kloster. So viel stand fest.

Nicht, dass ich prinzipiell etwas gegen Glauben hätte. Oder gar explizit gegen den christlichen. Im Gegenteil, es gibt einige Aspekte, die gefallen mir sogar richtig gut. „Liebe Deinen Nächsten wie Dich selbst", zum Beispiel: Ich muss somit erst mich mögen, um dann die anderen auch gut behandeln zu können. Leuchtet ein. Was ich schade finde, ist, dass bei „Du sollst keine anderen Götter neben mir haben" das erste Wort scheinbar häufig übergangen wird. „Du" – also „Ich" – soll keine anderen Götter haben. Von der restlichen Weltbevölkerung ist nicht die Rede. Da kann eigentlich jeder machen, was er möchte, glaubenstechnisch gesehen. Aber – wie gesagt – anscheinend lesen das nicht alle richtig. Und dann gilt auch das mit der Nächstenliebe plötzlich nicht mehr.

Bescheuert.

Der eigentliche Grund, weshalb ich nicht auf dem Jakobsweg wandeln wollte, war der, dass ich nicht so gerne zu Fuß gehe. Oder mich überhaupt sportlich betätige. Bisschen wandern, natürlich nur auf ebenen Wegen, ein paar Kilometer mit dem E-Bike im asphaltierten Flachland, eine Partie Minigolf, wenn der Platz im Schatten liegt und anschließend ein leckerer Cappuccino mit Schokostreuseln auf mich wartet… Das sind die von mir favorisierten und zugleich maximalen Outdoor-Aktivitäten an Land. Zumindest seit Beginn der Wechseljahre und den damit einsetzenden Schwitzattacken. Schwimmen hingegen kann ich wie eine Luftmatratze. Ich liebe das Wasser! Wobei ich Seen und Freibäder bevorzuge. Schwimmhallen besuche ich nur, wenn ich einen meiner seltenen Fitnesswahnanfälle habe. Zuletzt anno 2007, wenn ich mich recht entsinne. Die ganzen Haare in den Umkleidekabinen sind einfach ekelhaft! Einmal war sogar ein benutzter Tampon herumgelegen. Über so etwas freut sich nur ein Vampir, der einen Tee aufbrühen möchte. Widerlich! Außerdem komme ich nie trockenen Fußes in die Socken und friere beim Umziehen wie ein Kängurujunges, das zum Schüleraustausch an den Südpol geschickt wurde. Bevor Sie jetzt lachen: Der Witz stammt nicht von mir. Uli Stein hat ihn gemalt. Kennen Sie den? Da sitzt ein Pinguinkind im Beutel einer Kängurumutter und eine Pinguinmama hat sich ein kleines Känguru umgebunden. Das Pinguinjunge jammert: „Mir ist schlecht!" Und das Kängurukind: „Mir ist kalt!" Darüber sind die Gedanken der beiden Mütter in einer Sprechblase vereint: „Scheiß Schüleraustausch!"

Witzig.

Ach, Uli Stein… Die Welt wird ihn vermissen. Vermisst ihn jetzt schon.

„Das Sportgelaber hat mich ganz hungrig gemacht", unterbrach Sammy meine traurigen Gedanken an den mit 73 Jahren viel zu früh verstorbenen Cartoonisten. „Wollen wir nicht irgendwo Pause machen?"

Sie hatte recht. Die Chips hielten nicht lange vor, und die Eiswaffel hatte ich ja auch nicht aufessen können. Also können hätte ich schon, aber…

Igitt.

„Vielleicht am Ufer des Starnberger Sees?"

„Warum nicht?"

Ich setzte den Blinker und bog rechts ab, durchquerte Münsing und fuhr von dort geradewegs weiter zur Promenade nach Ammerland. Hier ging es nicht ganz so „tourimäßig" zu wie in Starnberg. Schwarzwälder Kuckucksuhren wurden natürlich schon angeboten, ebenso wie Schnupftabakdosen mit einem Bild von König Ludwig II und Kaffeebecher, auf denen „Gscheidhaferl" stand. Aber ich bekam auf Anhieb einen Parkplatz, von dem aus ich zurück zum Ufer fand, ohne erst Google Maps bemühen zu müssen. Und mein Orientierungssinn ist, gelinde gesagt, unter aller Sau.

Beim Aussteigen wehte mir sogleich die frische Seeluft um die Nase. Tief atmete ich den Geruch ein. Es roch nach Freiheit, nach Weite, nach frittiertem Fisch mit Pommes und Remoulade. Wie Odysseus von den Sirenen ließ ich mich locken und landete nach wenigen hundert Metern zielsicher vor der Imbissbude eines türkischstämmigen Oberbayern, der Fischburger aus nordostpazifischem Seelachsfilet anbot.

Lecker!

Genussvoll kauend schlenderte ich die wenigen Stufen zum See hinunter und suchte einen großen Stein oder einem Baumstamm, auf die ich mich setzen konnte. Die Holzbänke waren allesamt mit Handtüchern der Badenden belegt. Oder sollte ich „reserviert" schreiben? Ich fühlte mich an Mallorca erinnert.

Mallorca!

Gerald und Jenny.

Mistkerl und Flittchen.

Bestimmt hatten sie ihre Liegestühle ganz eng aneinandergeschoben und dämliche XXL-Partnerbadetücher daraufgelegt. Wo sich Mickey Mouse und Minnie Mouse küssen, oder auf denen „Mr. Right" und „Mrs. Always Right" steht.

Schluck.

Der Bissen in meinem Mund quoll mit einem Mal auf wie ein Tassenküchlein in der Mikrowelle. Eine Träne sammelte sich in meinem rechten Auge. Ich musste stehenbleiben. Als wäre das nicht genug, rempelte mich eine junge Frau, fast noch ein Mädchen, mit ihrer zusammengerollten Isomatte an, die sie auf einen riesigen Rucksack geschnallt hatte. Anscheinend hatte sie nicht mehr rechtzeitig ausweichen können.

„Ups! War keine Absicht", entschuldigte sie sich im Vorübergehen.

Die Perlen in ihren langen Dreadlocks glitzerten in der Sonne, als sie ein paar Schritte weiterging, dann aber innehielt und sich zu mir umdrehte. Durch meinen Tränenschleier konnte ich sehen, wie sie mich mit schiefgelegtem Kopf neugierig musterte.

Na großartig! Das hatte mir jetzt gerade noch gefehlt. Es passierte nicht allzu oft, aber manchmal erkannten mich die Menschen von dem Porträtfoto, das neben meiner Zeitungskolumne abgedruckt war.

Ich drehte mich halb zur Seite, schluckte endlich das Fischmus mit Semmelbrei hinunter und starrte hocherhobenen Hauptes aufs Wasser. Die arrogante, prominente Ablehnung in Person.

„Entschuldigen Sie bitte…" Das Mädchen trat näher.

Ich ignorierte sie, denn ich glaubte zu wissen, wie der Satz weitergehen würde, nämlich: „Kenne ich Sie nicht irgendwoher? Ach! Ich weiß! Sie sind Tante Carla! Aus der Zeitschrift!"

So – oder so ähnlich – lief das meistens ab.

„Hallo?" Sie ließ nicht locker. „Ich will Sie nicht stören, aber Sie haben Vogelkot in den Haaren."

„Was?! Vogelkot? In den Haaren?", wiederholte ich gleichermaßen verblüfft wie dämlich und griff mir zu allem

Überfluss auch noch reflexartig in die Frisur und hatte die Scheiße dann an den Fingern kleben.

Das Mädchen lachte. Nicht gehässig, sondern fröhlich.

Ich stand da, in einer Hand die Fischsemmel, an der anderen die Vogelkacke, und lachte nicht. Stattdessen fing ich an zu heulen.

„Na, na, na! Oh je! So schlimm ist das doch nicht! Warten Sie – ich gebe Ihnen ein Taschentuch." Ohne Umschweife nahm sie ihren Rucksack ab und stellte ihn in den staubigen Kies. „Soll ich die Semmel halten? Oder lieber…?"

Ich fand keine Worte, schluchzte nur einfach weiter. Diese unwillkürlichen Heulattacken musste ich dringend in den Griff bekommen! Irgendwann. Momentan war mir plötzlich alles egal. Flo – so hieß die junge Dame, wie ich bald erfahren sollte – nahm meine Hand und wischte die Erinnerung an den Vogel im Ahornbaum der Grünwalder Schlosspassage erst von meinen Fingern und dann, so gut es ging, aus meinen Haaren.

„Vielleicht sollten wir das besser feucht machen, was meinen Sie?"

Ich meinte gar nichts, ließ mich aber mit zum Wasser ziehen. Dort drückte sie mich auf einen von zwei Steinbrocken, die sich gegenüberlagen und sagte: „Setzen Sie sich einfach hin, ich mach' das schon."

Und das tat sie.

Nachdem mein Kopf und das Shirt auf einer Seite ziemlich nass, aber kotfrei waren, nahm sie ebenfalls Platz, steckte die Hände zwischen die Knie, und sah mich erwartungsvoll an.

Ich wusste nicht, was ich sagen sollte.

„Bedank' dich einfach", riet Sammy.

„Danke", krächzte ich mühsam. Mir war die ganze Situation schrecklich peinlich.

„Kein Problem! – Ich bin übrigens Flo." Sie streckte mir die Rechte hin.

„Mein Name ist Charlotte", antworte ich und ergriff ihre Hand.

„Warum bist du so neben der Spur? – Ist doch okay, wenn ich ‚du' sage, oder?", vergewisserte sie sich.

Ich nickte. „Klar. Kein Problem."

„Also?"

Mann, war die hartnäckig. Aber auch sehr nett und hilfsbereit.

„Ich bin auf der Flucht", rutschte mir heraus.

„Vor der Polizei?" Sie musterte mich kritisch. „Wie eine Nutte, die sich vor ihrem Zuhälter versteckt, wirkst du jedenfalls nicht. Gewalttätiger Lover scheidet auch aus", fasste sie ihre Überlegungen zusammen. „Dafür wirkst du viel zu hübsch und gepflegt."

„Danke", sagte ich geschmeichelt.

„Echt jetzt?", mischte sich Sammy ein. „Du fühlst dich geschmeichelt, weil du nicht wie eine Prostituierte aussiehst?"

Ich ignorierte sie.

„Wovor fliehst du denn?", bohrte Flo weiter.

Ich seufzte. „Vor mir selbst."

„Ah ja…"

„Was, ‚ah ja'?"

„Das ist natürlich blöd, weil du dich immer dabei hast."

Kindliche Logik kann so einfach sein. Und so treffend.

„Und du?", fragte ich zurück und zeigte auf den Rucksack. „Bist du auf der Durchreise?"

„Ja, könnte man so sagen. Sabbatwochen zwischen Abi und Semesterbeginn. Ich komme aus Dortmund."

„Und wo willst du hin?"

Sie zuckte mit den Schultern. „Keine Ahnung. Was sich so ergibt. Heute erst mal Bad Tölz. Da hab' ich einen Schlafplatz für die Nacht."

Die Unbeschwertheit der Jugend. Wie sehr ich sie vermisste. Plötzlich sehnte ich mich danach, auch noch mal so sorglos durchs Leben zu flattern. Obwohl ich in meiner Sturm- und Drangzeit eher getaumelt war. Mehr betrunkene Hummel als weltbereisender Schmetterling.

„Ganz allein?", hakte ich nach.

„Du bist doch auch allein."

„Ja, aber ich bin…" – *erwachsen*, lag mir auf der Zunge, doch ich schluckte das Wort hinunter. Stattdessen sagte ich: „…mit dem Auto da. Und du? Interrail?"

„Nee, ich trampe."

„Was?! Du spinnst wohl! Das ist doch viel zu gefährlich!"

Flo zog die Augenbrauen hoch. „Du hörst dich an wie meine Mutter", sagte sie spitz.

„Offensichtlich eine kluge Frau", gab ich zurück. Zickig konnte ich auch. „Aber ich bin sicher, du weißt, was du tust, und es geht mich ja auch gar nichts an."

„Stimmt."

Wir schwiegen eine Weile.

„Isst du das Brötchen noch?", fragte Flo schließlich.

Ich schüttelte den Kopf und reichte es ihr.

„Du hast schon recht", erklärte sie mit vollem Mund. „Ich meine mit dem, dass ich weiß, was ich tue." Sie schluckte und leckte sich mit der Zunge übers Lippenpiercing. „Es gibt eine Tramper-App fürs Handy. Da lade ich hoch, bei wem ich einsteige. Also ein Foto vom Nummernschild. Ist sicherer. Für beide Seiten." Sie grinste spitzbübisch. „Schließlich könnte ich auch eine psychopathische Serienmörderin sein."

„Wenn, dann würdest du sie vermutlich mit deinem Charme erlegen."

„Du bist süß", antwortete sie und umarmte mich spontan.

Huch!

Wir schwiegen eine Weile und blickten auf den See hinaus.

„Wo wirst du denn heute Nacht schlafen?", fragte Flo unvermittelt.

„Darüber habe ich mir noch keine Gedanken gemacht. Vielleicht zu Hause?"

„Häh?", ließ sich Sammy in meinem Kopf vernehmen. „So hatte sich das bei deinem Aufbruch in Grünwald aber nicht angehört! ‚Ich hab' genug Geld dabei, um alles zu kaufen, was ich brauche', hast du gesagt. Und jetzt willst du schon wieder umkehren?"

Nein. Wollte ich nicht. Eigentlich. Aber war ich tatsächlich mutig genug, um einfach weiterzufahren? Jung genug? Verrückt genug?

„Auf jeden Fall", sagte Sammy überzeugt.

„Alles gut bei dir?", fragte Flo. „Du wirkst leicht abwesend."

„Ich hab' nur kurz über deine Frage nachgedacht. Wo ich heute Nacht schlafen werde."

„Und?"

„Jedenfalls nicht daheim."

Flo klatschte begeistert in die Hände. „Komm' doch mit mir mit!" Die Dreadlocks hüpften fröhlich auf und ab.

Bad Tölz? War es das, was ich wollte?

„Aber… – ist denn da überhaupt Platz für mich? Ich kann doch nicht einfach…"

„Klar kannst du!", rief Flo überzeugt. „Die Jungs in der WG haben sicher nichts dagegen. – In der Annonce stand, dass ich ein Doppelbett ganz für mich allein hab'. Du bräuchtest also nicht mal auf dem Boden zu schlafen."

„Nicht mal auf dem Boden schlafen", wiederholte Sammy.

Luxus pur.

Ich rechnete in Gedanken schnell nach, wann ich das letzte Mal mit einer fast Fremden in einem Bett gelegen hatte, und kam auf 38 Jahre. Sie hieß Cloé und stammte aus Frankreich, genauer gesagt aus Varzy im Burgund, der damaligen Partnergemeinde Grünwalds. Sie war mit einem Teil ihrer Klasse im Rahmen eines Schulprojekts zu Besuch gewesen, und es war selbstverständlich, dass die Kinder für die Dauer ihres Aufenthalts in Gastfamilien unterkamen. Cloé schlief in meinem Zimmer. Erst auf dem aufgestellten Klappbett an der Wand, später zusammen mit mir in meinem schmalen Jugendbett. Ich war 16, Cloé 17. Es waren die ersten und einzigen gleichgeschlechtlichen Erfahrungen, die ich je gemacht hatte – von präpubertärer Fummelei im Kindergarten einmal abgesehen. Ich erinnere mich gerne daran. Es war schön gewesen. Irgendwie still. Sanft. Romantisch. Nicht zu vergleichen mit den ungeschickten, tapsigen Versuchen des Nachbarjungen, unter mein T-Shirt zu kommen. Und zugleich unglaublich sündhaft, spannend und verboten. Wie natürlich jede Art von Sex. Zumindest in meiner Familie. Die Hippiezeit mit ihrer freien Liebe war an meinen Eltern so spurlos vorübergegangen wie an mir die Technoszene inklusive Loveparade. Ich glaube, mein Vater ging tatsächlich davon aus, dass ich bis zu meiner Hochzeitsnacht Jungfrau war.

Da fiel mir plötzlich auf, was Flo gerade genau gesagt hatte. „Wie meinst du das ‚in der Annonce stand'?", fragte ich nach. „Ich dachte, das sind Freunde von dir."

„Wie kommst du denn auf die Idee? – Nein, ich kenne die nur aus dem Internet."

„Lass mich raten: eine Obdachlosen-App."

Flo grinste. „Sozusagen. Nennt sich ‚Couchsurfing'."

„Couchsurfing", wiederholte ich tonlos und kam mir vor wie aus einem anderen Jahrhundert, was ich ja, bei genauerer Betrachtung, auch war.

„Ja. Da kann man Schlafplätze tauschen. Wenn ich zu Hause bin, stelle ich in Dortmund mein Kanapee zur Verfügung, und dafür kann ich dann unterwegs woanders unterkommen."

„Aha. Und was kostet das?"

„Nichts."

Ich war sprachlos. Warum hatte es das zu meiner Zeit noch nicht gegeben?

„Weil du steinalt bist", klärte Sammy mich trocken auf. „Wie du weißt, wurde das Internet zwar Neunzehnhundertneunundsechzig ‚erfunden', aber erst ab Ende der Neunzigerjahre in Deutschland so wirklich genutzt. Da warst du längst brave Ehefrau und Mutter und hast Pauschalurlaube mit Animationsprogramm in irgendwelchen Touristikhotspots gebucht. Nix mit Adventure-Travel und Sofa-Hopping bei wildfremden Menschen."

„Und warum ausgerechnet diese WG? Oder hat man da nicht so die Wahl?", fragte ich Flo.

„Du würdest dich wundern, wie viele Leute dort angemeldet sind. Nein, die Jungs habe ich ausgesucht, weil da heute eine Party steigt. Außerdem sehen sie echt süß aus. Na ja – zumindest einer von ihnen."

Aha.

Flo steckte den letzten Happen Fischsemmel in den Mund und schleckte sich genussvoll die Finger ab. „Das war lecker, danke."

„Sollen wir uns noch eine holen?"

„Ach nee, lass mal. Mein Budget ist begrenzt." Sie hob einen extrem flachen, circa fünf Zentimeter großen, nahezu runden Stein auf, betrachtete ihn kurz und steckte ihn schließlich in die Hosentasche.

Ich musterte die junge Frau, die mir gegenübersaß und unbekümmert die Hände an der schwarzen Jeans abwischte, genauer. Obwohl wir zusammen gelacht, geweint und unser Essen geteilt hatten, kannte ich sie eigentlich überhaupt nicht. Konnte ich ihr wirklich vertrauen?

Sie lächelte mich an. „Ich mag deine Schuhe. Die sind voll cool."

Das gab den Ausschlag.

„Komm, ich lade dich ein." Ich stand auf.

„Echt?"

„Ja klar, ist kein Problem."

„Wow, danke! Ich bin halb verhungert und Durst habe ich auch, ehrlich gesagt. Die Panade war ziemlich salzig."

„Bescheidenheit ist eine Zier, doch weiter kommt man ohne ihr", gab Sammy gut gelaunt eine Lebensweisheit der anonymen Antigrammatiker zum Besten, während ich meinen Shopper aufhob und Flo den Rucksack schulterte. Diesmal konnte ich der Isomatte gerade noch rechtzeitig ausweichen.

SIEBEN

Als wir wenig später vor „Yusufs Fischschmankerl" standen, zeigte sich leider, dass ich gelogen hatte. Wenn auch
ungewollt. Es *gab* ein Problem. Yusuf sah sich außerstande,
meinen Einhundert-Euro-Schein zu wechseln. Und da wir
die goldfarbene, fettige Sättigungsbeilage bereits mit unseren Fingern berührt und reichlich Ketchup und Mayo darüber verteilt hatten, konnten wir die Pommes auch nicht
mehr zurückgeben.

„Boktan Turistler", brummte der Oberbayer in seinen
schwarzen Vollbart. „Scheiß Touristen." Soweit reichte
mein auf diversen All-Inklusive-Reisen erworbenes Türkisch bei weitem. Ich hätte sogar fluchen, über das Wetter
philosophieren oder seine Schwiegermutter beleidigen
können. Verschiedene Bitten – unter anderem die, seinen
Hund zu beglücken – gehörten ebenfalls zu meinem Reper-
toire. Doch ich sagte nichts dergleichen. Stattdessen murmelte ich: „Afedersiniz." – Entschuldigung.

Die Reaktion erfolgte prompt und fiel aus wie erwartet:
Yusuf errötete bis unter die Halbglatze. „So viel verdiene
ich an den meisten Tagen nicht einmal", rechtfertigte er
seine übellaunige Reaktion.

Flo durchwühlte ihre Taschen und förderte zweiundsiebzig Cent zutage.

„Geben Sie uns noch vier Dosen Cola, eine große Flasche Mineralwasser und zwei Fischbrötchen. Dann sind
wir quitt", sagte ich mit fester Stimme.

„Spinnst du?", kreischte Sammy in meinem Kopf.

Flo blieb der Mund offenstehen.

„Und ich müsste bitte ihre Chemietoilette benutzen",
fuhr ich ungerührt fort.

„Selbstverständlich. Gerne." Der König der Ammerlander Fischschmankerl aus dem Nordostpazifik rieb sich beflissen die Hände. Er konnte sein Glück kaum fassen. Halb erwartete ich, dass er mir die Tür des blauen Dixi-Klos höchstpersönlich aufhalten würde.

Als ich wieder zurückkam, verhielt sich Flo auffallend still. Keine Kritik, keine Freude… Ich meinte, eher Unsicherheit – oder sogar Misstrauen – in ihren Gesichtszügen lesen zu können. Sie stand an einem der drei Stehtische und hatte ihre Pommes bereits aufgegessen. Beziehungsweise würde es „runtergeschlungen" wohl besser treffen. Nun klaute sie sich eins aus meiner Schale. Und noch eins.

Hm.

„Könnte ich wohl eine weitere Portion haben?", sagte ich zu Yusuf.

„Kommt sofort!" Mit flinken Händen hob er den Gittereinsatz aus dem heißen Fett und kippte den Inhalt in eine bereitstehende Schüssel. Bisschen Salz und Paprika dazu, durchschütteln – fertig. „Macht drei Euro achtzig", verkündete Yusuf und stellte die großzügig bemessene Menge Fritten in einer Pappschale auf die Theke seines Imbisswagens.

Spaßvogel.

Während ich das Ganze mit kunstvollen Strängen in Rot-Weiß verzierte, zogen sich meine Herzkranzgefäße ängstlich zusammen angesichts der zu erwartenden Menge an Cholesterin, wohingegen meine Speicheldrüsen auf Hochdruck produzierten. Mir lief das Wasser im Mund zusammen. Wann hatte ich zuletzt so ungehemmt geschlemmt?

„Heute Morgen", erinnerte mich Sammy.

Ich tat, als hätte ich nichts gehört.

Stattdessen ging ich zu Flo an den Tisch zurück und gab ihr mit einem Nicken zu verstehen, dass sie ruhig weiteressen konnte. „Alles klar bei dir?", fragte ich, pikste mit der Holzgabel eines der knusprigen Kartoffelstäbchen auf und steckte es in den Mund.

Heiß!

„Aber auch saulecker", fügte Sammy begeistert hinzu.

Wir standen eben doch auf derselben Seite.

Ohne auf meine Frage einzugehen, bückte sich Flo und begann, in ihrem großen Rucksack zu wühlen. Die Haare fielen ihr in einzelnen, dicken Strängen übers Gesicht, ihr kleiner Po ragte in die Luft. Schließlich kramte sie ein abgewetztes Ledermäppchen hervor. Darin lagen verschiedene Acrylmaler, ein paar Bleistifte und ein dicker Edding. Dann zog sie den runden Stein vom See aus ihrer Hosentasche und wischte ihn kurz mit einer Serviette sauber. Während ich weiter mein hochkalorisches Mahl genoss, zauberte Flo mit wenigen gekonnten Strichen einen Lebensbaum auf den unscheinbaren, grauen Kiesel.

Ich spreche jetzt nicht von der Thuja-Pflanze aus dem Vorgarten, sondern vom Symbol für die Verbindung aus Himmel, Erde und Unterwelt, das in der Mythologie vieler Völker verankert ist. Der Baum des Lebens bildet die Achse der Welt. Seine Wurzeln reichen bis tief in die Erde, die Krone berührt den Himmel. Normalerweise wird er in einem Kreis abgebildet, was hier jedoch aufgrund der Form des Steins nicht erforderlich war.

Flo ließ zwischen den stilisierten Ästen und Trieben einen herzförmigen Platz frei. Nun tauschte sie den schwarzen gegen einen roten Stift mit pinselförmiger Spitze und füllte die Fläche mit sicherer Hand. Zum Schluss zeichnete sie rechts unten schwungvoll in Kalligrafie-Schrift die

Worte *Für Charly* auf den Stein und schob ihn mir mit einem schüchternen Lächeln über den Tisch.

Ich war überwältigt. Ein so großartiges Geschenk hatte ich schon lange nicht mehr bekommen. Vielleicht noch nie. Außer dem Playmobil-Märchenschloss zum siebten Geburtstag. Ich wusste nicht, was ich sagen sollte.

„Du bist eine echte Künstlerin", brachte ich schließlich hervor und drückte ihre Hand. „Das ist wunderschön! Vielen Dank."

Flo zog verlegen die Nase kraus. „Hoffentlich stört dich die Abkürzung nicht. Ich finde, du siehst nicht aus wie eine Charlotte. Charlotten tragen Twinsets und Gesundheitsschuhe – keine Jeans mit Löchern. Und sie haben auch keinen grünen Nagellack an den Füßen. Aber wenn dir der Name nicht gefällt..."

„Doch, doch! Charly ist cool", beeilte ich mich zu versichern und strich noch einmal vorsichtig über den Kiesel, bevor ich ihn in einem der vielen Fächer meiner Handtasche verstaute. Was hätte ich früher nicht alles für einen so lässigen und hippen Spitznamen gegeben!

„Du wolltest doch wieder jung sein", erinnerte mich meine innere Stimme.

„Stimmt schon", antwortete ich stumm.

„Na also."

Yusuf kam an unseren Tisch. Neben zwei Plastiktüten mit den bestellten Getränken und Semmeln reichte er mir auch eine Flasche Raki. „Mit den besten Empfehlungen des Hauses", sagte er und zwinkerte mir zu.

Ich bedankte mich und ließ den Schnaps ebenfalls im Shopper verschwinden. Schließlich musste ich noch fahren. Aber jetzt hatte ich bei Bedarf auch gleich ein Gastgeschenk für die Jungs aus der WG.

„Alkohol kommt immer gut", stimmte Sammy mir zu.

Nachdem wir alle Fritten aufgegessen hatten und die ersten Coladosen leer waren, machten wir uns schlendernd auf den Weg zum Auto.

„Sag mal, Charly, warum hast du den Schein vorhin eigentlich nicht einfach irgendwo wechseln lassen?", fragte Flo und sah mich neugierig an.

Charly. Daran könnte ich mich tatsächlich gewöhnen.

„Das würde mich allerdings auch interessieren", sagte Sammy.

„Hm, so genau weiß ich das gar nicht", gab ich zu. „Mir war die ganze Situation nur furchtbar peinlich."

„Warum das denn? Es ist doch nicht deine Schuld, wenn er nicht rausgeben kann."

„Außerdem habe ich heute Geburtstag, da wollte ich halt großzügig sein."

„Was?! Du hast Geburtstag? Heute? Und das sagst du mir erst jetzt?!" Flo war vor einem Haus mit bunten Blumenbeeten und jeder Menge verrosteter Reiherplastiken im Vorgarten stehengeblieben und breitete die Arme aus. Sie zog mich mit einer Kraft an sich, die ich der zarten Person gar nicht zugetraut hätte. Meine Nase scheuerte schmerzhaft über den Tragriemen ihres Tramper-Rucksacks, während sie „Herzlichen Glückwunsch!" in mein linkes Ohr brüllte. Ich zuckte zusammen. Die Reiher starrten mich an.

Prompt wurde eine japanische Reisegruppe auf uns aufmerksam. Eifrig drehten sich mehrere Gimbels in unsere Richtung, Videokameras auf Handys liefen heiß. Beredte Blicke huschten zwischen den Touristen hin und her.

Ich befreite mich mühsam aus Flos Griff und richtete ihr Augenmerk auf die drohende asiatische Kollision in der schmalen Einbahnstraße. Der schnatternde Pulk kam schnell näher.

Sie grinste und griff nach meiner Hand. Ich schob meinen Shopper zurück auf die Schulter, der bei der Knuddel-Attacke fast auf den Boden geknallt wäre. Samt Schnapsflasche aus Glas und der schweineteuren Gucci-Sonnenbrille aus einer limitierten Angeber-Serie, die mir mein untreuer Ehemann zum letzten Hochzeitstag geschenkt hatte. Der Mistkerl, der elendige.

Und dann rannten wir lachend Hand in Hand die kopfsteingepflasterte Gasse entlang, als würden wir verfolgt. Die festen Wanderstiefel an Flos Rucksack schaukelten an den Schnürsenkeln wild hin und her, die Coladosen trommelten gegen die Wasserflasche in der Tragetasche, die ich ums Handgelenk geschlungen hatte. Zum Glück hatte Yusuf die Fischbrötchen in eine extra Tüte gepackt.

„Hier ist es! Der rosa Toyota mit den Blümchenaufklebern." Ich ließ Flo auf dem gekiesten Parkplatz los und blieb stehen. Keuchend vor Lachen und Anstrengung nach der ungewohnt schnellen Bewegung an Land, beugte ich mich vornüber, stützte die Hände auf den Knien ab und dankte dem Universum, dass es mich diesmal vor den Gräuel der Inkontinenz verschont hatte. Und das, obwohl ich gelaufen war *und* gelacht hatte!

Hosianna!

Flo hingegen war die Mühsal der letzten siebzig Meter trotz des schweren Gepäcks nicht anzusehen, im Gegenteil: Während ich meinen BH zurechtrückte, die Stretchhose hochzog und mir den Schweiß von der Stirn wischte, strahlte sie übers ganze Gesicht. Ich kramte den Autoschlüssel aus der Hosentasche, drückte auf den Knopf, um die Türen zu entriegeln und öffnete den Kofferraum

„Ich bin so froh, dich getroffen zu haben", gestand Flo freimütig und nahm den Rucksack ab. „Und zwar nicht nur, weil du mich mit Essen und Trinken versorgt hast und mich nach Bad Tölz fahren wirst, sondern vor allem, weil ich dich wirklich..." Sie unterbrach sich.

Die asiatische Touristen-Gang stand am Holzgeländer, das den Parkplatz umgab, und starrte zu uns herüber. Wir kreischten gleichzeitig gekünstelt auf, verstauten unser Gepäck in Windeseile, huschten nach vorne und warfen die Türen hinter uns zu.

„Ich mag dich auch", sagte ich lächelnd, legte den Gang ein und rauschte an den Japanern vorbei. Sie verschwanden im Rückspiegel in einer Wolke aus Staub.

„Sollten wir deinen Geburtstag nicht ein bisschen feiern?", fragte Flo und streckte sich genüsslich. Sie hatte den Sitz so weit wie möglich zurückgeschoben und die Schuhe ausgezogen. Ihre Füße lagen auf dem Armaturenbrett.

„Keine Spur von Hornhaut oder verdickten Nägeln", stellte Sammy neidisch fest. „Obwohl sie bestimmt noch nie eine podologische Praxis von innen gesehen hat."

Der Fahrtwind ließ die Dreadlocks flattern, die Spitze einer Strähne hatte sich Flo in den Mund gesteckt und lutschte daran. Wieder fühlte ich mich mehr an ein Mädchen als an eine junge Frau erinnert. Trotz Lippenpiercing.

„Aber wir haben doch schon gefeiert", antwortete ich. „Du hast mir sogar ein Geschenk gemacht."

„Da habe ich ja nicht mal gewusst, dass du Geburtstag hast. – Nein, ich meine so *richtig*. Mit Kaffee und Kuchen. Nicht mit Cola und Pommes."

„Und Fischbrötchen", ergänzte Sammy.

„Ich glaube nicht, dass die ihrer Meinung nach ins Gewicht fallen", gab ich stumm zurück. „Aber ich wundere mich, dass sie Kaffee und Kuchen unter ‚richtig feiern' versteht. Zu meiner Zeit wäre das eher Wodka und Wodka gewesen. Mit ein bisschen Grillfleisch vielleicht."

„Vermutlich ein Attribut an dein Alter", ätzte Sammy, doch in diesem Moment sagte Flo: „Eine Geburtstagstafel mit Kaffee und Kuchen ist für mich schon immer etwas ganz Besonderes gewesen. Feierlich eben. Als ich klein war, gab's für meinen Bruder und mich dann immer Caro-Kaffee. Kennst du den?"

„Woher sollte ich deinen Bruder kennen?", stellte ich mich absichtlich dumm.

Sie lachte hell auf. Genau das hatte ich erreichen wollen. Doch gleich darauf wurde sie ernst. „Er fehlt mir", sagte sie traurig.

Oh-oh. Mir schwante, dass sie jetzt nicht vom Getreide-Gebräu sprach. „Was ist mit ihm?", fragte ich zögernd. Hoffentlich war er nicht gestorben. Ich wollte nicht in alten Wunden stochern. Oder in frischen.

„Als sich unsere Eltern scheiden ließen, ist er mit Papa weggezogen. Ich bin bei meiner Mutter geblieben. Wir sehen uns nur noch selten."

„Das tut mir leid. Schaust du auf deiner Reise bei ihnen vorbei?"

Sie seufzte. „Eher nicht. Sie leben in Namibia."

„Das würde zeitlich natürlich ein wenig eng werden bis Semesteranfang", sagte ich bewusst trocken und versuchte sie abzulenken: „Was willst du eigentlich studieren? Ah – lass mich raten: Kunst!"

Flo lächelte geschmeichelt. „Lieb, dass du mir das zutraust, aber ich hab mich an der Uni für Architektur und Philosophie eingeschrieben."

„Eine interessante Kombination."

„Ja – mein Traum wäre es, Bauwerke zu erschaffen, die mit unserem Körper und Geist in Einklang stehen."

Ah ja.

„Hört sich ziemlich beknackt an", meldete sich Sammy zu Wort.

„Hört sich nach einer echten Herausforderung an", antwortete ich diplomatisch.

„Und was machst du so beruflich?" Flo verschränkte die Arme hinter ihrem Kopf. Sie lag mehr im Sitz, als dass sie saß.

Dass eine Frau meines Alters eventuell nicht für ihren Unterhalt arbeitete, schien ihr gar nicht in den Sinn zu kommen.

„Ich bin Journalistin."

„Du meinst, du berichtest von Kriegsschauplätzen? Über Freiheitskämpfer, Demos und Klimaaktivisten, die sich im Regenwald an Bäume ketten?"

„Ähm – nicht ganz. Ich arbeite für ein Hochglanzmagazin."

„Wie sie beim Zahnarzt rumliegen?" Flo klang enttäuscht, hatte sich aber schnell wieder im Griff: „Bestimmt auch sehr spannend."

Eine Weile sagte niemand etwas. Sogar Sammy hielt die Klappe. Wir fuhren auf der Staatsstraße 2072 in Richtung Süden. Es war wenig Verkehr. Rechts und links zogen Wiesen, Wälder und Getreidefelder vorbei. Die Bauern hatten ihre Kühe aus den Ställen getrieben, und am wolkenlosen Himmel kreisten die Raubvögel. „Zum Kotzen schön", wie mein jüngster Sohn Felix vermutlich gesagt hätte.

Wir waren kurz vor dem Abzweig nach Hechenberg, als ich plötzlich scharf abbremsen musste. Ein Traktor war – offensichtlich in Ermangelung der Erkenntnis, dass es noch andere Verkehrsteilnehmer geben könnte – provozierend langsam aus einem Feldweg ausgeschert und uns direkt vor die Nase gefahren, obwohl hinter mir kein weiteres Fahrzeug in Sicht war. Flo stemmte erschrocken die Füße gegen das Armaturenbrett, ich trat die Kupplung durch und stieg aufs Bremspedal.

Arschloch!

Stetig aus dem Anhänger tropfende Gülle zeichnete eine gleichmäßige, duftende Spur auf den grauen Asphalt, während wir gezwungenermaßen mehr als gemütlich dem Gespann hinterherzuckelten. Ländliche Idylle, die fast meditativen Charakter hatte. Ich musste aufpassen, nicht einzuschlafen.

„Pfui Teufel!", rief Flo, das Großstadtkind, angewidert und setzte sich auf. „Können wir bitte die Fenster zumachen?"

„Klar", sagte ich und betätigte die Schalter. Sofort wurde es heiß und stickig im Auto. Ich schaltete die Klimaanlage ein. „Besser so?"

Flo nickte. „Ja. Danke."

Die Strecke war unübersichtlich, ich konnte nicht überholen. „Bestimmt biegt der gleich wieder ab", sagte ich und sah aus dem Fenster. Schäfchen. Schnell guckte ich wieder weg, bevor ich sie zu zählen anfing. Trotzdem musste ich gähnen.

„Das ist jetzt nichts gegen dich", sagte Flo unvermittelt. „Aber Hochglanzmagazine sind voll Scheiße. Ich meine, schau dir doch mal nur die Themen an! Auf Seite drei steht: ‚Bleiben Sie, wie Sie sind!' Und wenn du dann umblätterst: ‚Typveränderung leicht gemacht.' Gefolgt von: ‚Wie Sie in nur fünf Tagen drei Kilo abnehmen.' Und: ‚Die besten Tortenrezepte des Sommers.' – Die Themenkombination ist doch hirnverbrannter Blödsinn!"

„Na ja", sagte ich, obwohl ich ihr insgeheim recht geben musste, „du zählst nicht gerade zur Zielgruppe."

„Wer ist denn die Zielgruppe? Alternde Hausfrauen in den Wechseljahren, die nichts Besseres zu tun haben, als zur Kosmetikerin zu rennen und mit ihren Freundinnen Prosecco zu schlürfen, wenn sie nicht gerade an einem Workshop für selbstgerührte Anti-Aging Kräuterpaste teilnehmen?"

Volltreffer.

Allerdings hatten Rita und ich straffende Gesichtsmasken aus Joghurt, Gurken und Honig hergestellt. Ganz ohne Kräuter. Und eine Mordsgaudi dabei gehabt. Warum schämte ich mich plötzlich dafür?

„Ehrlich, Charly, da wirfst du doch Perlen vor die Säue, wenn du für die schreibst! Das ist, als würde ich später quadratische Bankhaus-Klötze aus Glas und Beton mitten in historische Altstädte pflanzen."

„Dortmund hat eine historische Altstadt?"

„Na ja... – nicht wirklich. Aber das ist ja auch nur ein Beispiel!"

„Schon klar."

„Denk doch mal an die Emanzipation! Wir Frauen müssen zusammenhalten! Tausende von uns haben dafür gekämpft, dass wir nicht länger als entmündigte Barbiepuppen unter dem Joch des Patriarchats leiden müssen. Und du machst uns wieder zu Sklavinnen der Bikinifigur und Expertinnen für europäische Königshäuser!"

Bevor ich ihr erklären konnte, dass ich nur für den Kummerkasten und nicht für das gesamte Weltbild der weiblichen, deutschen Bevölkerung zuständig war, setzte der Landwirt vor uns endlich den Blinker. Ich schaltete in den dritten Gang und gab Gas. Doch anstatt einfach nach rechts auf die Wiese einzuscheren, wurde der Traktor plötzlich noch langsamer und machte eine träge Ausholbewegung nach links.

„Spinnt der, oder was?!", schrie Sammy in meinem Kopf. Oder hatte ich es laut gerufen? Ich weiß es nicht mehr. Jedenfalls war es zu spät. Die süße rosa Nase meiner geliebten Rosi touchierte unsanft den stinkenden, verschmutzen Verteiler des Güllewagens, der eigentlich schon gar nicht mehr auf der Straße hätte sein sollen.

Wumms!

Ich trat auf die Bremse, nahm aber schnell wieder den Fuß vom Pedal, als ich ein hässliches Knirschen hörte. Offensichtlich hatte sich der Zapfen der Jaucheschleuder unter der Motorhaube verkeilt. Wir hingen wie ein Fisch am Haken.

Ich fühlte mich an die Eisenbahn meiner Kindheit erinnert. Die aus Holz, mit den Magneten an den Wagons. Nur dass dies hier kein Spiel war. Im Gegenteil! Wer sich mit meinem Auto anlegte, der bekam es direkt mit mir selbst zu tun.

Geistesgegenwärtig hatte ich in den Leerlauf geschaltet, und gleich darauf holperten wir als unfreiwilliges Dreiergespann übers bayerische Grünland. Güllespritzer zierten meine Kühlerhaube und die Windschutzscheibe. Spritzschutzscheibe.

Flo hatte sich vom ersten Schrecken erholt und lachte und lachte... Ich lachte nicht. Mein Micro-Van war schließlich kein Querfeldeinfahrzeug. Auch nicht über kurze Strecken. Außerdem bestimmte *ich* gerne die Richtung, in die ich fuhr. Ich legte beide Hände aufs Lenkrad und hupte. Laut. Durchdringend.

„Ja, sitzt denn der Depp auf seinen Ohren!", brüllte ich genervt. Da blieb der Traktor ruckartig stehen. Ich zog wie besessen an der Handbremse. Bis auf die japsenden Geräusche, mit denen Flo versuchte, ihre Atmung wieder unter Kontrolle zu bekommen, und dem leisen Zirpen einer Grille war es plötzlich gespenstisch still.

Ich stieß die Fahrertür auf, bereit, es mit jedem aufzunehmen, der mir jetzt blöd kam. Stocksauer stapfte ich am fäkalienbesudelten Tankanhänger vorbei auf den Traktor zu. Spitze Halme bohrten sich zwischen meine nackten Zehen, die in den neuen Sandalen steckten. Auch ohne Spiegel war mir klar, dass mein Gesicht die Farbe einer Clownsnase angenommen haben musste.

„Warum steigt der Idiot nicht aus?", murmelte ich ungehalten vor mich hin, doch da stand er mit einem Mal vor mir. War einfach aus gut zwei Metern auf den Boden gesprungen.

„Oh Scheiße!", stöhnte Sammy in meinem Kopf.

Ich konnte mich ihr nur anschließen. Der Mann sah einfach umwerfend aus. Wie der Sohn von Robert Redford und Sophia Loren. Oder der Enkel. Urenkel.

Prompt bekam ich eine Hitzewallung.

„Hat Ihnen einer ins Hirn geschissen?", soufflierte Sammy mir hilfsbereit, aber ich brachte keinen Ton heraus. Mein Kopf war wie leergeblasen.

„Oh! Huh! Hallöchen." Flo war neben mich getreten und starrte den braungebrannten Jungbauern im karierten Hemd an wie ein Cracksüchtiger die Pfeife. Ich überlegte, ob ich ein Taschentuch einstecken hatte, um den zu erwartenden Sabberfaden aus dem Mundwinkel wischen zu können. Bei uns beiden.

„Hi. Da ist Ihnen wohl ein kleines Missgeschick passiert, nicht wahr?" Seine Stimme klang genauso sexy wie ich sie mir vorgestellt hatte. Sämtliche Härchen auf meinen Unterarmen salutierten. „Aber machen Sie sich keine Sorgen, mein Hänger hält schon was aus", fuhr er gelassen fort. Seine Augen wanderten zwischen Flo und mir hin und her, verharrten aber deutlich länger bei meiner jungen Reisebegleitung.

Die kicherte wie ein zurückgebliebenes Zwerghuhn; mich hingegen holte diese selbstgefällige Bemerkung in die Realität zurück.

„Arroganter Sack", dachte ich und spürte die Wut zurückkehren.

Ich stemmte die Hände in die Hüften. „*Mir* ist da ein kleines Missgeschick passiert? Mir? *Sie* sind doch einfach nicht abgebogen, obwohl Sie geblinkt hatten!" Während ich sprach, trat ich zentimeterweise immer näher auf ihn zu und reckte angriffslustig das Kinn.

Der Beauty-Bauer stutzte. „Aber... Natürlich bin ich abgebogen. Sonst stünden wir doch jetzt nicht alle hier auf dieser Wiese, gell?"

Wenn ich etwas überhaupt nicht leiden kann, dann sind das Menschen, die mir mit einem gönnerhaften „gell" am Ende des Satzes zu verstehen geben wollen, dass ich dumm wie Brot und somit nicht in der Lage bin, ihren hochgeistigen Ausführungen zu folgen. Im bayerischen Dialekt hingegen stört es mich überhaupt nicht.

„Da hat er schon recht, der...?", mischte Flo sich ein und machte eine affektierte Pause am Ende des Satzes. Offensichtlich hatte sie ihre Schnappatmung unter Kontrolle gebracht. Nur der noch leicht dümmliche Gesichtsausdruck verriet, wie es um ihren Hormonspiegel bestellt war.

„Lukas", antwortete er.

Halb hatte ich erwartet, dass er „Kronos" sagen würde, der griechische Gott der Saat und der Ernte. Aber so etwas gab es wohl nur in schlechten Filmen. Oder Büchern.

„Ich bin Florentina", hauchte es zurück.

„Freut mich sehr." Sie lächelten sich an. Flo schlug die Augen als erste nieder und spielte mit den Fingern an ihren Dreadlocks. So viel zum Joch des Patriachats.

„Nein, da hat er nicht recht! Denn wenn er abgebogen wäre, als er den Blinker gesetzt hatte, dann stünden wir jetzt eben nicht hier rum, sondern wären auf dem Weg nach Bad Tölz."

Die beiden ignorierten mich. Nahmen mich überhaupt nicht zur Kenntnis. Ich hätte ebenso gut als Ein-Mann-Kapelle über die Wiese marschieren und eine Arie aus „Lohengrin" schmettern können.

„Bad Tölz?", fragte Lukas und sah Flo unverwandt an. „Was willst du denn da? Oder lebt ihr dort? Deine Großmutter und du?"

Autsch.

„Großmutter?", wiederholte Flo verwirrt, doch dann machte es „klick". „Ach, du meinst Charly! – Nein, die kenne ich eigentlich gar nicht." Sie machte eine wegwerfende Handbewegung. „Ich bin auf Rucksacktour. Quer durch Deutschland und frei wie ein Schmetterling." Sie warf ihre dünnen Ärmchen in die Luft und drehte sich einmal um die eigene Achse. Kennen Sie den Vorspann der Zeichentrickserie „Heidi"? Dann wissen Sie, was ich meine. Falls nicht, stellen Sie sich einfach ein Victoria's Secret Model auf Ecstasy vor.

„Wenn wir uns dann wieder dem Auto zuwenden könnten", unterbrach ich barsch das infantile Balzgehabe und schob energisch meinen Körper zwischen die beiden. Tatsächlich erfolgreich. Zumindest teilweise.

„Haben Sie einen Wagenheber im Auto?", fragte Lukas, ohne die Augen von Flos Lippenpiercing abzuwenden.

„Selbstverständlich!"

Ich stand da und wartete auf weitere Worte aus seinem Mund, hoffte sogar auf ganze Sätze, doch vergebens.

„Du sollst Rosi anheben, damit er wegfahren kann", half mir Sammy auf die Sprünge.

„Das weiß ich selbst!", fauchte ich ungehalten.

„Denk an Oma!", wies mich meine innere Stimme beleidigt auf unsere Lebensphilosophie hin.

Und sie hatte ja recht. Den Ärger und Groll an mir selbst auszulassen, würde mich kaum weiterbringen.

Seufzend ging ich zurück zum Auto, um den Wagenheber zu suchen. Dazu musste ich erst einmal Flos Rucksack herauswuchten. Er war leichter als gedacht. Ich stellte ihn auf der Wiese ab. Vielleicht hätte ich dabei etwas sanfter vorgehen können, vielleicht hätte ich sogar eine weniger erdige Stelle finden können, aber ehrlich gesagt hatte ich keine Lust, mich darum zu bemühen. Neben dem Werkzeug lag ein Paar Arbeitshandschuhe, das ich ebenfalls mitnahm.

Als ich zurückkam, lehnte Flo mit dem Rücken am Traktor. Ein Bein nach hinten abgewinkelt und lässig am Reifen abgestützt, die Hände tief in den Hosentaschen vergraben. Mit schiefgelegtem Kopf blinzelte sie keck gegen die Sonne und kicherte albern über etwas, das Kronos gerade gesagt hatte. Lukas. Fehlte nur noch das Gänseblümchen zwischen ihren Zähnen.

Weiber!

Ich fand mich mit meinem Einzelkämpferschicksal ab und verzichtete auf erneuten Körpereinsatz, um auf mich aufmerksam zu machen. Zum Beispiel, indem ich ihnen ein dickes Büschel Brennnesseln an den Kopf geworfen hätte. Oder den Wagenheber.

Stattdessen ließ ich mich stöhnend auf den Boden nieder, um das Scheißding an der vorderen Achse zu fixieren. Das war gar nicht so einfach. Zum einen sah ich mich wieder mit dem leidigen Thema *Brust und Bauch* konfrontiert, zum anderen rannten hier unten Ameisen, Spinnen und Käfer herum, die ich unter normalen Umständen lieber an einem Imbissstand in Japan gesehen hätte. Aber da musste ich nun durch. Eine Frau und ihr Gerät. Als ich endlich hörte, wie sich Rosis Motorhaube mit einem leisen „Plong" von der Gülleschleuder löste, hätte ich vor Freude, Wut und Erleichterung heulen können. Oder schreien. Mühsam richtete ich mich neben dem Fahrzeug auf und schüttelte die schmerzenden Arme. Mein BH war klatschnass. Vor allem unterm Busen und am Rücken.

Die flirtenden Tauben waren nicht müde geworden, sondern standen nach wie vor gurrend am Bulldog. Flo hielt eine Wasserflasche in der Hand. *Meine* Wasserflasche!

„Jetzt hab' dich nicht so", versuchte Sammy zu intervenieren. „Du warst schließlich auch mal jung."

„Wenn ‚jung sein' bedeutet, dass man sich egoistisch, gedankenlos und verletzend verhält, dann will ich das vielleicht gar nicht mehr noch einmal sein", gab ich im Geiste zurück.

Sammy klatschte in die Hände. „Die Erkenntnis des Tages!"

„Wären Sie bitte so nett, endlich ihren Drecksanhänger wegzufahren?", fragte ich freundlich, nachdem ich ein paar Minuten damit zugebracht hatte, mir Insekten und Grashalme aus den Haaren zu pflücken, ohne dass mir jemand Beachtung geschenkt hätte.

Der Schaden an Rosis Nase war kaum der Rede wert. Ein Lackstift und die Fahrt durch eine Waschstraße würden das wieder hinbekommen. Meine Wut war verpufft und einer merkwürdigen Mischung aus Resignation, Ohnmacht und Scham gewichen. Ich wollte nur noch weg.

Der fast schon mitleidige Blick, mit dem Lukas mich musterte, machte die Sache nicht besser. „Natürlich. Sofort." Er zwinkerte Flo kurz zu, bevor er einstieg und zwei Meter vorwärts fuhr.

Den Wagenheber wieder zu entfernen war viel einfacher, als ihn anzubringen, weil ich diesmal von vorne herankam. Auf die Hilfe des Jungvolks zu hoffen, hatte ich aufgegeben. Nach wenigen Minuten war es geschafft. Ich rappelte mich auf und wischte mir übers Gesicht. Von Flo keine Spur.

„Okay, wir können los", rief ich laut und warf Handschuhe und Hydraulikheber in den Kofferraum. „Ihren Rucksack kann Madame ruhig selbst wieder einladen", dachte ich.

Doch Moment! Da war kein Rucksack mehr. Ich sah mich ungläubig um. Da hörte ich das Brummen des startenden Traktors. Sah eine kleine, winkende Hand aus dem Seitenfenster ragen und vernahm über den Lärm hinweg die gerufenen Worte: „Ich bleib' hier bei Lukas! Mach's gut, Charly! Schönen Geburtstag noch, und vielen Dank für alles!"

ACHT

Wankenden Schrittes umrundete ich mein Auto und ließ mich fassungslos auf den Fahrersitz plumpsen.

„Das ist jetzt nicht wahr, oder?"

„Ich befürchte schon", antwortete Sammy.

„Scheiße, verdammte!" Ich brüllte die Worte laut heraus und hieb mit der Faust aufs Lenkrad. Zum zweiten Mal innerhalb von nicht einmal vierundzwanzig Stunden war ich verlassen worden. Diese Erkenntnis und die damit verbundene Schmach legten sich wie ein zu enger Rollkragenpullover um meinen Hals. Ich bekam keine Luft mehr.

„Ruhig! Ganz *ruhig!*", beschwor ich mich selbst, konnte jedoch nicht verhindern, dass ich den davonfahrenden Traktor samt Güllekanone nur noch durch einen Tränenschleier wahrnahm.

Flo, der Schmetterling, hatte sich als Florentina, die Motte erwiesen. Und Lukas war das helle Licht, dem sie folgte. Na, das passte ja. Zumindest dem Namen nach.

„Hoffentlich verbrennt sie sich ordentlich die Fühler", dachte ich gehässig.

So.

Da hockte ich nun, mitten in der Pampa. Irgendwo zwischen Hechenberg und Bad Tölz. Ganz allein und ohne Ziel. Ohne Freunde. Ohne Perspektive. Ohne...

„Ich dachte, du magst keine melodramatische Theatralik", unterbrach mich meine innere Stimme. „Außerdem hast du Freunde. Du könntest Rita anrufen."

Ja. Rita. Das stimmte natürlich. Und ich wusste auch genau, was sie sagen würde: „Komm nach Hause, Süße. Ich hab' noch Hugo im Kühlschrank."

Aber erstaunlicherweise wollte ich das nicht – nach Hause kommen. Welches Zuhause überhaupt? Ich hatte ja nicht mal mehr eins! Die Villa gehörte dem untreuen Mistkerl, beziehungsweise der Firma. Was ja dasselbe war. Ich wusste zwar nicht, *wohin* ich wollte, aber sicher nicht *dorthin*.

„Jetzt sei doch vernünftig", redete mir Sammy gut zu.

„Nein! – Im Übrigen hast du vorhin am Starnberger See selbst gesagt, dass es sich bei meinem Aufbruch nicht so angehört hätte, als würde ich gleich wieder umkehren."

„Ich bin eine Frau", sagte Sammy. „Ich kann meine Meinung ändern, so oft ich möchte."

Auch wieder wahr.

Eine Biene – oder war es eine Wespe? – beendete mein unbefriedigendes Selbstgespräch mit ihrem aufdringlichen Summen.

Wie lange stand ich schon mit Rosi auf dieser doofen Wiese mit ihren doofen Kleinstviechern und ihrem doofen, süßlichen Duft nach rotem Klee, Gänseblümchen und einem Hauch von Odel-Cologne? Ein Blick auf die Uhr verriet es mir: Fast fünfundvierzig Minuten. Höchste Zeit, mich vom Acker zu machen. Haha.

Zwischen Trotz und Trauer schwankend, schnallte ich mich an und haute die Tür zu. Während ich das Auto anließ und den Rückwärtsgang einlegte, betete ich zum Schutzpatron der Verlassenen und Waisen, dass ich den Wagen wenigstens problemlos zurück auf die Straße bringen würde. Ich sah mich schon mit durchdrehenden Reifen in einem Schlammloch stecken. Oder in einem gigantischen Kuhfladen. Doch Hieronymus erhörte mich.

„Rechts oder links – rechts oder links?"

„Links!", rief Sammy.

Ich schlug das Lenkrad nach rechts ein, weil ich ja rückwärtsfuhr. Merkwürdigerweise stand ich dann doch mit der Schnauze in die Richtung, in die wir zuvor unterwegs gewesen waren.

Ein Zeichen!

„Und ein guter Grund, niemals einen Wohnwagen zu kaufen", kommentierte Sammy lakonisch.

Es war wirklich ein Segen, dass so wenige Autos unterwegs waren. Für mich und alle anderen. Meine Laune war auf dem Tiefpunkt, und meine Gedanken irrten so chaotisch umher wie die Mückenschwärme beim Paarungstanz über der Isar. Ich nahm meine Umgebung kaum wahr.

Kurz vor Bad Tölz machte sich erneut ein menschliches Bedürfnis bemerkbar. Ich musste pullern. Dringend. Die Harnröhre und so... Sie wissen ja. Zum Glück durchquerte ich gerade ein Waldstück. Am nächsten Forstweg bog ich rechts ab und stellte meinen Wagen zwischen ein paar Sträucher. Ich glaube, es handelte sich um Eingriffeligen Weißdorn und Besenginster – aber beschwören kann ich das nicht.

Auf der Suche nach einem Päckchen Taschentücher durchwühlte ich mit zunehmender Hektik meinen Riesen-Shopper und stieß einen Seufzer der Erleichterung aus, als ich sie endlich fand. Leider fiel mir dabei auch der Stein mit dem Lebensbaum in die Hände. Der Schmerz, den ich bei seinem Anblick in der Kehle spürte, ließ mich kurz innehalten. Aber tatsächlich nur kurz, für mehr war keine Zeit. Mit einer entschlossenen Bewegung warf ich ihn schwungvoll durchs heruntergelassene Fenster der Beifahrerseite hinaus, schnappte mir die Tempos und hechtete hinter die Büsche auf der anderen Seite des Weges.

Dort lagen schon diverse Hinterlassenschaften der kultivierten Gesellschaft: leere Bierflaschen, Alufolie, Kronkorken und Plastikverpackungen in verschiedenen Stadien der Verrottung.

Widerlich! Und verantwortungslos.

Ich legte mein Taschentuch nach Gebrauch unter ein paar Fichtenzapfen und Steine, damit es dort in Ruhe kompostieren konnte, ohne die Blicke anderer zu beleidigen.

Eigentlich war es ganz schön hier. Ich beschloss spontan, mir eine nette, schattige Bank zu suchen, auf der ich ein gemütliches Picknick machen, den Vögeln lauschen und diesen ereignisreichen Tag noch einmal Revue passieren lassen konnte. Es wartete ja niemand auf mich.

Ich ging die paar Schritte zurück, um meine Handtasche und die beiden Plastiktüten zu holen. Eine würde ich gleich für den Müll verwenden. Für meinen eigenen und den der anderen.

Im Auto fing es schon langsam an, nach Fisch zu stinken. Beim Einsteigen fiel mein Blick auf das geöffnete Seitenfenster. Seufzend steckte ich den Schlüssel ins Schloss und machte die Zündung an, um die Scheibe zu schließen.

Ich blieb noch ein paar Sekunden regungslos sitzen, dann sagte Sammy: „Wie lange willst du es noch hinauszögern? Wir wissen doch beide, was gleich passieren wird."

Hmpf.

Ja. Natürlich. Ich musste ihn holen. *Wollte* ihn holen. Aber das bedeutete nicht, dass ich auch scharf drauf war, auf allen Vieren durchs Unterholz zu kriechen.

„Für Charly", grummelte ich genervt vor mich hin, während ich mich wenig später zwischen den Sträuchern hindurchduckte, um ins Waldstück dahinter zu gelangen.

„*Charly*! – Als wäre ich der Star im ZDF-Familienpro-gramm!"

„Ich dachte, du findest den Namen cool?" Sammy war mal wieder besonders spitzfindig.

„Ja – für einen Schimpansen vielleicht!", murmelte ich halblaut.

„Warum machst du dann so einen Hype darum und kriechst auf Knien durchs Gelände, wenn alles nur Scheiße ist?"

„Weil... Weil... So halt!", gab ich ungeduldig zurück. Verdammt! Irgendwo musste der blöde Kiesel doch gelan-det sein!

„Suchen Sie vielleicht das hier?", ertönte plötzlich eine Stimme direkt vor mir. Der Waldboden musste die Geräu-sche der näherkommenden Schritte verschluckt haben. Vor Schreck schrammte ich mir die Hand an einem Stück Holz auf, das aus dem Moosteppich hervorspitzte. Es brannte abscheulich, blutete jedoch nicht. Da ich nach wie vor auf dem Boden kniete, sah ich zunächst nur Schuhe. Schwarze, sportliche Halbschuhe, Größe dreiundvierzig, schätzte ich, in denen ebenfalls schwarze Socken steckten. Meine Augen wanderten langsam nach oben. Dunkelgraue Stoffhose, brauner Gürtel, stark behaarte Unterarme mit gefalteten Händen vor dem kleinen Wohlstandsbäuchlein, schwarzes, kurzärmeliges Hemd inklusive weißem Kollar, ein freund-liches Gesicht mit rahmenloser Brille, kurze, leicht zer-zauste, graue Ha...

Moment! *Kollar?* Ein *Priester?!*

„Er lag ein paar Meter weiter rechts. Dort drüben, direkt auf dem Baumstumpf. Als hätte ihn jemand dorthin ge-legt." Er zeigte auf die Reste einer Buche, die von der Sonne angestrahlt wurden. – „Darf ich Ihnen hochhelfen?"

„Ähm – danke, es geht schon." Endlich kam Bewegung in mich. Etwas unbeholfen rappelte ich mich auf und wischte verlegen Fichtennadeln und Erde von meiner Jeans. Mit mäßigem Erfolg.

Als ich vor ihm stand, bemerkte ich, dass wir wohl in etwa gleich alt sein mussten. Und dass er tatsächlich Flos Geschenk entdeckt hatte!

„Sie sind also Charly", sagte er – halb fragend, halb feststellend und blickte vom Stein zu mir.

„Ja. Nein. Charlotte. Charlotte Wagner", stotterte ich nervös und streckte ihm die Hand hin. Zum Glück war er nicht schon ein paar Minuten früher aufgetaucht!

Er schüttelte sie herzlich und gab mir das Fundstück zurück. „Pfarrer Marquardt, sehr erfreut. – Sie wirken ein wenig aufgewühlt. Geht es Ihnen gut?"

„Na ja...", lautete meine unschlüssige Antwort.

„Bitte entschuldigen Sie, ich versuche mir schon seit Jahrzehnten abzugewöhnen, neugierige Fragen zu stellen, die andere in Verlegenheit bringen. Wie Sie sehen, bin ich damit nicht sonderlich weit gekommen."

Ich entspannte mich ein wenig. „Besser, als nur vorzugeben, etwas wissen zu wollen, und sich eigentlich gar nicht dafür zu interessieren", gab ich zurück.

Er musterte mich aufmerksam. „Das ist ein spannender Gedanke. Beschäftigen Sie sich mit dieser Thematik schon länger?"

„Das kann man so sagen."

„Gibt es einen besonderen Anlass dafür?"

„Ja." Mittlerweile waren meine Aufregung und der Schreck über das unerwartete Zusammentreffen im Wald verflogen. „Ich kann nicht gut lügen."

Marquardt schmunzelte. „Die Menschheit wäre besser dran, wenn es uns allen so ginge."

„Das glaube ich nicht. Wir würden uns zerfleischen", widersprach ich überzeugt.

Während unserer Unterhaltung waren wir langsam zurück zum Auto geschlendert. Ich öffnete die Beifahrertür und nahm meine Handtasche und die Tüten heraus.

„Wollen wir ein paar Schritte zusammen gehen?"

Die Frage des Pfarrers überraschte mich. Wir kannten uns schließlich nicht. Andererseits gehörte es vielleicht einfach zu seinem Job, sich um mich zu kümmern, weil er mich für ein verwirrtes – ich meine: verirrtes – Schäfchen hielt.

„Damit läge Hochwürden doch gar nicht mal so falsch, oder?", fand Sammy.

„Eigentlich hatte ich vor, mir eine schattige Bank zu suchen und Brotzeit zu machen." Ich hob die Beutel hoch.

„Was gibt es denn Feines?"

„Lauwarme Cola und aufgeweichte Fischbrötchen."

„Gut, dass ich schon gegessen habe!" Er lächelte mir zu. „Wenige hundert Meter weiter kommt eine schöne Stelle, an der es sich gut pausieren lässt", fuhr er fort. „Ich begleite Sie gerne."

Er machte Anstalten vorauszugehen, hielt dann aber inne, als er merkte, dass ich ihm nicht folgte. „Was ist?"

„Ein paar Zentimeter weißer Stehkragen machen noch keinen Pfarrer", platzte ich heraus. „Könnte ich vielleicht Ihren Ausweis sehen?"

„Meinen...? – Ja, natürlich. Aber die Amtsbezeichnung werden Sie darauf nicht finden." Er zog seine Geldbörse aus der Gesäßtasche. „Sie ist kein rechtlicher Bestandteil meines Namens."

„Martin Marquardt", las ich halblaut. „Wohnhaft in Bad Tölz." Er war tatsächlich mein Jahrgang. Ich gab ihm den Perso zurück. „Nehmen Sie es mir nicht übel, Herr Pfarrer, aber meine Menschenkenntnis hat mich heute schon einmal auf beschämende Weise im Stich gelassen."

„Ich verstehe."

„Sie könnten mir den Unterschied zwischen Pastor, Priester und Pfarrer erklären – das habe ich nämlich noch nie verstanden", sagte ich nach kurzem Nachdenken.

„Und das soll meine Authentizität unter Beweis stellen?", fragte er zweifelnd. „Ich würde meinen, dass sich ein potenzieller Verbrecher im kirchlichen Gewand entsprechend vorbereitet hätte."

„Sie können es also nicht?"

„Doch, selbstverständlich!"

„Also...?"

„Ein katholischer Pfarrer ist ein geweihter Priester, dem eine Kirchengemeinde oder eine Pfarrei zugewiesen worden ist. Pastor und Pfarrer bedeuten das gleiche, wobei die Bezeichnung ‚Pastor' eher in Mittel- und Norddeutschland verwendet wird."

„Und bei den Evangelischen?"

„Gibt es keine Priester. Ein evangelischer Pfarrer wird ordiniert. Er muss nicht unbedingt eine Gemeinde leiten, aber theologisch voll ausgebildet und Geistlicher im Dienste der evangelischen Kirche sein. Ich hingegen, als römisch-katholischer Priester, wurde vom Bischof des Bistums München-Freising zum Pfarrer ernannt, nachdem ich die entsprechenden Examina abgelegt hatte, und mit einem Pfarramt betraut."

„Ach! Das hätte ich mir jetzt komplizierter vorgestellt."

„Tja – ist es aber nicht. – Habe ich den Test bestanden?", fragte er schelmisch.

Ich musste schmunzeln. „Ja. Volle Punktzahl."

Wir gingen nebeneinander auf dem von Fichtenwurzeln durchzogenen Forstweg tiefer in den Wald hinein.

„Sie stammen aus München? – Ich habe das ‚M' auf Ihrem Nummernschild gesehen."

„Grünwald", sagte ich. „Oberhalb des Isartals und südlich der Landeshauptstadt. Eine der wohlhabendsten Gemeinden Deutschlands. Auch als Münchens ‚Snobviertel' bekannt. Der Wohnort der Reichen und Schönen."

„So, wie Sie das sagen, hört es sich nicht nach einem Privileg an", stellte Pfarrer Marquardt fest.

„Na ja – irgendwie ist es schon aufregend, wenn man beim Brunch plötzlich einem Spieler vom FC Bayern gegenübersteht, oder einer Schauspielerin aus der Telenovela, die man am Tag zuvor noch im Nachmittagsprogramm gesehen..." Ich unterbrach mich. „Sie haben doch einen Fernseher, oder?"

Er lachte. Laut und erfrischend. „Wir katholischen Priester leben zwar im Zölibat, aber nicht im Mittelalter. Ich bin sogar stolzer Besitzer eines Flachbild-Gerätes mit Full-HD. Obwohl ich selten Telenovelas gucke, das muss ich zugeben. Da stünden mir die Spieler des FC Bayern schon näher!"

„Sie sind Fußballfan?! Hat Vatikanstadt überhaupt ein Team?", versuchte ich zu scherzen. Priester, die in wehenden Soutanen dem Ball nachjagten! Die Vorstellung war mehr als grotesk.

Aber zu meiner Verwunderung nickte Marquardt und verschränkte die Hände hinter dem Rücken. „Ja, sie haben tatsächlich eins. Allerdings ist der Staat weder Mitglied der

FIFA noch der UEFA. Deshalb nehmen sie an keinen Qualifikationen zur WM oder EM teil. Es gibt in Vatikanstadt kein Stadion, das den erforderlichen Normen entspräche. – Aber es existiert sogar eine Frauenfußballmannschaft."

„Sie veräppeln mich!"

Er grinste. „Nein, ich lüge genauso schlecht wie Sie. Ihr Debüt hatte sie im Juni 2019 in Wien. Ein Freundschaftsspiel gegen den FC Maria Hilf."

„FC Maria Hilf – das glaubt mir Rita nie, wenn ich es ihr erzähle", dachte ich halblaut und schüttelte ungläubig den Kopf.

„Aber Sie wollten mir gerade die Vor- und Nachteile Ihres Wohnorts näher erläutern", erinnerte mich Marquardt freundlich.

Ich blickte zwischen den Wipfeln der Buchen und Fichten hindurch auf den blauen Himmel, der sich über den Baumkronen auftat.

„Hauptsächlich finde ich es anstrengend, in Grünwald zu leben", sagte ich spontan und war von dieser Aussage selbst überrascht. „Ständig muss man irgendjemanden beeindrucken. Aber nicht etwa mit seiner Persönlichkeit, oh nein, – die interessiert kaum jemanden – sondern mit schnellen Autos, teurem Schmuck, exotischen Bäumen im Vorgarten, einem Sichtschutz am besten aus Cortenstahlplatten mit handgeschmiedetem Inlay, die so viel kosten, dass in Indien drei Schulen für Mädchen errichtet werden könnten; mit durchgestylten Möpsen samt Diamanthalsband und mehr Klamotten, als die meisten Kinder der dritten Welt jemals zusammen besitzen werden." Ich musste tief Luft holen, hatte mich regelrecht in Rage geredet.

Pfarrer Marquardt unterbrach mich nicht.

„Und dann natürlich das Äußerliche: Am besten verlässt man seine Villa nur perfekt frisiert und geschminkt mit Designer-Fummeln in Größe vierunddreißig bis sechsunddreißig am durchtrainierten, haarlosen, gebräunten Leib. Egal ob zum Bäcker oder in die Oper. Ansonsten ist die Gefahr groß, dass man auf der Straße schlicht nicht mehr gegrüßt wird. Als Erwachsener. Für Kinder ist es noch grausamer, denn das Fehlverhalten der Eltern fällt auf sie zurück. Pausenbrot statt frischem Sushi in der Tupperdose, die falsche Turnschuh- oder Klamottenmarke, ein Schulranzen, der nicht zum Trolley umfunktioniert werden kann, Füllfederhalter ohne Beleuchtung, graue Brackets an der Zahnspange, statt transparenter Schiene... – die Liste ist endlos."

Ich seufzte. All diese Fauxpas waren mir bei meinem eigenen Nachwuchs passiert – und noch etliche mehr. Alle drei waren des Öfteren weinend von der Schule nach Hause gekommen. Manchmal konnte ich ihnen das nötige Selbstbewusstsein vermitteln, manchmal nicht. Es war eine furchtbare Zwickmühle, ein Seiltanz auf Zahnseide. Einerseits wollte ich natürlich nicht, dass sie leiden, andererseits sollten sie auch nicht zu hirnverbrannten, geistlosen Vollpfosten heranwachsen.

„Ehrlich gesagt hätte ich nicht erwartet, dass solche – äh – Oberflächlichkeiten für Sie von Bedeutung sind", sagte mein Wegabschnittsgefährte, als ich geendet hatte, mit Bedacht. „Bitte, seien Sie nicht gekränkt", schob er rasch hinterher und berührte flüchtig meinen Unterarm. „Ich möchte Sie nicht beleidigen."

„Nein, nein! Sie haben völlig recht! Deshalb *ist* es ja so anstrengend, dort zu leben. Weil ich eben *nicht* so sein möchte. Weil ich nicht so *bin*. – Eigentlich noch nie *war*, aber irgendwie hatte ich mich damit arrangiert." Für einen Moment dachte ich an die Gucci-Sonnenbrille in meiner Tasche, verdrängte den Gedanken an meinen eigenen Snobismus jedoch schnell wieder. Schließlich hatte ich sie geschenkt bekommen.

Wir schlenderten eine Zeit lang schweigend nebeneinanderher her. Nur das Rascheln der Plastiktüten und das Geräusch unserer Schritte unterbrach die natürliche Klangkulisse des Waldes.

„Mit den Möpsen haben Sie aber schon die Hunderasse gemeint, oder?", fragte Pfarrer Marquardt unvermittelt. Offensichtlich dachte er noch über meine Worte nach.

Sammy lachte.

Ich war nicht sicher, ob er einen Scherz machte. Wäre ein solcher Wortwitz für einen katholischen Priester nicht ziemlich unziemlich? Doch da sah ich wieder das spitzbübische Funkeln in seinen Augen, das mir vorhin schon aufgefallen war, als er mich fragte, ob er „den Test bestanden" habe.

„Wer weiß, wer weiß", gab ich grinsend zurück.

„Was hat sich geändert?"

„Wie meinen Sie das?"

„Nun, Sie sagten, Sie hätten sich damit arrangiert. Warum jetzt nicht mehr?"

Ich rückte meine Handtasche zurecht und strich eine Strähne aus der Stirn. „Darüber möchte ich nicht sprechen." Nicht schon wieder. Mir reichten die internen Diskussionen, die ich mit Sammy über Mistkerl und Flittchen-Jenny führte.

Er nickte stumm. Schweigend gingen wir weiter.

„Und Sie? Leben Sie gerne in Bad Tölz?", fragte ich schließlich.

Wieder verschränkte er die Hände hinter dem Rücken und ging leicht gebeugt, den Blick auf den Boden gerichtet, ganz der nachdenkliche Priester. „Ja, ich habe Glück gehabt. Im Gegensatz zu Ihnen kann ich mir meinen Wohnort ja nicht aussuchen. Aber die Stadt steckt voller Historie. Ich interessiere mich sehr für Geschichte, und ich liebe auch die Nähe zu den Bergen."

„Wo jetzt die Heilig-Kreuz-Kirche steht, soll sich früher ein Hinrichtungsplatz befunden haben. Auf dem Kalvarienberg." Ich hatte vor vielen Jahren einen Artikel über Richtplätze in Bayern geschrieben. Warum nicht ein bisschen mit meinem Wissen angeben?

Er rückte seine Brille zurecht und sah mich an. „Das stimmt. Bis 1761 stand dort ein Galgen, der für den Kirchenbau weiter nach Norden verlegt wurde. Damals hieß der Hügel noch schlicht ‚Höhenberg'. Den Überlieferungen nach wurden alle Zimmerleute der Bad Tölzer und der Wolfratshausener Zünfte zusammengerufen, um den neuen Galgen zu errichten. Jeder sollte nur einen Schlag tun müssen, damit er vor den anderen nicht als ‚beschandelt' galt, wie man dazumal sagte."

Der schmale Pfad gabelte sich. Pfarrer Marquardt wählte die linke der drei Möglichkeiten. Wir befanden uns nun auf einem gekiesten Weg, der deutlich breiter war und leicht anstieg. Der Wald lichtete sich. Fahrradfahrer überholten uns, vereinzelte Spaziergänger kamen uns entgegen. Jeden von ihnen bedachte mein Begleiter mit einem freundlichen „Grüß Gott" und erinnerte mich damit an die Großnichte meiner Freundin Rita, die ebenfalls auf Spaziergängen allen Menschen, denen sie begegnete, ein fröhliches „Hallo!" zurief. Unabhängig davon, ob sich diese gerade in einem Gespräch befanden, in hohem Tempo vorüberliefen oder Kopfhörer trugen. Die Reaktionen waren ganz unterschiedlich: von irritiert über genervt bis hin zu erfreut und verlegen. Als selbstverständlich schien die höfliche Geste eines Kindes kaum jemand wahrzunehmen.

„Kennen Sie die alle?", frage ich neugierig, doch Marquardt schüttelte den Kopf.

„Nein. Keinen einzigen. Ich denke, das sind größtenteils Kurgäste. – Preißen", fügte er in einem schlechten Versuch, sich des Bayrischen zu bemächtigen, hinzu und zwinkerte.

Ich musste schmunzeln. Der Pfarrer war ein angenehmer Zeitgenosse. „Sie selbst hören sich auch nicht so an, als seien Sie hier geboren." Ich ließ den Satz wie eine Frage klingen.

„Mist! Das merkt man?" Er seufzte übertrieben.

„Nur, wenn Sie sprechen", beruhigte ich ihn.

Der Wanderweg folgte einer Rechtskurve und plötzlich öffnete sich die Landschaft. Wir standen auf einer grasbedeckten Anhöhe. Vor uns öffnete sich ein herrlicher Blick über Wiesen und Felder, auf den Berggipfeln des majestätischen Alpenpanoramas lag teilweise noch etwas Schnee.

Wunderschön!

Ich blieb stehen und atmete tief ein. Es roch nach Freiheit, nach Leben, nach Einklang und Harmonie.

„Hier können wir uns setzen, wenn sie mögen." Marquardt deutete auf einen Tisch mit zwei Holzbänken. Die Garnitur stand ein paar Meter vom Waldrand entfernt in der Sonne. „Obwohl Sie ja eigentlich ein schattiges Plätzchen gesucht hatten", fiel ihm dann ein.

„Nein, nein! Es ist herrlich hier", versicherte ich schnell. „So still und..."

„Emilia-Sophia! Du setzt dich jetzt *sofort* wieder auf das Dreirad! Ich habe dir gesagt, wenn wir es mitnehmen, musst du auch sitzenbleiben. – Emilia-Sophia! Hörst du schlecht!? Das nächste Mal kommst du wieder in den

Buggy!", krakeelte eine weibliche Stimme. Schrill schallte die Drohung über die zuvor so friedliche Lichtung.

Gackerndes Glucksen, schnelle Tippelschritte auf dem Kies, gefolgt von einem durchdringenden, empörten Aufschrei. Offensichtlich hatte die Mutter das kleine Mädchen wieder eingefangen.

„...ruhig", führte ich meinen angefangenen Satz zu Ende und musste lachen. Ach, tat das gut! Ich konnte gar nicht mehr aufhören. Der befremdete Blick, den mir die junge Frau zuwarf, als sie ihr schmollendes Kleinkind an uns vorbeibeförderte, beide Hände fest um die Schubstange des Dreirads gelegt, löste einen weiteren Lachflash aus, ebenso wie das herzliche „Grüß Gott", das mein Begleiter ihr zurief.

Leicht außer Atem stellte ich die Tüten und meinen Shopper auf dem Tisch ab. Marquardt zog ein Stofftaschentuch hervor und fegte galant ein paar Blätter und Holzstückchen von den Bänken. Das Lachen hatte mich regelrecht erquickt, so dass mich selbst die Ameisen nicht weiter tangierten, die im Schnelllauf über die Tischplatte sprinteten.

„Und Sie möchten wirklich nichts?", fragte ich und packte meine Brotzeit aus.

„Nein. Wirklich nicht", bestätigte er überzeugt. Mit schiefem Blick musterte er die zermatschten Fischbrötchen. „Und Sie wären vielleicht auch besser beraten, es sich noch einmal zu überlegen", fügte er skeptisch schnüffelnd hinzu.

„Ach was! Die sind noch pfenningguad. Kennen Sie den Ausdruck? Sollten Sie sich merken. Bedeutet so viel wie ‚hervorragend'. – Außerdem habe ich ja nichts anderes." Mutig biss ich hinein.

„Du hast schon schlechtere Sachen gegessen", befand auch Sammy. „Zum Beispiel diese eklige Stopfleberpastete auf der Silberhochzeit vom Bio-Bonzen."

Bei der Erinnerung musste ich die Semmel rasch zur Seite legen. *Bio-Bonze* war die nicht ganz liebevoll gemeinte Bezeichnung für den Inhaber eines Großkonzerns, der mit biologisch angebauten Obst- und Gemüsewaren für noch mehr Plastikmüll in den Discountern sorgte. Außerdem war er mein Nachbar. Seine Frau und er hatten sich im schönen Bordeaux kennen-…, und – hm – ja, kennengelernt, weshalb die Feierlichkeiten zum fünfundzwanzigjährigen Ehegelöbnis unter einem französischen Motto standen. Überall hingen blau-weiß-rote Flaggen und Wimpel, die Gastgeber waren sogar im Stil des Rokoko gekleidet, was mehr als lächerlich wirkte, zumal der riesige, moderne Betonklotz, in dem sie residierten, keinerlei Ähnlichkeit mit dem Königshof in Versailles aufwies.

Natürlich wurden ausschließlich französische Spezialitäten gereicht, womit wir wieder bei der Stopfleber wären. Eigentlich sollte sie in keinem Land der Europäischen Union produziert werden, da es eine EU-Richtlinie gibt, die bestimmt, dass die Art des Fütterns bei Tieren „keine unnötigen Leiden oder Schäden" verursachen darf. Aber wie bei so vielen sinnvollen Regelungen gibt es auch hier unsinnige Ausnahmen: Frankreich erklärte „Foie Gras" 2005 kurzerhand zum nationalen und gastronomischen Kulturerbe und rammt weiterhin fünfzig Zentimeter lange Metallrohre gewaltsam in Gänsehälse, um ihnen bis zu einem Kilogramm Maisbrei in den Magen zu pumpen, damit ihre Leber auf das Zehnfache des Normalgewichts anschwillt.

Aua!

„Sie sind ganz bleich geworden. Geht es Ihnen gut?"
Pfarrer Marquardt beugte sich vor und musterte mich besorgt. „Vielleicht wäre es doch besser, auf den Fisch zu verzichten."

„Nein, das liegt nicht am Seelachs", widersprach ich und erzählte ihm, weshalb mir der Appetit vergangen war. „Aber ich wusste nicht, dass es Stopfleber war. Das habe ich erst später erfahren."

„Die Welt ist krank", sagte er ernst, als ich geendet hatte. „Krank, ungerecht und brutal. Und das sind nur einige Gründe, weshalb wir nie an Gott zweifeln dürfen. Der Glaube ist das Salz des Lebens."

„Glaubersalz", kicherte Sammy.

„Darf ich fragen, welcher Konfession Sie angehören, Charlotte?"

Andere einfach mit dem Vornamen anzusprechen, war wohl so ein Priester-Ding. Ich störte mich nicht daran.

„Keiner", gab ich ehrlich zu. „Ich bin ausgetreten, als ich meinen Glauben an die Kirche verloren habe. Aber getauft wurde ich katholisch."

„Was ist geschehen?"

Ich legte die angebissene Semmel endgültig zurück in die Tüte und kramte stattdessen umständlich zwei Dosen Cola hervor, um Zeit zu gewinnen. Eine schob ich über den Tisch hinweg zu ihm hinüber. „Sie müssen vorsichtig sein beim Aufmachen", warnte ich dabei, „die wurden ordentlich durchgeschüttelt." Tatsächlich spritzte eine große Menge auf die Wiese, als wir sie öffneten. Das Ameisenvolk würde sich über den Zuckersaft freuen.

Während ich die Packung Taschentücher aus der Gesäßtasche meiner Jeans zog und die beiden Dosen eingehend abwischte, überlegte ich, wieviel ich Martin Marquardt gegenüber von mir preisgeben wollte. Oder konnte, ohne von Trauer übermannt zu werden. Schon jetzt spürte ich deutlich einen dicken Kloß im Hals, der nichts mit meiner vergrößerten Schilddrüse zu tun hatte.

„Meine Eltern haben sich umgebracht", platzte ich heraus. So – der Anfang war gemacht. Ich wartete auf das typische „Ach!" oder „Oh!", mit dem diese Tatsache normalerweise kommentiert wurde, doch nichts dergleichen geschah. Marquardt saß einfach nur da, die Hände auf dem Tisch verschränkt, und sah mich an.

Ich räusperte mich. „Aus Liebe. Mein Vater hat meine Mutter und sich selbst vergiftet. Sie sind zusammen eingeschlafen." Meine Tränen ließen sich nicht länger zurückhalten. Ich schluckte schwer und schnäuzte geräuschvoll ins colagetränkte Taschentuch.

Marquardt sagte immer noch nichts.

„Mama war schwerkrank. Multiple Sklerose. Papa hatte aufgehört zu arbeiten, um für sie da sein zu können, sich um sie zu kümmern. Als sie nicht mehr laufen konnte, kaum noch schlucken, geistig immer verwirrter wurde und keine echte Verständigung mehr möglich war, löste mein Vater sein Versprechen ein, das er ihr viele Jahre zuvor, schon bei der Diagnosestellung, gegeben hatte: Er verabreichte ihr über die Magensonde einen tödlichen Cocktail aus Hypnotika und betäubungsmittelpflichtigen Analgetika. Dann schluckte er die Schlaf- und Schmerzmittel ebenfalls, lehnte die Haustür an und informierte telefonisch die Polizei, dass sein Auto gestohlen worden sei. Die Beamten versprachen, in spätestens zwei Stunden vorbeizukommen. Als sie eintrafen, fanden sie die beiden Hand in Hand auf dem Ehebett liegen. Tot."

Mittlerweile weinte ich haltlos. Pfarrer Marquardt stand auf und setzte sich neben mich. Sanft zog er mich in seine Arme und umfing mich tröstend. Ich hatte keine Ahnung, weshalb ich ihm das alles erzählt hatte, aber es hatte gutgetan. Weder Gerald, dem Mistkerl, noch Rita gegenüber war ich je so offen gewesen, was meinen Schmerz über diesen ungeheuerlichen Egoismus betraf, mit dem mein Vater gehandelt hatte. Denn das war es: egoistisch. Sie hatten mich einfach allein gelassen. Mit meiner Wut, mit meiner Trauer – und auch mit meiner Schuld. Rational gesehen war wohl nur die Trauer berechtigt. Aber wenn etwas ein gutes Argument für Irrationalität ist, dann doch wohl der zeitgleiche Verlust beider Elternteile.

Ich hatte das Gefühl, dass Marquardt mich verstand. Dass er wusste, was ich fühlte, gefühlt hatte. Dass er bis in meine Seele blickte.

„Ist ja schließlich auch sein Job", stellte Sammy betont burschikos fest.

Ich hob den Kopf. Mein Tränenausbruch hatte nicht lange gedauert, aber lange genug, um das Priesterhemd mit Rotz und Salzwasser zu beschmieren. Peinlich berührt griff ich nach dem Taschentuch.

Er hielt meine Hand fest. „Lassen Sie nur. Ich nehme mein eigenes. Da klebt wenigstens keine Cola dran."

Sein anteilnehmendes Lächeln strafte die schnoddrigen Worte Lügen. Doch er hatte genau den richtigen Ton getroffen. Ich konnte schon wieder lächeln.

„Sie wussten nichts von dem Versprechen, das Ihr Vater Ihrer Mutter gegeben hatte, nicht wahr?"

Ich schüttelte den Kopf. „Nein. Aber er hat mir einen Brief hinterlassen, in dem er alles erklärte. Auch, weshalb ihm ein Leben ohne seine Frau nicht möglich schien. ‚Wir sind zwei Körper, aber im Inneren sind wir eins', hat er geschrieben. ‚Es bliebe nur meine Hülle zurück'."

„Es muss ein Trost sein zu wissen, dass sie sich so geliebt haben."

Hm.

„Möchten Sie mir auch noch den Teil erzählen, der dazu geführt hat, dass Sie aus der Kirche ausgetreten sind? – Der Freitod ihrer Eltern war es jedenfalls nicht. Ich spüre die Innigkeit, die Sie immer noch verbindet."

„Sie haben recht", antwortete ich und richtete meinen Blick auf einen kleinen Sperling, der hüpfend näherkam, um unter dem Tisch nach Bröseln zu suchen. „Es lag an dem Pfarrer. Ein alter, strenger Mann. Er gab mir zu verstehen, dass es seiner Meinung nach besser wäre, wenn meine Eltern nicht in geweihter Erde begraben werden würden, weil sie eine Todsünde begangen hätten. Eine *Tod-Sünde*!" Ich schnaubte. „Bitte nehmen Sie es mir nicht übel, aber wie bescheuert kann man sein? Diese Wortwahl war – gelinde gesagt – pietätlos, finden Sie nicht? Und dumm!"

„Zudem hinkt mein Amtskollege seiner Zeit rund zweihundert Jahre hinterher. Uns Christen prägt die Hoffnung, dass der Gott des Lebens und der Liebe am Ende stärker ist als der Tod. Und zwar jeder Tod. Auch der durch einen Suizid herbeigeführte. Es gibt sogar Stimmen, die sagen, dass schließlich auch Jesus freiwillig gestorben ist, aber ich persönlich halte das für eine etwas oberflächliche Interpretation. Dann könnte ja jeder Tod, der auf – sagen wir –, ‚ungesunden Lebenswandel' zurückgeführt werden kann, als Selbstmord betrachtet werden."

Ich starrte ihn sprachlos an. Da saß ein Priester neben mir, der das Dasein Jesu als „freiwilligen, ungesunden Lebenswandel" beschrieb.

Wenn das der Bischof hören würde!

„Jedenfalls hat er es so gedeichselt, dass meine Eltern direkt an der nördlichen Friedhofsmauer beigesetzt wurden", fuhr ich fort. „Ich habe erst später herausgefunden, dass diese Platzwahl früher als unheimlich und diabolisch gegolten hatte. Das gab mir dann den Rest, und ich bin ausgetreten. Mit einer so verlogenen Meute wollte ich nichts mehr zu tun haben. Schon länger hatte ich über AIDS und Kondomverbot, sexualisierte Gewalt und Männerherrschaft in der Kirche nachgedacht, aber anscheinend brauchte es erst noch eine persönliche, schlechte Erfahrung, bis ich mich dazu durchringen konnte, dieser Institution nicht länger angehören zu wollen."

„Sie sind somit zwar aus der Kirche ausgetreten, haben sich aber nicht vom Glauben abgewandt?"

„So könnte man es nennen."

„Das freut mich zu hören." Pfarrer Marquardt stand auf. Seine leere Getränkedose hielt er unschlüssig in der Hand.

Ich hielt ihm die leere Tüte auf. „Müssen Sie los?"

„Ja. Es wird Zeit. Ich muss mich auf die Abendandacht vorbereiten."

„Ich werde noch ein wenig bleiben."

„Gut. Es hat mich sehr gefreut, Sie kennenzulernen, Charlotte Wagner. Es war eine interessante Begegnung."

„Ja, das finde ich auch."

Er öffnete ein Reißverschlussfach seines Geldbeutels und suchte ein wenig darin herum. Schließlich zog er eine kleine, dünne Münze aus Weißblech hervor und gab sie mir.

„Wer ist das?", fragte ich und blickte verwirrt auf die Darstellung eines Mönchs, der ein Kleinkind mit Heiligenschein auf dem Arm trug.

„Das ist der Heilige Antonius. Der Schutzpatron der Suchenden. Ich glaube, Sie können ihn brauchen." Er verbeugte sich leicht. Seine Schritte knirschten über den Kies, als er sich ohne ein weiteres Wort abwandte und den Weg zurückging.

Erst kurz bevor ihn der Wald verschluckte, hatte ich mich wieder gefasst. „Vielen Dank!", rief ich ihm gerührt hinterher. „Auch fürs Zuhören!"

Er drehte sich noch einmal um, hob grüßend die Hand und rief zurück: „Ich finde im Übrigen keineswegs, dass nur Schimpansen Charly heißen sollten! Es passt auch zu pfiffigen Frauen."

Und weg war er.

Ich blieb allein zurück. Allein mit meinen Gedanken und der Wut auf Mistkerl, Flittchen-Jenny, Flo und meinen Vater. Ich drehte die Münze eine Weile zwischen meinen Fingern hin und her, dann steckte ich sie zu dem Stein ins Seitenfach meiner Handtasche.

„Du hast immer noch den Raki", flüsterte ein Teufelchen namens Sammy in meinem Kopf.

Es war Hochsommer. Die Sonne schien und es würde noch lange hell bleiben. Was sprach dagegen, sich einen kleinen Geburtstagstrunk zu gestatten? Ich musste ja nicht gleich die ganze Flasche leersaufen! Eifrig wühlte ich in meiner Handtasche und förderte die klare Flüssigkeit zutage. Lauwarm. Aber das war zu erwarten gewesen.

In Anbetracht der Tatsache, dass kein Glas zur Verfügung stand und ich mir von der Kombination Raki-Cola außer Würgereiz und Sodbrennen nichts erhoffte, trank ich direkt aus der Pulle. Der Anisgeschmack warf mich fast von der Bank.

Bäh!

Es gibt Menschen, die lieben Lakritze, und es gibt mich.

Meine Erfahrungen mit Raki beschränkten sich auf einige wenige Gelegenheiten, wo mir der hochprozentige Likör als Aperitif mit Wasser und Eis gereicht worden war und dadurch eine milchig-trübe Färbung angenommen hatte. Der sogenannte Louche-Effekt, wie uns der türkische Restaurantbetreiber damals erklärt hatte. In seiner Heimat wird das Gesöff deshalb „aslan sütü" genannt. Löwenmilch.

„Was du dir manchmal für einen Quatsch merkst", wunderte sich Sammy, während ich mir den zweiten Schluck genehmigte.

Schon besser. Irgendwie milder.

„Warum Quatsch? Denk doch nur an ‚Die Chroniken von Narnia', da heißt der Löwe auch Aslan."

„Na und?"

„Es wäre interessant zu wissen, wie Richard Löwenherz auf türkisch heißt."

„Richard aslan kalp wahrscheinlich."

„Stimmt." Jetzt erinnerte ich mich wieder. Es war auf einer unserer langweiligen All-Inclusive-Pauschalreisen ans Schwarze Meer gewesen, die allerdings unvermittelt einen gewissen Spannungsfaktor aufweisen konnte: Ein dänischer Tourist, der neben uns im Sand lag, erlitt einen Herzinfarkt und musste in die Notaufnahme nach Sinop gebracht werden. Die Strandaufsicht war zwar optisch kein zweiter David Hasselhoff, aber dafür in Notfallmedizin geschult. Er konnte ihn schnell stabilisieren. Gerald, der Mistkerl, hatte sich furchtbar über die Dreistigkeit des Dänen aufgeregt. Er fühlte sich durch die mit seiner akuten Unpässlichkeit verbundenen Unannehmlichkeiten belästigt.

„Kann der nicht zu Hause umkippen, wo es keinen stört?", hatte er die Rettungssanitäter samt Notarzt wütend angefaucht, als sie ihm quer übers Handtuch getrampelt waren. Ich hatte noch im Ohr, was der Ersthelfer gerufen hatte: „Kalp krizi! – Herzinfarkt!"

„Für Sprachen, Ausdrücke und Redewendungen hat mir das Universum einen extra Speicherplatz im Hirn geschenkt", dachte ich mit gewissem Stolz. Das war schon immer so gewesen. Auch Dinge und Fakten, die ich irgendwann einmal recherchiert hatte, blieben in meinem Kopf fest verankert.

„Das ist kein extra Speicherplatz, das ist der Raum, der normalerweise für Orientierungssinn und geographisches Vorstellungsvermögen vorgesehen ist", widersprach Sammy hämisch.

„Darauf trinke ich!", gab ich stumm zurück.

Inzwischen hatte ich mich an das Anisaroma gewöhnt, beziehungsweise eine Schlucktechnik gefunden, die meine Geschmacksknospen weitgehend aussparte. Der fünfundvierzigprozentige Schnaps floss ungehindert meine Kehle hinab und hinterließ lediglich einen kleinen Nachhall von Lakritze im Abgang.

Damit konnte ich leben, angeschickert, wie ich mittlerweile war. Ich stand auf, um mir die Blumen näher anzusehen, die am Waldrand wuchsen. Die Flasche nahm ich mit. Ich hatte keine Sorge, deswegen als asozial verurteilt zu werden, denn seit sich Pfarrer Marquardt verabschiedet hatte, waren nur zwei Spaziergänger vorbeigekommen, danach niemand mehr. Und die hatten es scheinbar sehr eilig gehabt.

Als sich mein Blick nach Westen wandte, wusste ich auch, weshalb. Dicke Gewitterwolken ballten sich zusammen. Der zuvor noch strahlend blaue Himmel wurde zunehmend grau.

Ich stand da, die gepflückte, purpurfarbene Lichtnelke noch an der Nase, und versuchte, das Gesehene mit einer aktiven Handlung meinerseits zu verbinden, als von einer Sekunde zur anderen heftiger Wind aufkam.

Na toll!

Verwirrt ließ ich meine Hand mit der Blume sinken und hob stattdessen die, die den Schnaps hielt.

„Räum' die Buddel weg und dann nix wie ab zum Auto", riet Sammy. „War doch klar, dass es regnen wird, sonst hätte der Gott der Ernte wohl kaum die Gülle verspritzt!"

„Buddel!" Ich musste kichern. Wir waren doch nicht auf dem Fischmarkt in Hamburg. Also ich. Wir. Sammy und ich. Fokussiertes Denken war nicht mehr so einfach. Trotzdem gelang es mir, eine Verbindung zwischen dem Stadtstaat im Norden und dem Brotzeitbankerl im Süden herzustellen. Ich musste die Semmeln wegräumen.

Leicht schwankend tapste ich zurück zum Tisch und sammelte die Tüten ein, bevor sie die immer stärker wehenden Böen davonblasen würden. Kurzerhand knotete ich sie zu und stopfte alles bis auf den Raki in meinen Shopper. Mittlerweile fielen die ersten, lauwarmen Tropfen. Wie hatte mich dieser Wetterumschwung nur so überraschen können?

„Rat mal", witzelte Sammy.

„Du hast doch gesagt, dass ich noch den Dings, den Schnaps dabei hab'", antwortete ich empört. Ist doch wahr! Erst zum Saufen verleiten und dann darüber lustig machen! Sowas tut man nicht.

Ich hängte mir die Tasche über die Schulter und hob in Ermangelung einer intelligenten Alternative erneut die Flasche an die Lippen. Auf eine Eingebung hoffend, stand ich unschlüssig auf der Wiese und schaukelte nachdenklich vor und zurück.

„Buchen sollst du suchen, Eichen sollst du weichen." Plötzlich war dieser Satz in meinem Kopf, und zeitgleich die Erkenntnis, was für ein ausgemachter Blödsinn diese Unwetter-Weisheit war. Denn Fakt ist, dass man bei Gewitter gar keine Bäume suchen sollte. Weder solche, die in Gruppen wachsen, noch einzelnstehende. Gleichgültig, ob sie eine glatte oder eine furchige Rinde aufweisen.

„Selbst unter Linden kann der Blitz dich finden", reimte ich gackernd und musste mich vor lauter Amüsement am Tisch festhalten.

„Du solltest dich auf die Socken machen, bevor es wirklich..."

Kawumm!

Den Blitz hatte ich nicht gesehen, aber der Donner war erschreckend laut. Die Luft roch statisch aufgeladen und hatte sich leicht abgekühlt, gleich darauf setzte prasselnder Regen ein. Mein Blick fiel auf einen Hochsitz, der ein Stück entfernt von mir am Waldrand stand. Deutlich niedriger als die Bäume ringsum duckte er sich zwischen ihnen ins Geäst.

„Lauf!", rief Sammy, und das tat ich.

Zumindest versuchte ich es. Auf geradem Weg hätte ich mein Ziel vermutlich schneller erreicht, doch es war wie verhext. Immer, wenn ich den Jägerstand fixiert hatte, hüpfte er gleich darauf ein paar Meter nach rechts oder links, was mich dazu zwang, Schlangenlinien zu laufen. Als ich endlich ankam, war ich nass bis auf die Knochen, wie man so schön sagt, in Wahrheit blieb aber immerhin meine Unterwäsche leidlich trocken. Ich duckte mich unter die Plattform und ging in die Hocke. Machte mich so klein wie möglich, Handtasche und Schnapsflasche hielt ich fest umklammert.

„Meine Buddel", dachte ich und musste schon wieder kichern. Nur ein großer Gesteinsbrocken, der unter dem Holzgerüst lag, verhinderte, dass ich beim nächsten Schluck mit dem Allerwertesten im nassen Gras landete. Ich hob die Tasche auf den Schoß und zog nach kurzem Wühlen eine dünne Strickjacke heraus, die ich immer mit mir herumschleppte.

„Un nu?", wandte ich mich fragend an niemand bestimmten. Die Jacke anzuziehen und gleichzeitig den riesigen Shopper auf dem Schoß zu balancieren, ohne den Alkohol zu gefährden, schien mir ein Ding der Unmöglichkeit zu sein. Wahrscheinlich vergingen ein paar Minuten, bis ich den Raki letztendlich in den Mittelsteg meines Büstenhalters geklemmt, die Tasche quer über die Schulter gehängt und nach einigen unbeholfenen Versuchen beide Arme durch die Ärmel geschoben hatte. Nun hätte ich die Jacke zwar über dem Shopper schließen müssen, aber das war mir einerlei, weil ich sie sowieso nicht zubekam.

„Einlich ganz gmüdlich hier", nuschelte ich und stieß mit der Nase an die Flasche, die nach wie vor fest zwischen meinen Brüsten steckte; genauer gesagt, an deren silbernen Verschluss. Das brachte mich auf eine Idee. Ich schraubte ihn ab, stemmte mich mit beiden Händen am Stein ab und hob den Po. Mit offenem Mund bog ich meinen Körper so weit nach hinten wie möglich. Sie kennen vielleicht noch die Gymnastikübung „Brücke" aus dem Schulunterricht? So in etwa müssen Sie sich das vorstellen. Nur in betrunken. Leider hat es nicht funktioniert. Vielleicht, wenn die Flasche noch voller gewesen wäre – wer weiß? Aber so...

An den Verlauf des restlichen Abends meines fünfundfünfzigsten Geburtstags habe ich nur verwaschene Erinnerungen. Ich weiß noch, dass das Gewitter mit dem gewaltigen Donner seinen Höhepunkt bereits erreicht hatte und dann schnell weiterzog. Der Regen ließ nach und ich beschloss, das Naturschauspiel von der Plattform des Jägerstandes aus zu beobachten. Ein riskantes Unterfangen in meinem Zustand, doch irgendwie schaffte ich es. Sogar einhändig, denn ich hatte vergessen, den Raki wieder in den BH zu stecken. Das fiel mir allerdings erst auf halber Höhe auf, und da war es zu spät.

Der Ausblick war phänomenal. Schier endlose Blitze zuckten weit entfernt, grell und lautlos über einen violett-rosa schimmernden Himmel und machten den kleinen Ausschnitt der Welt, den ich sah, zu einem Feuerwerk der Natur. Sämtliche Vögel und Insekten waren verstummt, hatten Schutz gesucht vor der Urkraft der Schöpfung. Nur die Regentropfen, die von den Blättern fielen, und mein penetranter Schluckauf durchbrachen die vollkommene, andächtige Stille, die sich um mich herum auftat.

ELF

Als ich die Augen öffnete, lag nicht nur eine lediglich fingerbreit gefüllte Schnapsflasche direkt vor meiner Nase, sondern die Sonne hatte sich auf die entgegengesetzte Seite verzogen. Aufdringliches Gezwitscher lärmte um mich herum, und die klobige Handtasche hing nach wie vor quer über meiner Brust und drückte unangenehm.

Mehrere Dinge drängten sich gleichzeitig in mein Bewusstsein. Erstens: Mir war schlecht. Zweitens: Ich hatte Kopfschmerzen. Drittens: In meinem Mund war eine Ratte gestorben. Viertens: Wer war ich, wo war ich und wenn ja, wie viele.

Stöhnend setzte ich mich auf.

„Fünftens: Hör auf mit dem Scheiß und schau, dass du hier runterkommst, bevor du in die Hose pieselst", knurrte Sammy. Sie hörte sich genauso verdrießlich an, wie ich mich fühlte. Aber sie hatte recht. Natürlich.

Mühsam robbte ich zur Leiter und blickte hinunter. Kurz darauf erbrach ich mich über die hölzerne Brüstung. Höhenangst. Doch es gab nur einen Weg für mich; und der führte abwärts.

Ich riss mich zusammen, ging auf die Knie und schob langsam meinen Fuß in Richtung der ersten Sprosse. Rückwärts tastend suchte ich mit den Sohlen meiner neuen Sandalen, denen man ihr kurzes Leben nicht mehr ansah, nach Halt. Vor Konzentration stand mir der Schweiß auf der Stirn. Vielleicht lag es aber auch an meinem ausgewachsenen Kater und den damit verbundenen Kreislaufproblemen. Ich klammerte mich an den tragenden Seitenpfosten fest und überwand die erste Hürde mit der Geschicklichkeit und Anmut eines Weißbauchtölpels auf Festlandspaziergang. Nur langsamer.

„Nicht nach unten schauen!", ermahnte mich Sammy. „Guck einfach geradeaus zwischen den Stäben durch."

Ein weiser Rat, den ich gerne befolgte. Elf Querstreben später war ich endlich unten angekommen. Ich habe sie gezählt. So schnell mich meine zitternden Beine trugen, schlug ich mich in die Büsche, zog in Windeseile meine Jeans herunter und... – na ja, bald darauf fühlte ich mich ein wenig besser und konnte mich dem nächsten Problem zuwenden: Wo zum Geier stand mein Auto?

„Am besten gehst du erst mal dahin zurück, wo ihr gestern Brotzeit gemacht habt", schlug Sammy vor. „Und dann drehst du dich mit dem Rücken zum Tisch."

Das war einfach. Gesagt, getan.

Ich war ziemlich sicher, dass ich von hier aus nach rechts musste. Nein, nach links. Die Dreirad-Mami war auch aus dieser Richtung gekommen, und ich hatte mir noch gedacht, wie froh ich war, dass sie uns nicht schon früher eingeholt hatte.

Bevor ich mich auf den Weg machte, würgte ich noch zwei Schmerztabletten trocken hinunter, dann ging ich los. Das Geräusch der knirschenden Steinchen unter meinen Sohlen drang bis in die hinterste Plombe meiner amalgamgefüllten Backenzähne, doch ich hielt tapfer durch.

Kurze Zeit später traf ich auf eine Abzweigung. Rechter Hand führte ein Forstweg tiefer in Wald hinein. Aber war das auch der richtige? Oder kam der erst später? Ich glaubte mich zu entsinnen, dass es sich um eine Gabelung mit drei Möglichkeiten gehandelt hatte, aber glauben ist eben nicht wissen... – Ich entschied mich weiterzugehen.

Die Luft war schwül, der Wald schien regelrecht zu dampfen. Ich überlegte, ob ich ein paar Tropfen von den Blättern der Pflanzen abschlecken sollte, die hier wuchsen, wusste aber nicht, ob sie giftig waren. Außerdem hatte ich Angst vor den Eiern des Fuchsbandwurms. Das ist ein echt grausiger Parasit. Seine Larven dringen in Lunge, Leber und Gehirn ein und setzen sich dort mit den vier Saugnäpfen und Haken am Kopf fest. Aus diesem Grund aß ich nicht einmal eine Mini-Waldbeere, ohne sie vorher gründlich abzuwaschen.

„Genau. Und du bist natürlich eine der sechzig Betroffenen, die es statistisch gesehen jährlich in Deutschland gibt. Immer schön positiv denken."

Ich hatte jetzt keinen Sinn für Sammys Ironie. Mir war nach Heulen zumute. Das Kopfweh ließ zwar langsam nach, aber ich hatte solchen Durst!

Dass es sich bei meinem Orientierungssinn nicht um eine Fähigkeit, sondern eher um einen rudimentär vorhandenen Instinkt mit hoher Fehlerquote handelt, wurde in diesem Buch ja schon ein paarmal angesprochen. Es sollte somit keine Überraschung sein, dass ich absolut keine Ahnung hatte, wo ich war. Natürlich verfüge ich über andere Qualitäten. Ich kann zum Beispiel ganz hervorragende Pizzabrötchen backen, doch das brachte mich hier nicht weiter.

Verdammt! Sonst wurde ich fast überall und ständig von irgendwelchen Idioten über den Haufen gerannt! Wo waren die gesundheitsfanatischen Jogger in ihren hautengen Sportdressen aus atmungsaktiver Merinowolle mit hydrophilem Finishing? Und ihren Smartwatches am Handgelenk, die jeder kardiologischen Intensivstation zur Ehre gereichten? Wo waren sie, wenn ich mal einen dieser Deppen brauchte?!

Hilflos wie eine Fledermaus im Vakuum stolperte ich weiter; sah mich schon am Wegesrand verdursten; stellte mir die betroffenen Gesichter der unschuldigen Spaziergänger vor, die meine Leiche fanden – von Krähen gefleddert, von Füchsen zerfetzt.

Ich hatte hier draußen nicht mal ein Netz. Gerade, als ich mir überlegte, ein handschriftliches Testament zu verfassen – alles Nötige dazu hatte ich in meiner Jumbotasche –, hörte ich seitlich von mir ein zunächst leises Rascheln, das jedoch schnell lauter wurde.

„Wölfe!" Sammy schien sich sicher zu sein.

„Und was jetzt?"

„Ab auf den nächsten Baum!"

„Du spinnst wohl, wie soll ich denn da raufkommen? Fliegen? Außerdem kreisen Wölfe ihre Beute ein. Die greifen nicht nur von einer Seite an."

Wie angetackert blieb ich stehen und starrte in die Richtung, aus der das Geräusch kam. Erst sah ich nur einen hellen, unscharfen Fleck zwischen den Bäumen hervorblitzen, was mich beruhigte, denn ich hatte auch kurz an einen Braunbären gedacht. Wenig später erkannte ich vier stark behaarte Beine, die auf großen Pfoten zielstrebig durchs Unterholz trabten – und dann war es auch schon zu spät. Der Golden Retriever riss mich fast um. Er sprang an mir hoch und fing wie verrückt zu bellen an.

Ich kann Ihnen kaum beschreiben, wie erleichtert ich war. Die Welt hatte mich wieder! Der Hund trug ein Halsband und wirkte auch ansonsten überhaupt nicht wie ein Streuner.

„Ja, du bist ein ganz ein Feiner. So ein Hübscher. Na, komm doch mal her und lass dich knuddeln!" Voll freudiger Euphorie legte ich meine Arme um das Tier, kuschelte meine Nase in sein weiches Fell und drückte es fest an mich.

„Hey! Sie da, lassns' meinen Hund in Ruh'!"

Die empört keuchende Stimme gehörte zu einem sichtlich abgekämpften Ortansässigen im feschen Janker. Der Gamsbart am Hut zitterte mit den hirschledern behosten Knien um die Wette, während sich der Rentner schwer atmend mit seinem Rucksack an einen Baum lehnte und anklagend mit dem Finger auf mich zeigte.

„Keine Manieren", stellte Sammy pikiert fest.

„Das ist Nötigung. Ich zeig' Sie an!"

Feisten Männern im oberbayerischen Sonntagsfummel war alles zuzutrauen, das wusste ich von meinen Besuchen auf dem Oktoberfest. Zudem war ich auf seine Hilfe angewiesen. Ich ließ den Hund los.

Doch ihn auch von mir fernzuhalten, war gar nicht so einfach. Immer wieder stupste er seine Schnauze zwischen meine Beine, schnüffelte an meiner Handtasche und bellte. Hilflos blickte ich zu meinem Retter in spe.

„Aus! Sitz!" Der scharfe Befehl wirkte. „Normalerweise folgt der aufs Wort", wurde ich aufgebracht belehrt. „Des is' nur passiert, weil er Sie gwittert hat. Was stinkt denn da so greislich?"

Ups.

Peinlich berührt umfasste ich meinen Shopper noch etwas fester. „Ähm – Fischbrötchen", stammelte ich und wurde rot. „Schon etwas älter... – Sie haben nicht zufällig etwas zu trinken dabei?", fasste ich mir ein Herz und sah den grantelnden Wanderer flehend an. „Ich habe ganz schrecklichen Durst!"

„I hätt jetzt dacht, dass Sie scho gnua gschluckt hättn", lautete die unfreundliche Antwort.

Anscheinend roch er den Raki. Kein Wunder, so wie ich in der schwülen Luft schwitzte.

„Das stimmt", gab ich unumwunden zu und lachte gekünstelt. „Aber kein Wasser und nicht heute. – Bitte, geben Sie sich einen Ruck."

Er musterte mich nach wie vor mürrisch, nahm aber tatsächlich den Rucksack ab und reichte mir eine Halbliterflasche Mineralwasser.

„Derfans bhaltn."

Er schenkte sie mir! „Danke", sagte ich überglücklich. „Sie retten mir das Leben!"

„Ja, is' scho recht."

Gierig setzte ich an und ließ das kostbare Nass meine Kehle hinabrinnen. Herrlich! Gleich danach musste ich kräftig aufstoßen.

„Prost!"

Ja, es hatte durchaus Vorteile, sich ausgerechnet in Bayern verkatert zu verlaufen. Mir fiel spontan kein anderes Bundesland ein, in dem der Kommentar zu meinem unmanierlichen Fauxpas derart lapidar ausgefallen wäre.

„Danke", wiederholte ich und lächelte ihm zu. „Sie haben nicht zufällig ein rosa Auto mit Blümchenaufklebern gesehen?", fragte ich dann hoffnungsvoll.

„Doch. Scho."

„Wirklich?! Das ist ja wunderbar!", kreischte ich unbedacht und hüpfte vor Freude auf und ab. Prompt fing der Hund wieder an zu bellen, und meine Kopfschmerzen, die als kleines, stechendes Epizentrum über der linken Augenbraue festsaßen, erschütterten kurzzeitig meinen gesamten Schädel.

„Aus!"

Ich glaube, er meinte sein Haustier.

„Wo genau steht es denn?", erkundigte ich mich deutlich leiser.

„Glei' da vorn." Der herrische Hundehalter deutete in die Richtung, aus der er gekommen war und sah dann auf meine nackten Zehen. „Sie kennan aba a den Weg da rechts nei nehma, und dann bei der nächstn Kurvn wieda rechts."

„Haben Sie vielen Dank, Herr – äh. Und dir auch", sagte ich zu dem geduldig wartenden Golden Retriever, der meine Handtasche nicht aus den Augen ließ. „Darf ich ihm denn die Fischbrötchen geben?"

„Na! Hauns' bloß ab mit Ihre stinkatn Semme!", echauffierte sich mein oberbayerischer Held und tippte an seinen Hut. „Und mia gengan a. Habe die Ehre! – Kumm, Xaver, auf gehts!"

Xaver war offensichtlich der Hund.

„Ja dann... Wiederschaun!" Ich sah den beiden fast ein bisschen wehmütig hinterher, trank noch einen Schluck Wasser und setzte mich ebenfalls in Bewegung.

Die Freude war groß, als ich Rosi zwischen den Sträuchern entdeckte. Mindestens ebenso brav und geduldig wie Xaver hatte sie treu auf mich gewartet.

„Dir ist schon klar, dass du von einem Auto sprichst", meldete sich Sammy.

„Aber von einem ganz besonderen!"

„Trotzdem! Wo hätte es denn bitte hin rollen sollen, so ganz ohne dich?"

„Denk dir nichts, Rosi, wir beide wissen, dass du mehr bist als nur ein schlichtes Fortbewegungsmittel."

„Restalkohol", beschied Sammy abschließend. „Anders ist deine Sentimentalität nicht zu erklären."

Ich drückte auf den Knopf an meinem Autoschlüssel und öffnete die Fahrertür. Abgestandener Sporthallen-Umkleide-Geruch schlug mir entgegen.

„Die Sneakers im Kofferraum", vermutete ich ganz richtig. Rasch ging ich um den Wagen herum und machte auch die anderen Türen auf, um für Durchzug zu sorgen.

Zu meiner Schande muss ich gestehen, dass ich mein Altglas beim Jägersitz vergessen hatte. Ich war einfach zu sehr mit meinem Kater und der Höhenangst beschäftigt gewesen. Nun leistete ich Wiedergutmachung, indem ich die Zeit des Lüftens nutzte, um den Müll wegzuräumen, den ich hier gestern entdeckt hatte. Ich nahm die Tüte mit den Fischbrötchen aus der Tasche und schluckte schwer.

Heilandsack! Die musste ich wirklich dringend entsorgen. Kein Wunder, dass Xaver auf mich aufmerksam geworden war. Und eher erstaunlich, dass mich nicht sämtliche Marder des Waldes verfolgt hatten.

Tapfer stopfte ich den Nachlass der Konsumgesellschaft in den Beutel. Immer wieder musste ich innehalten, um den Brechreiz zu unterdrücken, der mich dabei heimsuchte. Ich will nicht angeben, aber es war wirklich eine enorme Leistung. Auf jeden Fall würde das die Schnapsflasche auf dem Hochsitz ausgleichen. Rein karmatechnisch gesehen.

Da weit und breit kein Mülleimer in Sicht war und ich mich auch nicht erinnern konnte, an einem vorbeigekommen zu sein, musste ich den Unrat wohl oder übel mitnehmen. Kurzerhand hob ich die Abdeckung über dem Ersatzreifen hoch und quetschte die Tüte zwischen das Abschleppseil und die Rolltasche mit dem Werkzeug.

Puh!

„Und wohin jetzt?", fragte ich mich.

„Bad Tölz. Kaffee, duschen, frische Klamotten!", beschied Sammy.

„Gute Idee", stimmte ich zu. „Ich schreibe nur noch schnell eine Nachricht an Rita, damit sie sich keine Sorgen macht."

„Du hast kein Netz."

„Richtig", antwortete ich mit Blick aufs Handy. „Und der Akku ist jetzt auch leer. – Was soll's!" Ich zuckte die Schultern und drehte den Schlüssel. Darum würde ich mich später kümmern. Jetzt war erst einmal ich dran. Schon lange hatte ich mich nicht mehr so frei gefühlt.

ZWÖLF

Meine Prioritäten waren klar strukturiert. Ein heißer, starker Kaffee stand ganz oben auf der Liste – was allerdings die Frage aufwarf, wo ich mich in diesem Zustand überhaupt sehen lassen konnte. Die Antwort war einfach und erreichte mich kurz nach der Ortseinfahrt in Form eines Hinweisschilds. Gelbes M auf grünem Grund, inklusive genauer Wegbeschreibung: geradeaus. *Das* zu finden, war selbst für mich kein Problem.

„Danke, heiliger Antonius", murmelte ich erleichtert und bog wenig später auf den Parkplatz ab.

Mein letzter Besuch in einer Filiale der „Goldenen Möwe" war schon ein paar Jährchen her. Damals hatte Felix noch zu Hause gewohnt, aber der Geruch war der gleiche geblieben. Nachdem ich mir auf der Toilette die Hände gewaschen und kaltes Wasser ins Gesicht gespritzt hatte, ging ich auf die Theke zu.

„Guten Morgen", grüßte ich den jungen Mann dahinter so freundlich wie es mir möglich war. Ich erzählte Ihnen ja bereits, dass ich vor dem ersten Koffeinschub des Tages normalerweise nicht ansprechbar bin. Heute hatte ich schon eine Nahtoderfahrung in den bayerischen Wäldern inklusive eines nicht unkomplizierten, menschlichen Kontaktes hinter mich gebracht – und das in alles anderer als optimaler körperlicher Verfassung. Beides hatte ich meiner Ansicht nach geradezu hervorragend gemeistert, aber damit war mein Toleranzkontingent gegenüber der restlichen Weltbevölkerung erst einmal erschöpft.

„Einen großen Kaffee und eine Burger-Semmel ohne was drauf, bitte."

„Welche Burger wollen?" Seine Finger kreisten über den Tasten der Kasse, gleichzeitig sah er mich aus großen Augen an.

„Gar keinen. Nur die Semmel – bitte!"

„Das nix geht. Welche Burger wollen?"

Mein Blick schweifte über die Angebotstafel.

„Dann geben Sie mir einen Hamburger ohne Zwiebeln, ohne Rindfleisch, ohne Gurken und ohne Ketchup. Und Kaffee. Einen großen Kaffee."

„Sie Burger nur mit Senf wollen?", fragte er verwundert nach.

Fast wäre ich aus dem Stand heraus auf den Tresen gesprungen. Hätte meine Hände um seinen pickligen, weißen Hals gelegt und zugedrückt. Ich konnte förmlich die Bartstoppeln unter meinen Fingern spüren, die sich in einzelnen, spärlichen Grüppchen um seinen Adamsapfel verteilten.

„Nein. Kein. Senf." Das Bild verblasste wieder.

„Ah – um diese Zeit sowieso nur Frühstück", sagte er fröhlich. „Für Hamburger müssen später wiederkommen."

Argh!

Meine Faust donnerte auf die Chromplatte und ich beugte mich soweit über die Theke, wie ich konnte. „Sie geben mir jetzt *sofort* einen großen Kaffee", zischte ich mit zusammengebissenen Zähnen. „Und eines dieser Brote mit Schinken und Käse. Aber wehe, wenn ich nur ein Fitzelchen Schwein oder Kuhmilch – in welcher Konsistenz auch immer – auf dem Toast finde!"

Keine Minute später lag das Gewünschte eingewickelt auf dem kackbraunen Kunststofftablett, der Kaffee folgte nur Sekunden später.

„Danke. Ich zahle mit Karte", sagte ich in normaler Tonlage.

Er verzog angeekelt das Gesicht. Vermutlich hatte ich Mundgeruch. Tja, sein Pech.

Nachdem die Modalitäten erledigt waren und ich einen kleinen Haufen Zuckerpäckchen und Sahnedöschen aufgeladen hatte, balancierte ich die kostbare Fracht zur Freisitzfläche, wo ich mich erleichtert im Schatten einer wuchtigen, bunten Vollplastikröhrenrutsche mit kabinenartigem Treppenhaus niederließ, die wohl noch nicht verrottet sein würde, wenn meine Urururenkel ihre eigenen Urenkel auf den Knien schaukelten. Dafür sah man sie schon von weitem.

Ich gab reichlich Kalorien ins tiefschwarze Heißgetränk, rührte mit einem Holzstäbchen um und nahm einen großen Schluck. Mmmh, tat das gut! Zumindest versuchte ich, es mir einzureden.

Am trockenen Weizentoast knabbernd, beobachtete ich die Tölzer, die, einzeln oder in Gruppen, schlendernd, eilend, zu Fuß, auf dem Fahrrad oder mit dem Auto vorüberkamen. Einige fuhren auf diesen neumodischen Elektroskootern, die die Haftpflichtbeiträge der Versicherungen vermutlich in astronomische Höhen schnellen ließen. Ich stellte mir vor, wohin diese Menschen wollten, wer vielleicht auf sie wartete, oder ob sie einen Termin hatten. Beim Friseur, beim Zahnarzt, beim Verkehrsgericht... – So viele Menschen, so viele Schicksale.

„Wahrscheinlich müssen die meisten zur Arbeit oder sind zumindest beruflich unterwegs", unterbrach Sammy meine Hirngespinste, bevor sie allzu philosophisch wurden. „Und darüber solltest du auch mal nachdenken. Morgen ist Abgabe, und du hast nicht mal ein funktionierendes Handy – geschweige denn einen Laptop."

„Jetzt mach' keinen Stress. Suche ich mir halt ein Hotel mit Office-Bereich oder ein Internetcafé. Wird schon werden."

„Ich erkenn' dich gar nicht wieder", sagte meine innere Stimme mit einer Mischung aus Respekt und Argwohn. „Dabei ist es noch keine vierundzwanzig Stunden her, dass du nahezu kopflos aus Grünwald geflüchtet bist."

„Stimmt schon. Es kommt mir länger vor. Ich fühle mich auch ganz anders als gestern. Irgendwie ist dieses Opferfeeling verschwunden."

„Du bist nicht mehr sauer auf den Mistkerl?"

Darüber musste ich erst einmal ein bisschen nachdenken. Am besten bei einem zweiten Kaffee. Ich nahm den Becher mit rein, um ihn auffüllen zu lassen.

Dem jungen Mann von vorhin war der Schreck deutlich anzusehen, als ich zielstrebig auf ihn zuhielt.

„Noch einen", verlangte ich bester Wild-West-Manier und knallte das leere Gefäß auf die Theke.

„Ähm – Sie neuen Becher?" Er blickte sich ängstlich um, offensichtlich auf der Suche nach Verstärkung. Aber an der Bestellannahme war sonst niemand zu sehen. Nur hinter der Burger-Rutsche und dem Spender fürs Softeis lugten ein paar neugierige Augenpaare hervor.

„Nein. Da rein." Ich unterstrich meine Forderung mit einer unmissverständlichen Handbewegung.

„Sie neuen Becher."

Ich knurrte nur. Vielsagend und dunkel aus der tiefsten Tiefe meiner Kehle. Natürlich: Der junge Kerl tat nur seinen Job. Aber musste er ihn so schlecht machen?

Wenig später war ich mit meinem Kaffee auf dem Weg zurück zum Platz. Diesmal hatte ich nicht einmal bezahlen müssen.

„Tante Carla? – Das sind Sie doch, oder?"

Kaum dass ich wieder saß, trat eine ältere Dame an meinen Tisch. Sie wirkte etwas verschüchtert und hielt ein Glas Latte Macchiato in der Hand. Ein echtes Glas mit echtem Latte Macchiato! Inklusive Milchschaum, Kakaopulver, Strohhalm und einem langen Löffel aus Edelstahl.

„Wo... – wo haben Sie *den* denn her?", stammelte ich neidvoll und leckte mir die Lippen.

„Aus dem Café-Bereich. Mögen Sie? Ich kann Ihnen einen holen", sagte sie eifrig. „Es gibt auch Kuchen, Donuts, Croissants – was das Herz begehrt!" Ihr großer Busen wogte bedenklich gegen die Knöpfe ihrer Bluse, als sie sich vorbeugte, um den göttlichen Nektar aus warmer Milch und Espresso abzustellen. „Von dem hab' ich leider schon getrunken."

Verwirrt blickte ich von ihrem herzlichen Lächeln zum Glas und wieder zurück. „Croissants?", plapperte ich stumpfsinnig nach.

„Gerne! Kommt sofort!" Mit einer Wendigkeit, die ich der kleinen, runden Person trotz ihrer bequem wirkenden Gesundheitsschuhe gar nicht zugetraut hätte, strebte sie ins Innere des Gebäudes zurück.

„Da hast du deinen Fan", sagte Sammy.

„Macht doch nichts, sie scheint echt nett zu sein."

„Gestern hätte es dich noch tierisch genervt."

„Aber heute ist nicht gestern", gab ich mit der Weisheit eines Homer Simpson zurück. „Das haben wir doch vorhin schon festgestellt."

Zwei Buben im Vorschulalter erklommen lärmend das Kinderparadies neben mir. Allerdings von außen, obwohl das laut Hinweistafel verboten war. Dies hatte, meines Erachtens nach, zwei Gründe: Zum einen konnten sie – noch

– nicht lesen, zum anderen roch es in dem rundum geschlossenen Aufgang wahrscheinlich so ähnlich wie im Kofferraum meines Autos.

„Ich darf nicht vergessen, den Müll zu entsorgen", schrieb ich ein gedankliches Memo an mich selbst.

Von Seiten der Mütter war keine Reaktion erkennbar. Die saßen Zigaretten rauchend am anderen Ende der Terrasse, mit dem Rücken zum Geschehen. Na ja, sie würden hören, wenn einer runterfiel, so viel stand fest. War bei mir früher auch immer so gewesen. Und wenn nicht, konnte ich ihnen zur Not immer noch Bescheid geben. Jetzt hatte ich erst einmal Wichtigeres zu tun, als mir über die fragwürdigen Erziehungspraktiken anderer Leute den Kopf zu zerbrechen. Mein zweites Frühstück war im Anmarsch! Freudig schob ich das Tablett mit dem angebissenen Toast und dem beschichteten Pappbecher beiseite, um Platz für italienisch-französische Gourmet-Kultur zu machen.

„So – bitte schön! Lassen Sie sich's schmecken!"

„Vielen Dank! Setzen Sie sich doch! Das ist wirklich sehr zuvorkommend von Ihnen, Frau...?"

„Moosberger. Traudl Moosberger."

„Charlotte Wagner." Ich reichte der Älteren die Hand.

„Was? Wie heißen Sie?" Sie sah mich erschrocken an und ließ sich auf den Bistrostuhl aus Pseudorattan plumpsen.

„Nein, nein – Sie haben sich nicht geirrt", beruhigte ich schnell. „Carla ist nur ein Pseudonym. Mein Künstlername, sozusagen."

„Ach so!"

„Sie sind hoffentlich nicht enttäuscht?", fragte ich und biss herzhaft in das Croissant.

„Keineswegs", sie setzte sich bequemer hin und rührte in ihrem Latte Macchiato. „Ich war nur überrascht. Aber ich hätte es mir denken können; meine Tante sind Sie ja auch nicht!"

Wir prosteten einander lachend zu. Ich fühlte mich wohl in Traudl Moosbergers Gesellschaft. Irgendwie „aufgeräumt", wie es mein Vater wohl genannt hätte.

„Sie haben mir damals sehr geholfen", sagte sie, ernster geworden, und stellte ihr Glas ab.

„Das freut mich zu hören", antwortete ich. Sie kannte also nicht nur mein Foto, sondern hatte mich auch um Rat gebeten.

„Ohne Sie hätte ich nicht gewusst, was ich tun sollte", fuhr sie fort.

Ha! Ich wünschte, Flo hätte das hören können! Von wegen, ich würde Frauen nur zu „Sklavinnen der Bikinifigur" machen. Etwas Abwegigeres war bei der Frau, die mir gegenübersaß, kaum vorstellbar. Ihre Worte taten mir gut. Sehr gut.

„Sie werden sich wahrscheinlich nicht erinnern. Es ist schon fast zwei Jahre her. Es ging um die Frage, was ich mit meinem großen Haus anfangen soll, nachdem mein Kurt – Gott hab' ihn selig – gestorben war. Die Kinder hatten schon selbst gebaut, und für mich allein war es zu groß. Ich war schon ganz verzweifelt, es hat mich förmlich innerlich zerrissen. Verkaufen, behalten? Und was dann? – Da ist mir beim Aufräumen die Illustrierte vom Tisch gefallen und genau auf der Seite ‚Fragen Sie Tante Carla' offen liegen geblieben. Es war wie ein Fingerzeig des Schicksals. Ich hab' mich gleich hingesetzt und Ihnen geschrieben."

Tatsächlich bekam ich Unmengen an Zuschriften, von denen es nur wenige in die Zeitung schafften. Die allermeisten wurden nicht einmal an mich weitergeleitet. Aber an diesen speziellen Fall glaubte ich mich dunkel erinnern zu können, weil er mich neugierig gemacht und berührt hatte. Nicht das Null-Acht-Fuffzehn Geschreibsel von jemandem, der nur zu blöd zum Googeln war oder eigentlich besser zum Psychiater hätte gehen sollen, sondern eine nachdenkliche und ernsthafte Bitte um den kritischen Blick von außen.

„Hatten Sie nicht Hauswirtschafterin gelernt?", setzte ich vorsichtig nach. Falls ich mich irrte, wollte ich die nette Dame nicht verletzen.

„Doch! Genau!", sie nickte erfreut und beugte sich vor. Ihr Busen ruhte auf dem Tisch, eine graue Strähne hatte sich aus dem kunstvoll aufgesteckten Dutt gelöst. „Mei, ist das schön, dass Sie sich meiner entsinnen, Tante Car... – Frau Wagner! Das freut mich ganz sakrisch!"

Ich freute mich auch. „Und – wie ist es dann weitergegangen mit Ihrem Haus? Haben Sie meine Idee in Erwägung gezogen?", fragte ich gespannt.

„Das will ich wohl meinen! Die Frühstückspension ‚Traudl' verfügt mittlerweile über drei Doppel- und ein Familienzimmer. Allesamt mit eigenem Bad, Balkon, Fernseher und WLAN!", verkündete sie stolz. „Zur Hochsaison, wenn alles ausgebucht ist, geht mir morgens und bei Abreisen eine Frau aus der Nachbarschaft zur Hand, aber das allermeiste mach' ich noch selbst."

„Und die Gartenhütte? Ist die inzwischen ein Partyraum geworden?"

Traudl Moosberger schüttelte den Kopf. „Nein, das hab' ich nicht umgesetzt. Auch wegen der Nachbarn. Außerdem gibt's da so viele Auflagen von Behördenseite her... Das war mir dann doch zu viel. Aber drinnen in meinem Haus habe ich eine kleine Teeküche mit Sitzgelegenheit und Kühlschrank eingerichtet. Falls sich Gäste eine Brotzeit machen möchten. Und auf dem Gang stehen Sessel und ein

Bücherregal mit allen möglichen Fremdenführern, Wanderkarten und Fotobänden."

„Das hört sich wirklich großartig an", sagte ich überzeugt. „Und gemütlich."

„Sie können's sich ja mal anschauen, wenn Sie mögen. Wie lange bleiben Sie denn noch in Tölz? Sie sind doch zum Urlaub da, oder?"

Gute Frage.

„Ehrlich gesagt weiß ich das nicht. Ich bin von zu Hause etwas – hm – überraschend aufgebrochen und gerade erst angekommen."

„Sie wissen nicht, ob Sie Urlaub machen?" Traudl Moosberger runzelte die Stirn. „Das versteh' ich nicht", gab sie offen zu. „Man muss doch wissen, ob man..."

Sie unterbrach sich. Anscheinend wollte sie mich mit ihren Fragen nicht in Verlegenheit bringen. Das gefiel mir. Ich fasste spontan Vertrauen zu der einfühlsamen Witwe, die so freundlich zu mir gewesen war. „Ich bin völlig überstürzt und ohne Gepäck aus Grünwald weggelaufen. Gestern schon", gestand ich. „Die letzte Nacht habe ich hier in der Nähe im Wald auf einem Hochstand verbracht. Ich hatte ein bisschen zu tief ins Glas geschaut und war dort oben eingeschlafen", fügte ich erklärend hinzu.

Erstaunlicherweise stellte sie mir keine Fragen. „Ach deshalb!", sagte sie nur, kramte in ihrer Handtasche und reichte mir ein Kräuterbonbon. „Pfefferminze", erklärte sie ganz ungezwungen, hielt dann aber inne und bekam tiefrote Wangen.

Am liebsten hätte ich sie fotografiert. Genau so, wie sie dasaß. In ihrer altmodischen Blümchenbluse mit dem großen Kragen, der praktischen Handtasche auf dem Schoß, und mit diesem verschämten Gesichtsausdruck, als ihr klar wurde, was soeben passiert war.

Ich musste lachen. „Vielen Dank, Frau Moosberger. Sie haben völlig recht. Ich hätte wenigstens eine Zahnbürste benutzen müssen!"

„Du hast ja sogar eine in der Handtasche", erinnerte Sammy. „In deinem Reiseset."

Die Pensionswirtin atmete erleichtert auf und kicherte ebenfalls. „Ich bin halt' einfach gradraus. Hat mein Kurt auch schon immer gesagt. ‚Traudl', hat er gesagt, ‚du trägst dein Herz auf der Zunge!'." Viele winzige Lachfältchen legten sich um ihre Augen. Aber es klang auch Wehmut in ihren Worten mit. Offensichtlich vermisste sie ihren verstorbenen Ehemann nach wie vor.

„Ob das bei Gerald und mir je der Fall gewesen wäre?", dachte ich – ein wenig erschrocken darüber, dass ich mir so eine Frage überhaupt stellen musste. Sollte es nicht selbstverständlich sein, dass einem der Mensch, mit dem man sein Leben verbrachte, wie verrückt fehlen würde, wenn er starb?

„Du meinst, wenn dich der Mistkerl nicht wegen Flittchen-Jenny sitzengelassen hätte und dir deine Existenz unter den Füßen hätte wegziehen wollen?", spann Sammy den Faden weiter.

„Ja. Was wäre dann?" Ich hatte keine Antwort darauf. Und das war eigentlich Antwort genug. Die Erkenntnis traf mich völlig unerwartet. Ich liebte Gerald nicht mehr. Schon lange nicht. Wann war das passiert?

„Frau Wagner?" Traudl Moosberger suchte meinen Blick.

„Entschuldigen Sie bitte, ich war gerade etwas abgelenkt. Was sagten Sie?" Ich blinzelte ein paarmal, bemüht, das Bild meiner längst gescheiterten Ehe zu vertreiben.

„Ich habe gefragt, ob Sie schon wissen, wo Sie heute Nacht schlafen werden. Oder wollen Sie wieder heimfahren?"

„Ähm – nein. Beides nicht."

„Also... Ich will ja nicht aufdringlich sein, aber bei mir in der Pension wäre noch ein Zimmer frei. – achtundsechzig Euro inklusive Frühstück, Bettwäsche, Handtüchern und Endreinigung. Wenn Sie eine Woche bleiben vierhundertfünfzig Euro", fügte sie geschäftstüchtig hinzu.

„Das hört sich gut an", willigte ich kurzentschlossen ein. Allein die Vorstellung von einer heißen Dusche und einem weichen, duftenden Bett jagte wohlige Schauer über meinen Rücken.

„Prima! Dann ist's abgemacht!" Meine künftige Wirtin stand auf. „Hier ist meine Visitenkarte. Adresse steht drauf. Das alte Bauernhaus mit den Geranienkästen – nicht zu übersehen. Parken können Sie direkt davor, da sind vier Plätze für meine Gäste reserviert. Ah – und wegen des fehlenden Gepäcks: Wenn Sie etwas Neues zum Anziehen brauchen, gehen Sie am besten zum Second-Hand-Laden in der Fußgängerzone. Die haben oft hübsche und günstige Sachen in großen Größen. – Ach, ich freu' mich richtig! Dann bis später!"

Sie schob resolut ihren Stuhl unter den Tisch, nahm ihr leeres Latte-Macchiato-Glas und verschwand. Das Plärren des Jungen, der kurz darauf von der Rutsche fiel und sich die Nase blutig schlug, bekam sie schon gar nicht mehr mit. Ich reichte ihm im Vorübergehen ein paar meiner Servietten und machte mich ebenfalls auf den Weg zum Auto.

DREIZEHN

Das Zentralparkhaus war ohne größere Probleme zu finden. – Dem Navi sei Dank. Oder Antonius. Wer weiß das schon. Der moderne Bau verfügte über mehrere Frauenparkplätze und Mülleimer. Aus einem von ihnen stank es kurz nach meinem Eintreffen nach vergammelnden Fischbrötchen. Und Waldmüll.

Es war merkwürdig, ganz allein durch die Innenstadt von Bad Tölz zu schlendern, aber auch angenehm. Zumal ich mich tatsächlich wieder wie ein Mensch zu fühlen begann und nicht wie ein ausgespuckter Kaugummi an der Schuhsohle der Gesellschaft. Obwohl ich natürlich immer noch danach aussah. Und auch so roch. Zumindest die Haare hatte ich mir zum Pferdeschwanz gebunden. Dank meiner Naturlocken sah das auch ohne großen Aufwand nahezu wie eine Frisur aus.

Auf der Marktstraße angekommen, erwartete mich eine kleine Enttäuschung. Dort, wo ich eigentlich das Kommissariat vermutet hatte, in dem Benno Berghammer und seine Kollegin Sabrina Lorenz in der Krimiserie „Der Bulle von Tölz" ihre Diensträume hatten, befand sich der Eingang des Stadtmuseums. Ansonsten war die Fußgängerzone aber genauso idyllisch und malerisch wie im Fernsehen. Natursteinpflaster, Patrizierhäuser mit Lüftlmalerei an den gepflegten Fassaden, kein Unrat auf dem Boden und zahlreiche Geschäfte zu beiden Seiten.

Natursteinpflaster wird meiner Ansicht nach massiv unterschätzt. Ebenso wie Kopfsteinpflaster. Beide sind wichtige Präventivmaßnahmen gegen nahende Fahrradrüpel, die in einem Affenzahn, dafür ohne Hirn und Verstand, zwischen Fußgängern, Kinderwagen und angeleinten Hunden hindurch jagen. Man bemerkt sie auf diesem Untergrund selbst dann deutlich früher, wenn sie von hinten kommen, und kann entsprechend ausweichen. Oder ihnen einen Stock zwischen die Speichen stecken. Je nachdem, wo die eigenen Präferenzen liegen und ob man einen dabei hat. Ich persönlich denke ja, dass das eine Marktlücke wäre: Schöne, feste, gerade Äste aus dem heimischen Garten – schnell gereicht – würden sich mindestens ebenso gut auf den Wochenmärkten verkaufen wie Kräutersäckchen und selbstgemachte Seife.

Aber ich schweife ab.

Mein erster Weg führte zum Drogeriemarkt, wo ich mir einen Tester beim Deo-Angebot erhoffte, den ich unauffällig benutzen konnte. Leider waren hierfür zu viele Menschen im Laden. Ich hatte Sorge, dass jemand denken könnte, ich wolle das Spray stehlen, wenn ich es unter mein Shirt steckte. Außerdem wäre ich mir dabei auch ein bisschen blöd vorgekommen. Also hüllte ich einfach den halben Markt in eine Aerosolwolke und ging in dem Nebel ein paarmal mit angehaltenem Atem auf und ab. Funktionierte perfekt. Eine frische Dose wanderte in meinen Einkaufswagen. Am Regal mit den Pröbchen packte ich feuchtes Klopapier, Duschgel, Shampoo und Spülung dazu; jetzt brauchte ich nur noch ein paar Unterhosen und BHs. Vorsichtshalber beschloss ich, auch eine Tube Handwaschpaste zu kaufen, falls ich mich beim Essen mal bekleckern sollte, was recht häufig der Fall war. Den Rest des täglichen Bedarfs schleppte ich in meinem Riesen-Shopper sowieso immer mit mir herum. Nur die Kaugummis waren ausgegangen. An der Kasse füllte ich den Vorrat wieder auf. „Für die Zahnpflege zwischendurch" stand auf der Dose, die Kirscharoma und „Whitening" versprach.

Haben Sie dieses Wort einmal gegoogelt? Wikipedia sagt dazu Folgendes: „Die Whitening-Transformation bezeichnet eine lineare Transformation, bei der ein Vektor von Zufallsvariablen mit bekannter Kovarianzmatrix in eine Reihe von neuen Variablen umgewandelt wird, deren Kovarianzmatrix der Einheitsmatrix gleicht."

Na bitte.

Wieder auf der Straße, wandte ich mich instinktiv nach links. Als ich wenig später vor der Isar stand, drehte ich um.

„Also doch das Navi", stichelte Sammy, „die Münze hast du ja einstecken."

Ich ließ mich nicht ärgern. Dafür war der Tag zu schön. Ja, ich gebe es zu: Eine merkwürde Aussage für jemanden, der völlig durchgefroren und verkatert im Wald Todesängste ausstand, weil er aufgrund einer Kurzschlussreaktion seiner Heimatstadt den Rücken gekehrt hatte. Aber ich empfand den Tag tatsächlich als schön. Genauer gesagt: den Moment. Und das war wirklich bemerkenswert, denn ich konnte mich kaum erinnern, wann ich – vor dieser persönlichen Krise – zuletzt den Augenblick gelebt hatte. Meine Tage waren vielmehr eine Aneinanderreihung verschiedener Dinge gewesen, wobei ich während der Erledigung des einen gedanklich schon beim nächsten war.

„Entschleunigen nennt man das", sagte Sammy.

Die Empfehlung von Traudl Moosberger, einen Second-Hand-Laden aufzusuchen, war mir anfangs etwas befremdlich erschienen. Den gab es in Grünwald zwar auch, er war aber eher für den bedauernswerten Teil der Bevölkerung gedacht, der sich Neues nicht leisten konnte. Mit der Betonung auf *konnte*. Nicht *wollte*. Der Gedanke, dass es auch um Nachhaltigkeit und Müllvermeidung gehen könnte, kam dem durchschnittlichen Edel-Münchner normalerweise nicht.

Auch ich hatte bis dato noch zu dieser Spezies gezählt, wurde jedoch an diesem Tag eines Besseren belehrt: Der Tipp erwies sich als Gold wert. Lauter witzige und einzigartige Klamotten, die mir passten! Keine Spur von blödsinnigen Texten, Zeichnungen, Tribals oder, noch schlimmer, leicht debil wirkenden Tieren mit Paillettenaugen. Sondern ganz normale Kleidung. Sowas ist in meiner Größe normalerweise Mangelware. Auch oder gerade in Spezialgeschäften. Aber hier nicht. Hier war ich Mensch, hier kaufte ich ein. Ach was – *kaufte ich ein!* Ich raffte zusammen, was bei drei nicht wieder am Bügel hing. Unverdrossen stieg ich von einem Teil ins nächste, es war die reinste Wonne. Zum Glück gab es auch einen Trolley im Angebot, sonst hätte ich gar nicht gewusst, wie ich das ganze Zeug transportieren sollte. Seit Jahren hatte ich mir kein Kleid mehr gekauft – jetzt fand ich gleich zwei. Und einen Rock, zwei lange und eine dreiviertellange Jeans, fünf T-Shirts, eine Bluse, zwei Sweatshirts, eine Jacke aus Wildlederimitat im Blazer-Stil, ein Baumwolltuch und fünf Paar Sneaker-Söckchen, weil ich die im Drogeriemarkt vorhin vergessen hatte.

Die Besitzerin des Ladens freute sich fast ebenso sehr wie ich über meine Begeisterung und bot mir spontan ein Gläschen Prosecco an. Doch so weit war ich noch nicht. Den Orangensaft hingegen nahm ich gerne.

Für alles zusammen wollte sie einhundertfünfzig Euro. *Abgerundet!* Das müssen Sie sich mal vorstellen! Ich gab ihr zwei grüne Scheine und einen Luftkuss neben die Backe. Dann tauschte ich meine Gucci-Sonnenbrille gegen eine der dort angebotenen mit rosa verspiegelten Rundgläsern und verabschiedete mich mit einem verdammt guten Gefühl.

Wieder auf der Straße, ließ die Euphorie jedoch schnell nach, und ich spürte jedes einzelne meiner fünfundfünfzig Lebensjahre in den Knochen. Shoppen war anstrengend.

„Du solltest entweder Sport treiben oder weniger saufen", sagte Sammy, während ich erschöpft den Koffer hinter mir herzog und dabei mehr Radau veranstaltete als die Müllabfuhr am Dienstagmorgen.

„Was denkst du, was ich hier tue?", keifte ich zurück. „Chillen? Dieses Ding über holpriges Gestein zu wuchten, ist durchaus als sportliche Betätigung einzustufen." Der Schweiß stand mir auf der Stirn und weiß Gott wo sonst noch – ich war froh, zuerst im Drogeriemarkt gewesen zu sein. Auch wenn das Antitranspirant auf der Kleidung natürlich nicht so effektiv war, als wenn ich es direkt in die Achselhöhlen gesprüht hätte.

„Klar – und wenn du jetzt noch ein paar Blumen für deine Wirtin kaufst, kannst du es als Hanteltraining geltend machen."

Hm.

Einen Strauß für Traudl Moosberger zu besorgen war eigentlich gar keine schlechte Idee. Auch, um mich für die Einladung beim „gelben M" zu revanchieren. Allerdings nur, wenn das nächste Floristikgeschäft auf direktem Weg zum Auto lag. Denn eigentlich wollte ich nur noch eins: Duschen!

Ich erspähte ein ungefähr elfjähriges Mädchen, das gelangweilt neben der Brunnenskulptur eines nackten Knaben stand, der einen speienden Vogel hielt. Hätte sie nicht eigentlich in der Schule sein müssen? Oder waren gerade Ferien? Ich wusste es nicht. Beim Näherkommen bemerkte ich, dass das Wasser seitlich aus der ausgestreckten rechten Hand der Bronzefigur schoss. Ich persönlich fand, dass es realistischer gewirkt hätte, wenn es aus dem Schnabel des gefiederten Freundes gekommen wäre – oder, nach Brüsseler Vorbild, auch aus dem Schniedel des Jungen; wobei ich den Vertretern des männlichen Geschlechts, die für jedermann gut sichtbar in freier Wildbahn urinierten, normalerweise nichts abgewinnen konnte. Im Gegenteil.

„Entschuldige bitte, kannst du mir sagen, wo ich hier in der Nähe einen Blumenladen finde?", sprach ich das Mädchen an. Ich war in angemessenem Abstand stehengeblieben und lächelte freundlich.

Sie warf mir einen abschätzigen Blick zu und verschränkte die Arme vor der Brust. „Was krieg' ich dafür?", fragte sie herausfordernd.

Hä?

Mein Gesichtsausdruck war vermutlich so überrascht wie der von Van Gogh, als er sein Ohr in der Hand hielt. „Vielleicht einen Kaugummi?", antwortete ich fragend und zog die zuvor gekaufte Dose aus der Handtasche.

„Fünf Euro." Das Kind kam näher und streckte die Hand aus. Plötzlich hatte ich das Gefühl, mein Hab und Gut beschützen zu müssen. Den Geldbeutel im Besonderen.

„Du spinnst wohl", gab ich betont schnoddrig zurück, „fünf Euro für eine simple Auskunft? Das kannst du vergessen!" Ich schloss den Reißverschluss meines Shoppers und wandte mich ab.

„Sie könnten auch auf dem Smartphone nachsehen." Mit wenigen Schritten hatte sie mich umrundet und versperrte mir den Weg. „Wenn Sie es mir geben, helfe ich Ihnen dabei."

„Wenn du das tust, ist sie damit auf und davon", warnte Sammy.

„Nein danke, der Akku ist leer." Ich versuchte seitlich an ihr vorbeizukommen, doch sie ließ mich nicht durch. Inzwischen bereute ich es, die Kleine angesprochen zu haben. Die Situation war mir unangenehm.

„Drei Euro?" So leicht gab sie nicht auf.

„Jetzt hör mir mal gut zu, du Checkerbraut", sagte ich streng und wesentlich selbstsicherer als ich mich fühlte. „Du bekommst von mir keinen verdammten Cent. Und jetzt hau ab, bevor ich sauer werde."

„Uh! Da krieg ich aber Angst!!" Sie riss theatralisch die Hände hoch, trat aber tatsächlich beiseite. „Verpiss dich doch selber, du keimiger Schnürschinken! Du Gehsteigpanzer! Alte Schrumpelrose!", rief sie mir laut und abfällig hinterher.

Ich würde die Begriffe später googeln müssen.

„Siehst du? Es ist gar nicht nötig, bis nach New York oder Mexiko zu reisen, wenn du auf offener Straße überfallen werden möchtest", sagte Sammy.

„Jetzt übertreib mal nicht", gab ich zurück. „Ist ja nix passiert." Trotzdem hatte die Begegnung meinen Bedarf an skurrilen Situationen für heute gedeckt. Außerdem war der Stolz, den ich empfand, mich einem kleinen Mädchen gegenüber behauptet zu haben, ziemlich verwirrend.

Im Bestreben, möglichst viele Meter zwischen mich und die ausgefuchste Göre zu bringen, bog ich blind um die nächste Ecke und rumpelte prompt gegen einen Straßenaufsteller.

In großen Buchstaben stand dort geschrieben: „Wie sauer ist sie?" Darunter waren nebeneinander drei bunte Fotografien abgebildet: A) eine einzelne rote Rose, B) fünf rote Rosen, C) ein gewaltiger Rosenstrauß mit weißem Beigebinde.

Ich musste grinsen. Bei dem Geschäft handelte es sich zwar nicht direkt um einen Blumenladen, sondern um eine Weinhandlung, die ihr Sortiment erweitert hatte, doch ich war nicht wählerisch. Als ich wenig später aus der angenehmen Kühle wieder auf den Gehsteig trat, hatte ich eine Flasche leichten Rotwein, ein wenig Brot und Käse sowie einen hübschen Strauß Sonnenblumen im Gepäck.

Zufrieden machte ich mich auf in Richtung Parkhaus. Den Weg hatte ich mir vorsichtshalber nochmal erklären lassen. Er sei nicht schwer zu finden, hatte der Verkäufer gesagt und mir einen kleinen Plan gezeichnet, nachdem er bemerkt hatte, dass ich trotz seiner ausführlichen Beschreibung keinen hatte. Plan, meine ich.

„Dusche, wir kommen!", rief Sammy euphorisch. Derart gewappnet war ihr Optimismus durchaus angebracht.

VIERZEHN

Es kam mir vor, als bestünde mein Dasein seit gestern nur noch aus Premieren. So viele Dinge waren zum ersten Mal geschehen!

Mein Ehemann hatte mich verlassen und aus dem Haus geworfen, ich war siegreich aus der Konfrontation mit dem Filialleiter meiner Hausbank hervorgegangen, hatte Rosi in ihren ersten Unfall verwickelt, einen Wagenheber bedient, war gewissenlos von einer vermeintlichen neuen Freundin zu Gunsten eines Jungbauern mit Knackarsch, aber ohne Manieren, sitzengelassen worden, hatte eine aufrichtige Unterhaltung mit einem Vertreter Gottes geführt, eine Flasche Raki ganz alleine getrunken, die Nacht auf dem Hochsitz verbracht, war von einem grantigen Oberbayern vor dem sicheren Tod durch Verdursten gerettet worden, hatte Second-Hand-Klamotten eingekauft und war fast von einem Kind beraubt worden. Und nun war ich dabei, neue Unterwäsche anzuziehen, ohne sie zuvor durch die Maschine gejagt zu haben. Wenn das meine Mutter wüsste!

„Das Leben ist ein Abenteuer!", konstatierte Sammy.

Ich stand gerade frisch geduscht vor dem Spiegel meines Badezimmers in der Frühstückspension und inspizierte, so gut ich konnte, meine Speckröllchen am Rücken. Mir war nämlich eingefallen, was „Schnürschinken" eventuell heißen könnte.

„Deine Ironie vergeht dir spätestens, wenn mein Hintern voller Pickel ist", gab ich zurück. „Außerdem bin ich zu alt für Abenteuer."

„Du bist fünfundfünfzig."

„Eben. Höchste Zeit, sich mehr Ruhe zu gönnen."

„Gestern hast du noch vorgehabt, wieder jung zu sein."

„Gestern habe ich mich aber auch noch nicht so alt gefühlt wie heute."

Sammy gab auf. Sie wusste, dass mit mir in einer solchen Gemütsverfassung nicht zu diskutieren war. Außerdem hatte sie meine Geduld schon überstrapaziert.

Eigentlich hatte ich mich nach der überfälligen Körperpflege nämlich einem mindestens ebenso dringlichen Nickerchen hingeben wollen, dabei aber nicht bedacht, wie penetrant meine innere Stimme sein konnte, wenn es darum ging, an mein Gewissen und Verantwortungsgefühl zu appellieren.

„Du musst dich endlich um deine Kolumne kümmern. Und Rita ein Lebenszeichen schicken. Obendrein kannst du dem Mistkerl gegenüber nicht einfach das Handtuch werfen und dich mit der Hälfte des Girokontos zufriedengeben. Du musst *kämpfen*!" So – oder so ähnlich – ging das in einer Tour.

Nerv!

Also legte ich mich nicht nackt ins Bett, sondern zog einen der im Drogeriemarkt gekauften Büstenhalter an. Beziehungsweise, ich versuchte es. Ich zerrte und stopfte, drückte und zog. Obwohl ich wusste, dass die Tradition der Frauen, sich die Brüste zu bedecken und zu stützen, bis in die griechische Antike reichte, *hasste* ich die Dinger. Und da ich keine spartanische Sportlerin 2500 vor Christus war, fehlte mir auch jede Solidarität.

Normalerweise kaufte ich meine BHs immer im gleichen Dessous-Fachgeschäft, denn es war wirklich schwierig, welche zu finden, die mir gut passten und einigermaßen bequem saßen. Dieser hier erinnerte mich vom Tragekomfort her eher an ein Pferdegeschirr mit Ösen. Außerdem hatte er zwar die richtige Körbchengröße, war aber vom Brustumfang her eine Nummer zu klein. Das war mir beim Kauf schon klargewesen, aber aufgrund des knappen Sortiments hatte ich keine Wahl gehabt. Und gebrauchte Unterwäsche anderer Leute zu tragen ging mir dann doch zu weit.

„Ich hätte nicht gedacht, dass fünf Zentimeter so viel ausmachen würden", ächzte ich und verrenkte mir am Rücken die Hände.

Sammy kicherte. „Weißt du noch, der Typ auf der Isarparty zu Ritas achtzehntem Geburtstag? Da hätten fünf Zentimeter mehr vermutlich..."

„Ach, halt die Klappe!" Ich hatte keinen Nerv für pubertäre Fummel-Erinnerungen, sondern musste mich einer hässlichen Tatsache stellen: Überall quoll irgendetwas heraus – ich erinnerte optisch tatsächlich an einen Rollbraten. Nein: einen Schnürschinken.

„Lass' das doofe Ding doch einfach weg", schlug Sammy vor. „Du bist ein Kind der Sechziger! Und beim neuen Kleid fällt das vielleicht gar nicht auf."

„Das ist kein neues Kleid", widersprach ich gereizt.

„Für dich schon", antwortete Sammy mit der Geduld eines Ackergauls. Womit ich gedanklich wieder beim Pferdegeschirr angekommen war.

Kurzentschlossen pfefferte ich die formgebende Martermontur in die nächste Ecke und schlüpfte barbusig in das luftige Gewand im Boho-Style. Es reichte mir bis knapp übers Knie, war in puderrosa gehalten und über und über mit einem kleinen Blütenmuster bedeckt. Die Ärmel waren „Cold-Shoulder" gearbeitet und gaben dem Hippie-Look den nötigen Pfiff. Ich hatte mich auf der Stelle in das Teil verliebt. Durch die weichfließende A-Linie und die doppelte Lage im Brustbereich sah man tatsächlich nicht, dass ich keinen BH trug. Solange ich nicht auf und ab hüpfen oder einen epileptischen Anfall bekommen würde. Ich klopfte auf Holz.

„Und um Bodenfrost muss du dir um diese Jahreszeit auch keine Gedanken machen", witzelte Sammy in Anspielung auf die Schwerkraft.

Muhaha.

Ich zog meine Sandalen an, die ich zuvor am Waschbecken gesäubert hatte, schnappte die Handtasche vom Beistelltisch und machte mich auf die Suche nach meiner Wirtin. Die hatte sich bei meiner Ankunft vor einer knappen Stunde sehr über den farbenfrohen Blumenstrauß gefreut und ihn gleich in einem schönen Keramikkrug auf die Anrichte im Eingangsbereich gestellt, wo auch Flyer mit den nächstgelegenen Ausflugszielen, Visitenkarten von Taxiunternehmen und eine Liste mit Notfallnummern lagen. Vielleicht konnte Traudl Moosberger mir sagen, wo ich hier in der Gegend ein Internetcafé finden würde.

Ich ging gerade an der Teeküche vorbei in Richtung Treppenhaus, als mir jemand ein freundliches „Grüß Gott" zurief. Der Mann war ungefähr in meinem Alter, großgewachsen und schlank. Fast schon schlaksig. Er trug trotz der Hitze einen Anzug mit gepunkteter Fliege, der ihm zu Zeiten seiner Firmung vermutlich sogar gepasst hatte. Für plötzlich einsetzendes Hochwasser war er jedenfalls bestens gewappnet.

„Hallo", antwortete ich und hob grüßend die Hand.

Bevor ich weitergehen konnte, sprach er die magischen Zauberworte aus, die wohl jeden müden Menschen hätten innehalten lassen: „Möchten Sie einen Kaffee?" Er lächelte freundlich und deutete auf die gefüllte Glaskanne.

„Sehr gerne." Ich trat näher. „Ist der denn für alle?"

„Es gibt eine Kasse. Das Haferl fünfzig Cent. – Doktor Gotthilf Buchholz", stellte er sich vor und reichte mir die Hand.

„Angenehm. Charlotte Wagner."

„Ich weiß. Traudl hat mich informiert."

„Ach...?"

„Bitte, setzen Sie sich doch! Es ist mir eine Ehre, Sie kennenzulernen. Ohne Sie und Ihr helles Köpfchen gäbe es das alles hier schließlich nicht." Er machte eine auslandende Handbewegung und stellte dann eine große, blau-weiße Tasse vor mir auf den Tisch. Vermutlich handgetöpfert. „Blond und süß?"

Ich starrte ihn nur verdattert an. Flirtete er etwa mit mir?

„Den Kaffee. Mit Milch und Zucker?" Buchholz stand als personifiziertes Fragezeichen vor dem Kühlschrank, die Glasflasche mit der weißen Flüssigkeit in der Hand.

„Ähm, ja! Bitte! Beides. Danke! – „Was hat Ihnen Frau Moosberger denn sonst noch über mich erzählt?"

„Nur, dass Sie aus Grünwald kommen und hier Urlaub machen." Er nahm mir gegenüber Platz und rührte in seinem Becher. Verschmitzt sah er mich an. „Gibt es denn ein dunkles Geheimnis?" Er wackelte bedeutungsvoll mit den Augenbrauen.

Ich musste lachen. „Nein! Nein, das gibt es nicht. – Und woher stammen Sie?"

„Meine Heimat war schon immer Bad Tölz."

„Dann sind Sie gar nicht zu Gast hier?" Ich setzte die Tasse an die Lippen. Vielleicht war er der Hausmeister?

„Hausmeister mit Doktortitel", spottete Sammy. „So viel zum ‚hellen Köpfchen'. Tolle Journalistin bist du."

„Nein. Ich bin Lehrer an der Grundschule, kümmere mich aber auch um kleinere Reparaturen in und an der Pension, mähe im Sommer den Rasen, räume im Winter den Schnee..."

Ich streckte Sammy in Gedanken die Zunge raus.

„...dafür lässt mich Traudl umsonst im Gartenhaus wohnen. Das ist jetzt *mein* dunkles Geheimnis, denn eigentlich ist es nicht gestattet. Zumindest nicht als Erstwohnsitz. Sie verraten uns doch nicht?!"

„Keine Sorge." Meine Achtung vor Traudl Moosberger wuchs. Tag und Nacht so kostengünstig einen Handlanger im Haus zu haben, war sicher nicht zu verachten. Zumal, wenn sich der Umbau zum Partyraum nicht so einfach hatte umsetzen lassen.

„Bis vor gut eineinhalb Jahren habe ich mir mit meiner Mutter vier Zimmer geteilt, aber nachdem sie sich den Oberschenkelhals gebrochen hatte, war das nicht mehr möglich. Treppensteigen, meine ich. Wir wohnten im dritten Stock ohne Lift."

„Das tut mir leid zu hören", sagte ich.

Buchholz nickte. „Danke. Sie lebt jetzt in einem Seniorenwohnheim hier am Ort. Das ist nicht billig. Ich verdiene gut, aber ich verreise auch gerne, deshalb bin ich froh, eine so günstige Bleibe gefunden zu haben. – Aber genug von mir! Was haben Sie denn noch Schönes vor heute? Vielleicht auf den Kalvarienberg steigen? Oder mit der Blombergbahn zum Sommerrodeln?"

„Ehrlich gesagt bräuchte ich erstmal einen Internetzugang."

„Hier ist freies WLAN. Im ganzen Haus. Hat Ihnen Traudl das Passwort nicht gegeben?"

„Doch, doch! Es ist nur – hm – ich habe meinen Laptop zu Hause vergessen und müsste ein wenig recherchieren."

„Sogar im Urlaub?"

„Ähm – ja."

„Dann würde ich Ihnen raten, in die Stadtbücherei zu gehen. Dort ist es angenehm leise, die Klimaanlage läuft, und jetzt, in den Ferien, sind die Rechner auch meistens frei."

Ferien. Also hatte die Kleine zumindest nicht die Schule geschwänzt.

„Das ist eine gute Idee." Ich stand auf. „Ist das Schwein dort drüben die Kaffeekasse? Ich habe nur gerade gar kein Kleingeld bei mir..."

„Sie sind eingeladen."

„Das ist nett von Ihnen." Ich lächelte ihm zu. „Ach – und könnten Sie mir bitte noch verraten, wo ich ein Ladekabel für mein Handy herbekomme?"

Kurz blitzte etwas wie Misstrauen in seinem Gesicht auf. Oder war es Neugierde?

„Das haben Sie wohl ebenfalls vergessen?"

„Genau!", antwortete ich und reckte das Kinn.

„Passiert mir auch ständig. Deshalb habe ich mittlerweile drei davon. Welchen Stecker brauchen Sie denn?"

„Es gibt verschiedene?"

Er grinste nachsichtig und streckte die Hand aus. Schon zum zweiten Mal an diesem Tag wollte jemand mein Smartphone haben. Ich gab es ihm.

Ein kurzer, fachmännischer Blick genügte. „Ja, dasselbe wie bei mir. Sollen wir es gleich holen?"

Ich konnte mein Glück kaum fassen. Hilfsbereite Menschen, soweit das Auge reichte.

„Wenn es Ihnen recht ist, würde ich nach der Bücherei bei Ihnen vorbeikommen. Aber nur, wenn es keine Umstände macht."

„Nein, überhaupt nicht. Ich würde mich freuen."

„Gut, dann bis später. – Ach, Moment!" Mir war noch etwas eingefallen. „Bin gleich wieder da!"

Kurz darauf drückte ich ihm die Tüte vom Weinhändler in die Hand. „Als kleine Wiedergutmachung."

Er spähte hinein. „Oh! Ein Merlot! Ich liebe Rotwein. Und zu Brot und Käse kann ich noch Weintrauben und schwarze Oliven vom Feinkosthandel beisteuern. Das wird ein Festmahl!"

Gotthilf Buchholz begleitete mich vors Haus. „Ist das Ihr Auto?", fragte er und zeigte auf Rosi.

„Ja, warum?"

„Es passt zu Ihnen."

„Danke!", antwortete ich erfreut.

Das etwas eigenwillige Design der Blümchenaufkleber auf rosa Grund spiegelte tatsächlich ein Stück Lebensgefühl früherer Zeiten wider, von dem ich manchmal dachte, es verloren zu haben. Es hatte mir zwar auch schon des Öfteren spöttische Blicke eingebracht, meist aber von Männern in tiefergelegten schwarzen Audis, aus denen übertrieben laute Musik dröhnte. Vorzugsweise Deutsch-Rap mit Texten, die so tiefgründig und intellektuell waren wie zehn Meter Salami.

Der Lehrer erklärte mir in einfachen Worten den Weg zur Hindenburgstraße, wo sich die Stadtbücherei befand. Diesmal würde ich keinen Plan brauchen. „Fußläufig etwa fünfzehn Minuten. Höchstens. Sie haben ja zum Glück vernünftiges Schuhwerk an."

So, wie er das sagte, nahm ich es als Kompliment. Aus Geralds Mund wäre es eher ein versteckter Hieb in Richtung fehlenden Sexappeals gewesen.

„Auf Stöckelschuhen würden Sie bei dem vielen Kopfsteinpflaster nicht weit kommen!", fügte Buchholz erklärend hinzu und wurde rot. Er räusperte sich. „Nun, dann bis später. Ich werde den Wein schon mal öffnen, damit er atmen kann. Gute Recherche wünsche ich."

„Vielen Dank." Lächelnd wandte ich mich ab. – „Und er flirtet doch mit mir!", sagte ich zu Sammy und ging federnden Schrittes die Straße hinab. Nicht *so* federnd, dass mein Busen wackelte, aber federnd genug, um den Rock meines Kleides fröhlich um die Schenkel wippen zu lassen. Ich war sicher: Gotthilf Buchholz sah mir hinterher.

Bei der Bücherei angekommen, setzte ich mich auf die breite Treppe, die zur dunkelroten Eingangstür führte, um dort im Schatten der Bäume eine Kugel Vanilleeis zu schlecken, die ich mir auf dem Weg hierher gegönnt hatte. Zum Glück hatten sie meinen großen Schein dort wechseln können. Jetzt verfügte ich wenigstens über etwas Kleingeld. Misstrauisch spähte ich nach oben. Ein Vogelschiss „on ice" genügte mir pro Sommer. Auf der Rampe hinter mir schob eine Mutter ihren Kinderwagen nach oben. Sie hatte zwei Sprösslinge im Schlepptau, und ich fragte mich, wie ruhig es dort drinnen wohl tatsächlich sein würde, als ich mit einem Mal ein vertrautes Gesicht erblickte.

Sie hatte mich ebenfalls gesehen. Für Flucht war es zu spät.

„Charly! Was machst du denn hier?!" Flo war stehengeblieben und musterte mein neues Outfit inklusive der frisch gewaschenen Haare – diesmal nicht mit Wasser aus dem Starnberger See, sondern mit Shampoo aus dem Drogeriemarkt –, die mir heute offen über die Schultern fielen. „Gut siehst du aus."

„Du nicht", sagte ich verletzend ehrlich, aber es stimmte: Die junge Tramperin sah tatsächlich mitgenommen aus.

Sie seufzte und ließ sich ungefragt neben mir auf den Stufen nieder. „Lukas ist so ein Arschloch! Er wollte nur f... – er wollte nur Sex!", klagte sie erbost und traurig zugleich.

„Was hatte sie denn erwartet?", wunderte sich Sammy. „Dass er ihr die Kälbchen zeigt?"

„Dabei hatte er versprochen, mir die Kälbchen zu zeigen", fuhr Flo fort.

Ups.

„Das hätte ich dir sagen können – wenn du nochmal mit mir gesprochen hättest, bevor du einfach abgehauen bist", erwiderte ich, ganz die weltgewandte, erfahrene Frau.

„Ich hätte sowieso nicht auf dich gehört", tat Flo meine Worte mit einer Handbewegung ab.

Kein „es tut mir leid", „das war blöd von mir", oder „dafür sollte ich auf ewig in der Hölle schmoren".

Stattdessen sah sie mich mit dem waidwunden Blick eines getroffenen Feldhamsters an und sagte: „Du hast nicht zufällig ein paar Euro übrig, oder? Ich hab' noch nichts gegessen und mein Schlafplatz ist auch weg."

An dieser Stelle muss ich nochmal meine Oma aus der Urne kramen: Sie war der festen Überzeugung, dass man nur dann ausgenutzt wird, wenn man es auch so *fühlt*. Unerheblich, was andere sagen. Und meiner Meinung nach ist da durchaus etwas dran. Niemand außer einem selbst kann beurteilen, wann die Linie überschritten ist, die Großzügigkeit und Hilfsbereitschaft zu „für dumm verkauft" werden lässt. Meine persönliche Grenze ist da sehr weit gesteckt und enorm flexibel. Ich gebe gerne und ich habe keine Angst davor, übervorteilt zu werden. Ob der andere das trotzdem so sieht, ist mir dabei ziemlich egal. Keinesfalls möchte ich von einem Menschen mit Nächstenliebe zu einem gefühlskalten Egoisten mutieren, nur weil ich Sorge habe, dass jemand über mich triumphieren könnte, ohne dass ich es mitbekomme. Wäre ja auch völliger Blödsinn. Prophylaktische Ichbezogenheit ginge immer auf Kosten derer, die meine Hilfe tatsächlich brauchten. Trotzdem hatte mich diese Einstellung in der Vergangenheit oft Kraft gekostet, weil ich mein warnendes Gefühl ignoriert hatte. Weil ich gemocht und geliebt werden wollte. Und zwar von allen und jedem. Nun – „lange Rede, kurzer Sinn" – wie meine Freundin Rita immer sagte: Meine Gemarkung war erreicht. Flo konnte mich mal am Arsch lecken. Kreuzweise und spiralförmig.

„Nein, habe ich nicht. Und jetzt entschuldige mich bitte, die Arbeit ruft." Ich steckte mir den Rest der Waffel in den Mund und schleckte einen Tropfen Vanilleeis vom Finger.

„Wieder ein paar Teenager in die Bulimie treiben, oder doch lieber über die richtige Hutwahl beim englischen Pferdederby berichten?"

Hmpf.

Ich war aufgestanden, hatte die Klinke der schweren Eingangstür schon in der Hand. „Lebensberatung", korrigierte ich schlicht. „Ich mache Lebensberatung. Noch etwas, das ich dir hätte erzählen können."

„High Five!", rief Sammy, während die Tür hinter mir ins Schloss fiel und ich die angenehm kühlen Räume der Stadtbücherei betrat.

Ich war stolz auf mich, und das durchaus zurecht, wie ich fand. Abgrenzung war mir schon immer schwergefallen, doch gerade hatte ich die mit Bravour gemeistert. Es schien, als ob ich reifte.

„Wie Pfirsiche im Spätsommer", schoss mir durch den Kopf.

„Hört sich an wie ein Buchtitel", fand Sammy.

„Na, dann passt das ja."

FÜNFZEHN

Der Empfangsbereich war, ebenso wie das gesamte Erdgeschoss, behindertengerecht angelegt. Die freundliche Dame hinter dem Tresen wies mir den Weg zu den Computern und informierte mich darüber, dass Seiten mit „fragwürdigen Inhalten", so drückte sie sich aus, gesperrt seien. Außerdem wies sie mich darauf hin, dass die PCs üblicherweise Schülern zu Recherchezwecken dienen sollten und nicht, um E-Mails abzurufen oder privat im Internet zu surfen.

Ich nickte brav und lächelte nonchalant, um kurz darauf genau das zu tun. E-Mails mit Leseranfragen abrufen und beantworten. Seit gestern war noch eine dazugekommen. Insgesamt also drei. Sie wissen, ich bin nicht gut im Lügen, und jetzt absichtlich etwas Verbotenes zu machen, fiel mir nicht leicht. Ich kam mir vor wie *Calamity Jane* bei der Planung eines Postkutschenraubs und nicht wie Charlotte Wagner bei der Arbeit.

Entsprechend kurz fielen dann auch meine Ratschläge aus, obwohl ich pro Zeile bezahlt wurde. Die erste Frage stammte von einer fünfundzwanzigjährigen Mutter aus einem Hamburger Vorort, die dort mit ihrem Mann und dessen Eltern in zwei Doppelhaushälften nebeneinander lebte. Oma mischte sich in alles und überall ein, hielt sich mehr bei der jungen Familie als in ihren eigenen vier Wänden auf und stresste die Schwiegertochter so sehr, dass sie Schwierigkeiten beim Stillen bekommen hatte, was für zusätzliche Übergriffe bis hin zur Bevormundung führte. „Von meinem Mann ist leider keine Hilfe zu erwarten, er ist oft auf Montage, und wenn er da ist, ist meine Schwiegermutter ganz anders als sonst. Bitte helfen Sie mir. Ihre L. aus W."

„Liebe L., ziehen Sie Ihren Schwiegervater ins Vertrauen. Mit Sicherheit ist er mit den Marotten seiner Ehefrau bestens vertraut, vielleicht insgeheim sogar froh, dass deren Streben nun nicht mehr auf ihn allein abzielt. Er kann Ihr Verbündeter werden. Falls das nichts nützt, installieren Sie eine Webcam, die die Einmischung Ihrer Schwiegermutter aufzeichnet. Zeigen Sie zunächst ihr die Videos, und erst, wenn das keine Verbesserung der Situation bringen sollte, Ihrem Mann. Er wird nicht wollen, dass Sie leiden, wenn er nicht da ist. Mit den besten Wünschen, Ihre Tante Carla".

Die zweite Nachricht kam von einer Dame unbekannten Alters, ich tippte auf Ü75. „Liebe Tante Carla, ich bügle nicht gerne. Nun habe ich von einer Nachbarin gehört, dass ich meine Blusen auch mit einer Sprühflasche anfeuchten und dann in aufgehängtem Zustand trockenföhnen könnte. Was halten Sie davon? Magda aus R."

„Viel. Bügeln ist keine Frauenbewegung! Ihre Tante Carla".

Die letzte Zuschrift, die es in die nächste Ausgabe schaffen würde, war von einem vierundfünfzigjährigen Mann verfasst, der überlegte, welches Smartphone er sich am besten kaufen sollte, um damit Frauen zu beeindrucken.

Ich verkniff mir die Antwort, dass ein Mann, der Kummerkastentanten einer Hochglanzillustrierten solche Fragen schickte, *niemals* eine Frau würde beeindrucken können. Stattdessen riet ich ihm, ein möglichst kleines Handy zu kaufen. „Erwähnen Sie, dass es nur deshalb so winzig ist, weil Sie keine Pornos drauf gucken. Ihre Tante Carla".

Innerlich grinsend tippte ich die letzten Buchstaben, schickte alles zusammen per E-Mailanhang an die Redaktion zurück und loggte mich aus.

Am Tresen bedankte ich mich mit einem Fünf-Euro-Schein und herzlichen Worten für die eigentlich kostenfreie Nutzung der Tölzer Infrastruktur, bevor ich mich wieder auf den Weg zurück in die Pension machte. Genauer gesagt, zu deren Gartenhäuschen. Mittlerweile war es später Nachmittag geworden. Gemütlich schlenderte ich an weinberankten Häusern und gepflegten Vorgärten vorbei. Ich fühlte mich wohl und selbstsicher. Gleichzeitig fragte ich mich, was zum Henker ich hier eigentlich tat.

„Sind Sie schon im Urlaub oder flüchten Sie noch?" Sammy traf den Nagel auf den Kopf.

Gotthilf Buchholz hatte sein Jackett abgelegt und kam barfuß an die Tür. Kümmerlich behaarte Knöchel mündeten in gepflegte Füße mit säuberlich geschnittenen Nägeln. Bleich ragten sie aus den Hosenbeinen hervor. Über dem weißen, kurzärmligen Hemd spannten sich rot-weiß gepunktete Hosenträger, die perfekt zu seiner Fliege passten.

Ich musste schmunzeln. Gemeinsam mit Rita in einem Straßencafé sitzend, hätten wir uns vermutlich über sein eigenwilliges Erscheinungsbild lustig gemacht, wenn auch nicht bösartig. Aber mal ehrlich: Wer geht schon mit seiner besten Freundin Eis essen oder Cappuccino trinken, ohne über die vorüberziehenden Passanten zu lästern?

Eben.

Hier und jetzt beeindruckte mich das Selbstbewusstsein, das mein Gastgeber ausstrahlte. Gotthilf Buchholz hatte seinen ganz eigenen Stil, und er fühlte sich offensichtlich sehr wohl damit.

„Hallo, Frau Wagner. Kommen Sie doch rein. Ich habe gedacht, wir könnten uns auf die Terrasse setzen, wenn es Ihnen recht ist?"

Er führte mich durch einen einzigen, großen Raum, der mittels rustikalen Paravents und Regalen, in denen viele Bücher, alte Schallplatten und Pflanzen untergebracht waren, in verschiedene Bereiche unterteilt war. Ich sah eine sehr gemütlich wirkende Leseecke mit Sessel, Beistelltischchen und Stehlampe sowie ein kleines Sofa, das auf zwei große Lautsprecher ausgerichtet war, die rechts und links neben einer hölzernen Kommode samt Plattenspieler aufgebaut waren. Einen Fernseher suchte ich vergebens. Ebenso ein Bett und einen Kleiderschrank, vermutete letzteres aber hinter einem der Raumteiler. Es hingen kaum Bilder an den Wänden. Nur über einem Holztisch, der mit drei Stühlen vor der kurzen, ebenfalls offenen Küchenzeile stand, waren zwei großformatige Aufnahmen zu sehen, die Leuchttürme vor einer rauen See zeigten.

Meinem Gastgeber war mein Interesse an den Fotografien nicht entgangen. „Norwegen", sagte er und blieb stehen. „Ich liebe die Küste und das Meer."

„Haben Sie die selbst gemacht?", fragte ich und bewunderte das Spiel aus Licht und Schatten, aus Schärfe und Unschärfe. Obwohl weit im Hintergrund, waren die Möwen so klar erkennbar, dass ich meinte, sie schreien zu hören.

„Ja. Fotografie ist eines meiner Steckenpferde. Wenn es nicht so abgedroschen klänge, würde ich Ihnen vorschlagen, meine Fotoalben anzusehen." Er lachte.

„Vielleicht komme ich später darauf zurück. Die sind wirklich gut!"

An der Terrassentür ließ mir Buchholz galant den Vortritt. Auch hier war alles sehr ordentlich und aufgeräumt, ohne steril zu wirken. Gerührt sah ich, dass er sogar ein Sträußchen Wildblumen auf den liebevoll gedeckten Tisch gestellt hatte.

„Bitte, setzten Sie sich doch schon mal." Er schenkte uns ein wenig Rotwein in die Gläser, blieb aber stehen. „Ich hole nur schnell den Rest."

Ich nutzte die Zeit, um tief ein- und auszuatmen. Immerhin verdankte Tölz das „Bad" vor seinem Namen nicht nur den örtlichen Jodquellen, sondern war seit über fünfzig Jahren als heilklimatischer Kurort anerkannt und triumphierte somit über jeden der schnöden Luftkurorte, die in Alpennähe zuhauf vertreten sind. Von den Städten und Gemeinden mit nachgewiesen therapeutisch anwendbarem und bewährtem Bioklima hingegen gab es in ganz Deutschland nicht einmal siebzig. Das musste ich ausnutzen, zumal ich gute Erfahrungen damit gemacht hatte. Isny im Allgäu ist ebenfalls stolzer Träger des Prädikats – ganz ohne „Bad" vor dem Namen. Der Urlaub, den ich mit meinen Eltern vor mehreren Jahrzehnten dort verbracht hatte, tat meinen Lungen noch heute gut!

Auf der dunkel gebeizten Brüstung standen ein paar Töpfe mit Kräutern, vielleicht sogar aus dem gleichen Geschäft, in dem ich heute gewesen war. Der Salbei verströmte seinen intensiven Duft, und die Blüten des Schnittlauchs lockten ein paar Bienen an. Am anderen Ende der Veranda lud ein Schaukelstuhl mit Fußstütze zum Entspannen ein.

Neugierig stand ich auf, um das Buch in die Hand zu nehmen, das daneben lag. Der Titel lautete „Gemeinsam sind wir tot". Ich las den Klappentext. Es handelte sich nicht, wie ich zunächst angenommen hatte, um eine Persiflage auf die Globalisierung oder die literarische Verarbeitung des Gruppenselbstmords einer Sekte, sondern um einen Psychokrimi aus München. „Von Sabine Schumacher", las ich stumm. Noch nie gehört.

„Sie können sich das Buch gerne ausleihen", sagte Buchholz, der soeben reichbepackt wiederkam. „Ich lese es bereits zum zweiten Mal. Eine gelungene Mischung aus spannender Unterhaltung und bayerischem Humor mit jeder Menge gut recherchiertem Lokalkolorit."

Er stellte das Tablett auf den Tisch. Mein Käse lag zusammen mit Oliven und Weintrauben auf einer Platte, das Brot hatte er aufgeschnitten und in ein Körbchen mit karierter Stoffserviette gegeben.

„Oh, das sieht aber appetitlich aus!", rief ich begeistert und meinte es auch so. Wir setzten uns einander gegenüber und hoben die Gläser.

„Lesen Sie denn gerne Kriminalromane?", fragte ich und steckte eine der schwarzen Früchte des Ölbaums in den Mund.

Lecker.

„Nur die guten", antwortete er schmunzelnd und nahm sich eine Weintraube. „Aber als Lehrer ist schon der Alltag oft ein Krimi. Bei mir in der Grundschule geht es noch, aber was ich von den Kollegen so zu hören bekomme, die die höheren Klassen unterrichten..." Er machte eine Pause und schüttelte den Kopf. „Da braucht man nicht mehr bis nach Amerika zu reisen, um seinen ganz persönlichen Thriller zu erleben."

Ich musste an die Göre beim Brunnen denken. Da hatte ich ganz ähnliche Assoziationen gehabt. „Wissen Sie, was ‚Gehsteigpanzer' und ‚Schrumpelrose' bedeutet?", erkundigte ich mich spontan.

„Warum fragen Sie?"

Ich wurde rot und bekam prompt eine Hitzewallung. Scheiß Klimakterium! Hilflos mit den Händen vor dem Dekolletee rumfächelnd, stotterte ich: „Na ja – ähm – also –

mir wurde das heute nachgerufen. Von einem jungen Mädchen."

„Was?! Eine Unverschämtheit!", entrüstete sich Buchholz. Er wirkte aufgebracht und betroffen zugleich.

„Was heißt es denn jetzt?"

„Nun ja, es handelt sich um Jugendsprache. Slang. Frei übersetzt bedeutet es in etwa ‚korpulente ältere Dame'."

Er sah mich so verlegen an, dass ich unwillkürlich lachen musste.

Buchholz reagierte erleichtert. „Sie sind nicht beleidigt?", fragte er.

„Nein. – Also über die Ausdrucksweise könnte man natürlich schon streiten. Zumal ich mir ‚keimiger Schnürschinken' bereits selbst zusammengereimt hatte..."

Er erschauderte entsetzt.

„...aber ansonsten lässt sich die Wahrheit hinter den Worten wohl kaum leugnen."

„Meine Mutter war jedes Mal furchtbar erschüttert, wenn ich etwas als ‚geil' bezeichnet habe. Als Synonym für ‚gut', meine ich."

„Ich hatte Sie schon richtig verstanden. Heute sagt man dazu ‚fett', glaube ich."

„Tja – die Logik ist offensichtlich nicht immer mit an Bord, wenn Beleidigungen erfunden werden." Er räusperte sich etwas umständlich und hob erneut sein Glas. „Wollen wir uns nicht duzen? Meine Schüler flüstern hinter meinem Rücken ‚Gott hilf, der Buchholz', aber meine Freunde nennen mich Josch."

„Gerne. Charlotte." – Wir prosteten uns zu.

„Das müssen gute Freunde sein", spaßte ich.

Er verstand sofort. „Es ist die hebräische Übersetzung meines Vornamens. Mutter war ein großer Fan der Fischerchöre. Ich habe ihr verziehen. Sie wollte nicht absichtlich grausam sein."

„Sie… – Du – wurdest nach Gotthilf Fischer benannt?"

„Ja, aber das ist das Einzige, was mich mit dieser Musik verbindet. – Bekomme ich eigentlich gar keinen Bruderkuss?"

„Nein – und laut ‚Knigge' ist er heutzutage auch nicht mehr vonnöten und darf durchaus abgewehrt werden", konterte ich.

„Nicht mal auf die Wange?"

„Welche Musik hörst du denn so, wenn nicht Volkslieder?", lenkte ich lächelnd ab. „Du hast ja jede Menge Platten im Regal stehen, habe ich gesehen."

Er seufzte übertrieben, drängte aber nicht weiter auf eine traditionelle Besiegelung unserer vertraulichen Ansprache. „Überwiegend Rock aus den Neunzehnhundertachtziger und -neunziger Jahren, manchmal sogar noch ältere Sachen."

„Echt? Ich auch! ‚Paradise City' von Guns ‘n' Roses ist mein absoluter Lieblingssong. Hast du den da?"

Josch sah mich an, als hätte ich gefragt, ob Gene Simmons, der Frontmann von Kiss, eine Zunge hat. „Natürlich!" Er stand auf. „Was hältst du von einem Sampler aus der Zeit?"

„Gute Idee!"

„Classic- oder Kuschelrock?"

„Jetzt fang nicht schon wieder an!"

Während eine Ballade von Metallica die heilklimatische Luft zum Vibrieren brachte, bemerkte ich mit Schrecken, wie gut der Rotwein nach meinem Raki-Exzess am Tag zuvor schon wieder schmeckte.

„Gut, dass du nur eine Flasche gekauft hast", meinte Sammy dagegen.

„Und – wie ist es in der Bücherei gelaufen?", fragte mein Gastgeber, als er wieder auf die Terrasse heraustrat und mir zuvorkommend nachschenkte.

„Ganz gut, eigentlich. Ich hatte meine Ruhe und konnte ein paar wichtige E-Mails beantworten. Aber wenn ich noch länger von zu Hause wegbleiben sollte, muss ich wenigstens meinen Laptop holen", rutschte mir unbedacht heraus.

Wenn Josch bemerkt hatte, dass ich nicht wusste, wie lange mein sogenannter Urlaub dauern würde, ließ er es zumindest unkommentiert. Nur dieser Blick, zwischen Argwohn und Wissbegier schwankend, traf mich erneut. „Was spricht dagegen?", sagte er nur. „Die Fahrt dauert hin und zurück nur eine gute Stunde. Maximal eineinhalb."

„Nichts", antwortete ich schnell. „Es spricht überhaupt nichts dagegen." Im selben Moment spürte ich, dass ich es auch so meinte. Ich hatte genug Geld und keine Verpflichtungen. Warum sollte ich in Grünwald sitzen und Wunden lecken wollen, die schon nach zwei Tagen anfingen, zu verheilen? Die vielleicht gar nicht so tief waren, wie ich zunächst gedacht hatte.

Hier und jetzt, auf der schattigen Veranda eines bescheidenen Gartenhäuschens, und in Gesellschaft eines Menschen, den ich kaum kannte, fühlte ich mich freier und glücklicher als ich es in der Villa meiner Eltern zusammen mit Gerald, dem Mistkerl, je gewesen war. Ich war dabei, zurück zu mir selbst zu finden. Die Charlotte von früher wieder zu entdecken, allerdings mit meiner heutigen Reife und der Lebenserfahrung von über fünf Jahrzehnten. „Nothing else matters – Das ist alles was zählt", sang James Hetfield. Wie recht er hatte!

„An was denkst du?" Joschs Stimme riss mich aus meinen Reflexionen.

„Ich habe gerade überlegt, dass die Inuit kein Wort für Obatzter kennen", improvisierte ich schnell und zerdrückte mit der Gabel ein Stück Käse auf meinem Teller. „Hast du das gewusst?" Ausnahmsweise bereitete mir die Schwindelei kein schlechtes Gewissen. Diese Gedanken konnte ich nur mit einem anderen Menschen außer mir selbst teilen: Rita.

Der Abend verlief ebenso harmonisch, wie der Nachmittag begonnen hatte. Josch überredete mich bei „Paradise City" sogar zu einer kurzen Tanzeinlage, mit der wir unter Beweis stellten, die akrobatischen Verrenkungen von damals immer noch drauf zu haben. An meinen nicht vorhandenen BH dachte ich keine Sekunde.

„Wir sind nicht alt", sagte er keuchend, nachdem das Lied geendet hatte. „Wir sind nur schon ein bisschen länger jung als andere."

Eine zweite Flasche Rotwein aufzumachen, lehnte ich ab und wechselte stattdessen zu Mineralwasser. Josch schloss sich mir an. Während die Sonne langsam unterging und die Wiesen und Bäume um uns herum in oranges Licht tauchte, plauderten wir angeregt über Filme, die wir gesehen hatten, Dinge aus unserer Kindheit wie Tamagotchis, Fanta-Jo-Jos oder die heute befremdlich anmutende Mode der damaligen Zeit. Wir streiften auch politische und umweltrelevante Themen sowie die Kunstszene während der Renaissance, zu der ich aber – außer Leonardo da Vinci und seiner Mona Lisa – nicht viel beizutragen hatte. Das gemeinsame Hobby Fotografie beschäftigte uns am längsten. Und als ich ihm verriet, dass meine Tochter in dem Land lebte, das er so liebte, erzählten wir beide ausführlich von unseren Reisen nach Norwegen und tauschten begeistert Erfahrungen aus.

„Wenn wir uns schon länger kennen würden, würde ich vorschlagen, mal gemeinsam dorthin zu fahren. Aber nachdem ich nicht mal einen Bruderkuss bekommen habe, werde ich mich wohl besser in Geduld üben." Josch zog bei diesen Worten einen Flunsch, doch seine Augen blickten fragend.

„Geduld ist immer gut", sagte ich.

„Aber ich hätte noch eine andere Idee: Du fotografierst doch gerne Menschen. Ich glaube, ich wüsste da genau den richtigen Ort für dich."

„Welchen?"

„Lass' dich überraschen! – Du musst keine Angst haben. Ich verfüge über einen hervorragenden Leumund." Er grinste. „Du kannst Traudl fragen."

„Einverstanden." Ich streckte mich. „Aber dazu muss ich erst zu Hause meine Kamera holen." Schon öfter hatte ich im Laufe der letzten halben Stunde ein Gähnen unterdrückt, jetzt wurde es Zeit zum Aufbruch. „Es war eine kurze Nacht gestern, das Bett ruft", sagte ich entschuldigend und stand auf.

Josch verkniff sich jede anzügliche Bemerkung. „Kein Problem! – Vergiss das Buch nicht", erinnerte er mich und erhob sich ebenfalls. „Oder hast du dir vorhin eins ausgeliehen?"

„Du meinst in der Bücherei? Nein. – Die Wanderkarten in der Pension reizen mich jedenfalls nicht besonders. – Aber in dem hier schmökerst du doch selbst gerade."

„Ich habe noch zwei weitere Bände dieser Reihe, ich lese einfach die nochmal."

„Na gut, wenn es dir nichts ausmacht... – danke. Du bekommst es unbeschadet zurück."

Wir waren auf dem Weg zur Vordertür, als er abrupt stehenblieb und sich an die Stirn schlug. „Apropos vergessen! Das Ladekabel! Deshalb bist du doch eigentlich gekommen."

„Stimmt!"

Er öffnete eine der Kommodenschubladen. „Aber das ist ein Geschenk", sagte er.

Halb erwartete ich, dass er nun versuchen würde, doch noch seinen Kuss zu bekommen. Aber er strich nur kurz über den Stoff auf meinem Oberarm.

„Schlaf gut, Lotte, und träum was Schönes."

„Du auch." Ich schlenderte gemächlich über die Waschbetonplatten zurück zum umgebauten Bauernhaus. Es roch nach frisch gemähtem Gras. Im Teich hinter der Pension quakten ein paar Frösche. Als ich beim Eingang angekommen war, drehte ich mich noch einmal um. Josch stand da und sah mir nach. Ich winkte kurz und ging hinein.

„Lotte", sagte Sammy. „Hört sich auch schön an. Und kein bisschen nach Schimpanse."

„Ein netter Mann, gell?"

„Mein Gott, haben Sie mich erschreckt, Frau Moosberger! Wo kommen Sie denn jetzt so plötzlich her?"

„Ja mei, aus dem Frühstücksraum halt. Ich muss doch die Gedecke für morgen richten." Die tüchtige Wirtin wischte sich die Finger am Geschirrtuch ab, das sie vorne im Rock stecken hatte. „Alles ausgebucht", sagte sie zufrieden. „Haben Sie sich dazu entschlossen, Ihren Aufenthalt zu verlängern?"

„Wie kommen Sie darauf?"

„Na, das Buch, das Sie da bei sich haben. Das werden Sie ja nicht heute Abend in einem Rutsch durchlesen wollen – und im Gepäck hatten Sie es sicher nicht dabei." Sie zwinkerte mir vertraulich zu.

„An Ihnen ist eine Detektivin verlorengegangen, Frau Moosberger. – Aber ja. Wahrscheinlich bleibe ich noch eine Weile. Zumindest ein paar Tage. Ich werde morgen einen Abstecher nach Grünwald machen, um einige Dinge zu holen. Doktor Buchholz – Josch – möchte mit mir einen Ausflug machen, da brauche ich meinen Fotoapparat."

„Aha."

„Also dann... Gute Nacht, Frau Moosberger. Ich bin rechtschaffen müde."

„Gute Nacht, Frau Wagner. – Das Kleid steht Ihnen im Übrigen hervorragend!", rief sie mir hinterher, als ich schon die Treppe hinaufstieg.

„Aus dem Second-Hand-Laden", gab ich zurück, ohne mich umzudrehen. „Das war ein guter Tipp von Ihnen. Vielen Dank!"

„Frühstück gibt's von sieben bis halb zehn!"

„Ich weiß! Bis morgen! Schlafen Sie gut!"

In meinem Zimmer legte ich den Krimi auf den Nachttisch und steckte das Handy ans Ladegerät. Allerdings ohne es einzuschalten. Was auch immer die Welt von mir gewollt hatte – es musste bis morgen warten.

Ich schlurfte ins Bad, um mich einer eher flüchtigen Körperpflege zu unterziehen. Während des Zähneputzens dachte ich darüber nach, wie privilegiert ich war, in einem Land zu leben, wo mir fast überall Wasser zur Verfügung gestellt wurde.

„Außer im Wald", sagte Sammy.

„Deshalb komme ich wahrscheinlich drauf, aber ich meine jetzt eigentlich in geschlossenen Räumen, oder halt allgemein aus der Leitung. Anderswo müssen sie kilometerweit mit irgendwelchen Plastikkanistern auf dem Kopf durch die Pampa latschen, um dann braune Brühe nach Hause zu schleppen, die oft sogar voller Keime ist."

„Dafür haben wir hier andere Probleme, die sie dort nicht haben. Rohrbrüche zum Beispiel, oder Sonntagsfahrverbote."

„Jetzt wirst du sarkastisch", wies ich Sammy zurecht. „Du kannst doch nicht abstreiten, dass wir ein Leben voller Komfort führen, der anderen nicht gegönnt ist. Es schadet niemandem, sich das ab und an vor Augen zu führen."

„Aber es bringt auch nichts, sich die Schuld der Erde auf die Schultern zu laden. Außerdem gibt es für solche Aufgaben Fachleute, die sich darum kümmern. Manchmal ist es besser, ihnen die Dinge zu überlassen, statt sich selbst den Kopf zu zerbrechen."

„Ja – darin sind wir wirklich gut. Nur nicht selbst denken! Außer natürlich, es geht um Fußball. Am besten noch um eine Europa- oder Weltmeisterschaft. Da sind plötzlich zig Millionen Nationaltrainer am Start, die alles besser wissen als die Experten. Wenn wir dieses Interesse auch den Ländern der Dritten Welt entgegenbrächten, wäre viel gewonnen."

„Du bist doch nur sauer, weil Deutschland damals in der Gruppenphase ausgeschieden ist", sagte Sammy.

Darauf wusste ich nichts zu erwidern. Nackt, wie Gott mich schuf, nur ein wenig größer, schwerer und älter als damals, sank ich ermattet auf die angenehm feste Matratze des Doppelbetts und schlüpfte zwischen die kühlen Laken. Herrlich! Ich dankte dem Universum für diesen Luxus.

Und dafür, dass ich keine Pickel am Hintern bekommen hatte.

„By the way, Luxus", sagte Sammy. „Was willst du denn morgen alles aus Grünwald mitnehmen?"

Darüber musste ich erst noch nachdenken. „Auf jeden Fall den Laptop und die Kamera. Dann noch die schwarzen Ballerinas mit den Schleifchen vorne... – ein paar Büstenhalter..." Ich schlief ein.

In dieser Nacht träumte ich davon, auf einem riesigen Braunbären durch einen Fluss zu reiten. Direkt auf einen Wasserfall zu, der sich aus dem mächtigen Penis einer Bronzestatue ergoss. Stinkende Fischbrötchen sprangen um uns herum, und ich musste mich mit aller Gewalt an Meister Petz festhalten, um nicht herunterzufallen, während er im wilden Galopp eines nach dem anderen gierig in sein großes Maul stopfte und verschlang. Gerald und Flittchen-Jenny standen Arm in Arm am Ufer und sahen mir dabei zu...

SECHZEHN

Zum zweiten Mal in Folge wachte ich durch den Gesang der Vögel auf. Doch was mit dem verkaterten Schädel gestern im Wald wie das durchdringende Quietschen einer über die Schultafel gezwungenen Kreide geklungen hatte, erschien mit heute, ausgeruht im kuscheligen Bettchen liegend, als liebliches Tirilieren goldener Kehlen.

Ich streckte mich ausgiebig, schlug die Decke zurück und genoss den leichten Windhauch auf meinem Körper, der die zugezogenen Gardinen vor dem offenen Fenster aufbauschen ließ. Früher hatte ich immer nackt geschlafen. Außer, wenn ich zum Gebären im Krankenhaus gewesen war, oder – noch weiter zurück in der Vergangenheit – im Jugendlager beim Camping. Erst die letzten Jahre hatte ich mir angewöhnt, zumindest ein Schlafshirt anzuziehen und die Unterhose anzulassen. Während ich von synthetischer Frühlingsfrische umhüllt auf dem weichen Kissen lag, überlegte ich, wann genau ich damit angefangen hatte. Und weshalb.

„Gerald, der Mistkerl, hat dir diesen bescheuerten Shorty zum Geburtstag geschenkt. Den mit dem fetten Faultier drauf und der Sprechblase: ‚Wenn du mich liebst – lass' mich schlafen!'", erinnerte sich Sammy.

Autsch.

Rückblickend keine besonders subtile Anspielung, denn fortan war unser Sexleben genau diesem Motto gefolgt. Und ich hatte ihm meine Blöße nicht mehr aufgedrängt.

„Du hast dich geschämt. So einfach ist das."

Mit einem Mal standen mir Tränen in den Augen. Der Gefühlsumschwung traf mich völlig unvorbereitet. Wieder sah ich seinen angewiderten Gesichtsausdruck, als er mich auf der Waage überrascht hatte. Die verächtlich heruntergezogenen Mundwinkel erinnerten mich an seine Worte danach.

War das wirklich erst drei Tage her? Wie hatte ich nur so dumm und blind sein können! Aber stimmte das überhaupt? War ich nicht vielmehr ignorant und grausam zu mir selbst gewesen? Schließlich hatte ich jahrelang freiwillig neben einem Menschen gelebt, der mich nicht akzeptierte, sondern mir das Gefühl vermittelte, mangelhaft zu sein. Nein – ungenügend! Eine glatte Sechs.

Ich heulte. Nicht über meine gescheiterte Ehe, sondern darüber, dass ich mein Leben in einer Illusion verbracht hatte. In einer Seifenblase, die mit einer wohlduftenden, aber ätzenden Flüssigkeit gefüllt gewesen war, die mich einerseits betörte und andererseits zersetzte. Wie die verlockende Venusfliegenfalle das arglose Insekt.

Ich war froh darüber, dass sie geplatzt war, und am meisten haderte ich wohl mit der Tatsache, dass nicht ich selbst es gewesen war, die die Zeichen erkannt und gehandelt hatte, sondern Gerald, der Mistkerl, der mich davon befreite. Wenn auch sicher nicht in guter Absicht, oder um mir einen Gefallen zu tun. Er hatte ein Gefängnis ohne Türen gebaut und riss es nun wieder ein. Er war Ursache und Lösung in einer Person. Weil ich es zugelassen hatte. Ausgerechnet ich, die Unwahrheiten so sehr verabscheute, hatte ihr Leben in einem Kokon der Selbstlüge verbracht.

„Du bist eben eine treue Seele. Und loyal", sagte Sammy.

„Ja. Treudoof. Und loyal bis zum Erbrechen."

„Jetzt sei nicht so streng mit dir. Denk an Oma!"

In diesem Moment erkannte ich, wie wichtig es ist zu wissen, wer man ist. Und es auch nicht wieder zu vergessen.

„Ich bin ich", dachte ich, setzte mich auf und wischte entschlossen die Tränen aus dem Gesicht. „Ich bin ich. Und das ist gut so."

„Und für diese Erkenntnis musstest du erst fünfundfünfzig Jahre alt werden? – Steh' lieber endlich auf, bevor hier gleich noch eine ganz andere Blase platzt."

Nachdem meine Zähne sauber, die Achseln beduftet und die Haare zusammengebunden waren, zog ich frische Unterwäsche an, warf mir das Sommerkleid von gestern über und schaltete mein inzwischen aufgeladenes Handy ein. Bereit für den Tag, wusste ich nicht einmal genau, wie spät es war. Die Kirchturmuhr hatte zwar geläutet, sehr eindringlich sogar, aber ich war mir nicht sicher, wie oft. Auf keinen Fall wollte ich das Frühstück verpassen, denn so lecker das Abendessen mit Josch gestern auch geschmeckt hatte – üppig war anders.

„Drei nach neun. Zeit genug, um Rita vorher noch ein Lebenszeichen zu schicken", dachte ich, während das Gerät durch mehrmaliges Brummen das Eintreffen einer WhatsApp-Nachricht und einen Anruf in Abwesenheit vor circa einer Stunde signalisierte. Eine Münchner Nummer wurde angezeigt, die ich nicht kannte.

„Hallo Süße, ich bin in Bad Tölz, komme aber später nach Grünwald. Wollen wir uns gegen halb zwölf bei mir zu Hause treffen?", schrieb ich als Antwort auf Ritas Botschaft, die aus lauter Fragezeichen und wütenden Emoticons bestand. Bei den Worten „zu Hause" musste ich zwar ein wenig schlucken, aber die Hintergründe meiner Flucht wollte ich ihr lieber persönlich erklären, und die Formulierung „in der Villa" hätte sie nur verwirrt und neugierig gemacht. Die Reaktion kam prompt: „Sehr, sehr gerne."

„Die ist ziemlich sauer", deutete Sammy die drei knappen Worte völlig richtig.

Ich schrieb versöhnlich: „Freu' mich auf dich! Bis später!", und schickte ein Bussi-Emoji hinterher. Während ich auf „absenden" tippte, kam eine neue E-Mail herein. Betreff: „Wagner gegen Wagner" – und ein ellenlanges Aktenzeichen. Mir stockte der Atem. Absender war eine Kanzlei Frey. Der Name sagte mir nichts. Hatte der Mistkerl doch tatsächlich einen Anwalt eingeschaltet! Vermutlich kurz bevor er in den Flieger gestiegen war, um sich gemeinsam mit Flittchen-Jenny auf Malle die letzten paar Gehirnzellen aus dem Leib zu...!"

„Vögeln!", ergänzte Sammy. „Denk es ruhig. Du musst die Dinge beim Namen nennen!"

Im Anhang der E-Mail befanden sich mehrere Dokumente, die ich allerdings ebenso wenig öffnete wie die Nachricht selbst. Stattdessen schloss ich das Programm und tippte eine weitere Nachricht an Rita.

Sammy hatte recht. Ich musste kämpfen. Aber sicher nicht allein. Und schon gar nicht mit leerem Magen. Entschlossen packte ich meine Sachen zusammen, damit ich nach dem Frühstück gleich losfahren konnte, und stapfte die Treppe hinunter.

Der Kaffee war stark und heiß. Genau das, was ich jetzt brauchte. Dazu frisch gepresster Orangensaft, Rührei mit Schinken und eine resche Semmel mit hausgemachter Marmelade. Trotz der inneren Unruhe schmeckte alles hervorragend. Außer Stopfleber konnte mir so schnell nichts den Appetit verderben, im Gegenteil. Für das nette Ehepaar aus

Berlin hingegen hatte ich nur ein freundliches Nicken und ein paar höfliche Floskeln übrig. Zu sehr waren meine Gedanken mit der E-Mail vom Anwaltsbüro und dem Treffen mit Rita beschäftigt. Mir stand nicht der Sinn nach Smalltalk.

Aber ich hatte meine Rechnung ohne die Wirtin gemacht. Traudl Moosberger schaute persönlich herein, um sich der Zufriedenheit ihrer Gäste zu versichern. Sie ließ sich nicht so einfach abspeisen, und so plauderten wir ein wenig übers Wetter und das köstliche Frühstück, über die gesunde Luft und die Tatsache, dass es ein „Schmarrn" sei, dass man Marmelade Fruchtaufstrich nennen muss, „bloß, weil Erdbeeren keine Zitrusfrüchte sind! Aber eine Marmelade ist halt eine Marmelade, verstehen S' mich?"

„Ja, das ist eine ausgemachte Sauerei", stimmte ich ihr zu. „Aber ich muss jetzt wirklich los. Auf Wiederschauen, Frau Moosberger..."

„...ich würde die nämlich gerne zum Verkauf anbieten. Nur hier im Haus. Die Urlauber sind ganz narrisch auf des Zeug", fügte sie verschwörerisch hinzu.

„Das ist kein Problem. Solange Sie direkt an Endkunden veräußern, dürfen Sie den Begriff verwenden. Die EU hat da eine Ausnahmeregelung getroffen. Das muss schon länger her sein, ich habe darüber mal etwas geschrieben."

„Ach...!"

Ich nutzte ihren Moment der Verwunderung, um mich endgültig zu verabschieden: „Also dann... – schönen Tag noch, bis später!"

Auf dem Weg zum Auto blickte ich zur Gartenhütte hinüber. Von Josch keine Spur.

Mit weit geöffneten Fenstern fuhr ich durchs hauptsächlich von Touristen belebte Bad Tölz und folgte den Schildern zur St2072. Mein Pferdeschwanz flatterte im Wind, immer wieder kitzelten mich die Haare im Nacken und an den Ohren. Zwei Fliegen hatten offensichtlich beschlossen, ebenfalls zu verreisen und umschwirrten mich auf der Suche nach dem besten Sitzplatz. Ich nahm mir vor, die Turnschuhe das nächste Mal nicht wieder im Auto zu vergessen. Dann könnte ich nämlich allein und mit geschlossenen Fenstern im wohlklimatisierten Wagen reisen.

„Ist aber auch nicht gerade umweltfreundlich, so eine Aircondition", sagte Sammy. „Treibhausgas, erhöhter Spritverbrauch..."

„Du bist manchmal so eine Spielverderberin!"

„Und du selbstgerecht. Regst dich über die Plastikrutsche beim Fastfood-Restaurant auf und möchtest zeitgleich im Hochsommer künstliche Frühlingstemperaturen produzieren."

Na ja. Wo sie recht hat...

Gut zehn Kilometer hinter der Ortsausfahrt entdeckte ich auf der linken Straßenseite einen Mann, der mit dem Rücken zu mir beherzt ausschritt. Seine schwarze Kleidung, Schlaghose, Schlapphut und Stock, wies ihn in traditioneller Weise als Handwerksgeselle auf Wanderschaft aus. Ich passierte ihn zunächst, sah dann aber in den Rückspiegel. Wie auch gestern schon war auf der Staatsstraße kaum Verkehr. Aktuell war hinter mir kein anderes Fahrzeug in Sicht. Ich bremste auf Schrittgeschwindigkeit ab und schaltete die Warnblinker an.

„Hallo!", rief ich durch das offene Fenster.

„Guten Tag!" Er tippte grüßend an seine Kopfbedeckung.

„Kann ich Sie ein Stück mitnehmen?"

„Gerne!" Der junge Mann blickte erst nach links und rechts und wieder links, so wie ihm seine Mama das wohl beigebracht hatte, wenn man die Straße überquert.

„Wo soll's denn hingehen?"

„Das ist mir völlig gleich", antwortete er mit jungenhaftem Grinsen. „Nur nicht zu nah an Bochum."

„Ich fahre leider nur bis Grünwald"

Er nickte. „München ist nicht ideal, aber gut."

„Ich habe aber keine Tramper-App. Sie vielleicht?"

„Nein. Aber ich habe ein Wandertagebuch, mit dem ich mich als ehrbarer Geselle ausweisen kann."

„Passt schon. Dann mal eingestiegen, junger Mann! Geht es mit dem Gepäck oder soll ich den Kofferraum aufmachen?"

„Danke, das geht schon. Ich hab' ja nur den Charlottenburger und den Stenz. Machen Sie sich keine Umstände." Er legte sein Bündel auf den Boden und den Wanderstab zwischen Tür und Sitz. „Ich bin übrigens der Sebastian."

„Wagner." Freundlich war er auch noch. Da hatte die Mutter wirklich ganze Arbeit geleistet. „Sie sind wohl aus Bochum?", fragte ich und gab wieder Gas.

„Stimmt genau."

„Und während der Walz dürfen Sie da nicht hin, oder?"

„Ja. Bis auf fünfzig Kilometer." Er sah aus dem Fenster. „Ich finde es sehr nett von Ihnen, dass Sie angehalten haben, Frau Wagner. Weil ich doch auf der falschen Seite gegangen bin. Also, von Ihnen aus gesehen. Vom Verkehrsrecht her war's schon die richtige."

„Ich weiß. Das macht das Trampen vermutlich nicht einfacher."

„Erst bin ich über eine Stunde am Ortsausgang herumgestanden, aber dann wurde es mir zu blöd. Und außerdem wollte ich einfach nur weg."

„Noch einer, der abgehauen ist", sagte Sammy.

„Warum?" Hoffentlich half ich nicht gerade einem flüchtigen Verbrecher!

„Weil mein letzter Meister ein Arschloch war."

„Das tut mir leid."

„Die nächste Parallele", bemerkte Sammy trocken, „auch wenn ich Gerald, den Mistkerl, nicht unbedingt als deinen *Meister* bezeichnen möchte."

„Na ja", Sebastian zuckte die Schultern. „Wenn Arschlöcher dich nicht leiden können, machst du irgendwas richtig."

„Das ist ja mal ein weiser Spruch! Gut fürs Selbstvertrauen. Stammt der von Ihnen?"

Er grinste. „Nein, den hab' ich von einer Postkarte."

„Da fällt mir auch einer ein: ,Bevor ich mich jetzt aufrege, ist es mir lieber egal'!"

„Wenn das immer so einfach wäre...", antwortete der Geselle mit der geballten Weisheit seiner geschätzten einundzwanzig Jahre. „Aber dafür geht man ja auf Tippeltour. Um Erfahrungen zu sammeln. In München wird es wieder besser laufen, auch wenn ich dort nicht gut vorankommen werde. In Süddeutschland ist das manchmal nicht so einfach. Da werden wir oft als Penner angeschaut."

Das hörte ich natürlich nicht so gerne, konnte es aber auch nicht überprüfen.

„Sie kennen nicht zufällig jemanden, der einen Zimmermann braucht?", erkundigte er sich.

„Nein, tut mir leid."

„Macht nichts. Ich geh' einfach zur Handwerkskammer oder schau', wo's brummt."

Die Unbekümmertheit, mit der der junge Mann seine nahe Zukunft in die Hände des Schicksals legte, imponierte mir. Soweit ich wusste, durfte er auf der Wanderschaft für

Unterkunft kein Geld ausgeben und nur kostenlose Transportmittel benutzen. Er war also völlig von der Gunst anderer abhängig.

„Was meinen Sie mit ‚wo es brummt'?"

„Das ist so eine Bezeichnung bei uns, wenn es eine Szene für Tippelbrüder gibt. Treffpunkte. Kneipen oder andere Orte, wo die Handwerker zusammenkommen."

„Und was ist denn die hilfreichste Erfahrung, die Sie bis jetzt sammeln konnten?", fragte ich neugierig weiter.

„Dass es im Grunde nur auf mich selbst ankommt und ich mich deshalb immer auf mich verlassen können muss", antwortete er, ohne zu überlegen. „Und dass das Leben aus Geben und Nehmen besteht und am besten funktioniert, wenn sich beides die Waage hält."

Wow.

„Das ist eine ganze Menge. Um solche Erkenntnisse zu gewinnen, verbringen manche Menschen ihr Dasein jahrzehntelang als Eremit und essen ausschließlich bewusstseinserweiternde Pilze!"

„Echt?"

„Nein."

Wir kamen an einer Kuhweide vorbei. Keine Hörner, dafür gelbe Markierungsschilder in beiden Ohren.

„Sagen Sie mal, der Stecker, den Sie da tragen, wurde der mit Hammer und Nagel gestochen, oder macht man das heutzutage nicht mehr?"

„Doch, schon." Er fasste automatisch an den Ohrring, der sein Zunftzeichen darstellte: Säge und Zirkel, dazu gekreuzt ein Breitbeil mit Axt.

„Krass. Tut das nicht schweineweh?"

„Hm. Geht so." Er zuckte wieder die Schultern. „Ich hatte mal eine Freundin, die mir die Brusthaare mit so einem Wachs ausgerissen hat. Das war viel schlimmer. Und

vor allem nicht nur einmal, sondern alle sechs Wochen! –
Wir sind nicht mehr zusammen. ,Entweder du nimmst
mich, wie ich bin, oder du kannst dich verpissen', habe ich
zu ihr gesagt. Da hat sie sich getrennt."

„Ganz schön oberflächlich."

„Bitte, reden Sie nicht schlecht von ihr. Ich habe sie sehr
gerngehabt."

„'Tschuldigung."

„Von dem kannst du echt noch was lernen", sagte
Sammy beeindruckt. „Taktgefühl zum Beispiel."

Hmpf

„Andererseits hätte ich sonst gar nicht losziehen können. Wir müssen nämlich unter anderem ungebunden und
frei von Schulden sein."

„Warum sind Sie überhaupt aufgebrochen? Das Leben
als Wandergeselle ist doch sicher nicht einfach. Vor allem
im Winter."

„Hm... – Hauptsächlich, weil ich herausfinden möchte,
was ich mir vom Leben erwarte, wo ich einmal ankommen
will."

„Und? Haben Sie es herausgefunden?"

Er kratzte sich am Kinn. „Sagen wir, ich komme der Sache näher. Zumindest gibt es schon einiges, von dem ich
weiß, dass ich es mir für meine Zukunft *nicht* vorstellen
kann."

„Zum Beispiel?"

„Einen hohen Zaun um mein Grundstück, weniger als
drei Kinder – und wieder dauerhaft in Bochum leben."

„Wie lange sind Sie schon unterwegs?"

„Fast zwei Jahre. – Sie sind ganz schön wissbegierig",
stellte er lächelnd fest.

„Berufskrankheit. Ich bin Journalistin", gab ich grinsend zurück, und zum ersten Mal seit langer Zeit kam ich mir dabei nicht wie eine Hochstaplerin vor.

Die restlichen Kilometer legten wir schweigend zurück.

„Ich lasse Sie am besten hier vorne an der Südlichen Münchner Straße raus", sagte ich schließlich. „Da haben Sie gute Chancen weiterzukommen."

„Das ist nett, vielen Dank."

„Haben Sie denn ein Handy?"

Er sah mich mit dem gleichen Blick an wie Pfarrer Marquardt, als ich mich nach seinem Fernseher erkundigt hatte; oder Josch bei der Frage nach „Paradise City".

„Natürlich nicht. Das habe ich vor meinem Aufbruch daheim an die Wand genagelt."

Ich starrte ihn an.

„Das macht man so. Das ist Tradition."

„Na, so alt kann diese Tradition ja noch nicht sein", sagte ich spöttisch und setzte den Blinker, um an einem Grünstreifen zu halten. Während er nach seinem Bündel griff, fasste ich zur Rückbank, holte mein Smartphone aus dem Shopper und rief Google Maps auf. „Die Handwerkskammer ist in der Max-Joseph-Straße 4. Zu Fuß wären es gut zweieinhalb Stunden. Um fünf machen sie zu."

„Alles klar."

„Einen Moment noch." Ich zog einen Fünfzig-Euro-Schein aus dem Geldbeutel. „Das würde ich Ihnen gerne schenken, Sebastian."

Er sah mich nur an.

„Sie haben mir heute während unseres Gesprächs einiges klargemacht. Es könnte sogar sein, dass Sie mein Leben verändert haben."

„Echt?"

„Ja. Echt. Dafür möchte ich mich bedanken."

„Das ist sehr freundlich, aber ich könnte von dem Geld nichts kaufen."

„Was? Warum denn nicht?"

„Weil ich mir alles erarbeiten muss."

„Sie dürfen sich kein Ticket für den Nahverkehr besorgen oder etwas zu essen oder zu trinken?"

„Nein. Also ja. Und öffentliche Verkehrsmittel sowieso nicht. Außer Flugzeuge. Wenn ich jetzt zum Beispiel nach Guatemala will, muss ich nicht zu Fuß gehen."

„Das ist doch bescheuert."

„Das ist das Leben, das ich mir für drei Jahre und einen Tag ausgesucht habe."

„Taktgefühl!", erinnerte Sammy.

„Ähm, ja, natürlich." Vor Verlegenheit wusste ich kaum, wo ich hinsehen sollte. Da kam mir eine Idee. „Wissen Sie was? Wir tauschen. Das dürfen Sie doch, oder? Meine fünfzig Euro gegen die Feder da an ihrem Hut."

„Die ist von einer Möwe aus Kiel." Er nahm sie ab und reichte sie mir. „Danke fürs Mitnehmen."

Bevor ich reagieren konnte, war er schon ausgestiegen. Ich sah ihm verdattert hinterher, die fünfzig Euro noch in der Hand.

„Er ist frei wie ein Vogel", dachte ich neidvoll.

„Und weißt du auch weshalb?", fragte Sammy.

Ich wartete stumm drauf, dass sie sich selbst die Antwort gab.

„Weil er alles aufgegeben hat. Weil er fast nichts mehr besitzt."

Die Möwenfeder war samtweich.

„Aber werde jetzt bloß nicht sentimental", wies mich Sammy zurecht. „Du würdest so eine Walz keine zweiundsiebzig Stunden durchhalten."

Stimmt.

SIEBZEHN

Obwohl ich nur zwei Nächte fortgewesen war, fühlte es sich merkwürdig an, wieder nach Grünwald zu kommen. Alles wirkte fremd und vertraut zugleich.

„Das liegt an dir", sagte Sammy. „Du hast dich verändert."

Ich wusste, dass sie recht hatte. Am liebsten hätte ich wieder umgedreht, aber das wäre nicht nur feige, sondern auch dumm gewesen. Ich trug die Verantwortung für mein Leben, und davor konnte ich mich nicht drücken.

Ich stellte Rosi vor der Garage ab und kramte meinen Schlüssel aus der Tasche. Vor dem Eingang atmete ich noch einmal tief durch. Dann stieß ich die Tür auf.

Ich war nervös. Beim Deaktivieren der Alarmanlage vertippte ich mich zweimal. Drei Versuche waren möglich.

„Konzentrier' dich", herrschte Sammy mich an. Neugierige Nachbarn und ein Besuch vom Wachdienst hätten jetzt gerade noch gefehlt.

Geschafft.

Alles schien wie immer zu sein. Der Kurzflorteppich, die weißen Wände mit der rostbraun abgesetzten Bordüre, der große Spiegel bei der Garderobe... – aber es war kein *nach Hause kommen*. Es war, als würde ich einen vertrauten Ort besuchen, der mir früher etwas bedeutet hatte, doch nun nicht mehr zu meinem Leben gehörte. Wie eine ehemalige Schule zum Beispiel, oder ein Arbeitsplatz, dem man nach vielen Jahren täglichen Schaffens den Rücken gekehrt hatte, schlicht, weil die Zeit dort vorüber war.

Eine ganze Weile stand ich einfach nur da. Ließ die emotionalen Eindrücke auf mich wirken, die mit unterschiedlicher Stärke an mir kratzten. Ich fühlte Trauer. Wut.

Auch ein warmes Gefühl der Dankbarkeit, während ich Ralf, Sarah und Felix als Kinder vor meinem inneren Auge noch einmal fröhlich durch den Flur hopsen sah.

Automatisch huschte mein Blick zu einem Fleck neben dem Beistelltischchen. Dort hatten die Kinder immer ihre Schulranzen, Sporttaschen und Instrumentenkoffer hingeworfen, wenn sie nach Hause gekommen waren. Völlig gleichgültig, wie oft ich sie gebeten hatte, das nicht zu tun. Im Laufe der Jahre war der helle Teppich an dieser Stelle unansehnlich grau geworden.

Bei der Erinnerung musste ich lächeln. „Etwas verklären", nennt man das wohl. Denn damals, während ihrer Kinder- und Teenagerzeit, hatte ich sicher nicht gelächelt. Im Gegenteil: fuchsteufelswild war ich geworden!

Seufzend legte ich meinen Schlüssel in die Schale auf dem Tisch und griff nach der Post. Offenbar war Olga dagewesen und hatte sie hereingeholt. Bestimmt war auch das verrotzte Geschirrtuch vom Küchenhaken inzwischen in der Schmutzwäsche gelandet.

Es schien nichts Wichtiges dabei zu sein. Ein paar Reklamezettel, eine Erinnerung meines Zahnarztes, dass ich einen Termin für die nächste Kontrolle vereinbaren sollte, und eine Ansichtskarte von den Malediven, die allerdings mit einer solchen Sauklaue verfasst war, dass ich keine Ahnung hatte, von wem sie stammte. Nicht mal die Unterschrift war zu entziffern. Es war mir egal.

Ein juristisches Einwurf-Einschreiben suchte ich vergeblich.

Bis vor wenigen Tagen hätte ich die Briefe meines Mannes wie selbstverständlich ebenfalls geöffnet – und er die meinen. Da jedoch sämtliche Rechnungen des Wagnerschen Haushalts stets an Gerald geschickt wurden, wahrte ich das Postgeheimnis des Mistkerls ab sofort gerne.

Ein Blick auf die Uhr verriet mir, dass ich noch etwa eine halbe Stunde Zeit hatte, bis Rita kommen würde. Ich ging in die Küche und setzte Kaffee auf. Dann holte ich zwei Umzugskisten aus dem Keller. Eine füllte ich mit Andenken: Fotoalben, Bastelarbeiten und Geschenken der Kinder, das Hochzeitsbild meiner Eltern, die Familienbibel. In den anderen Karton wanderten sämtliche Ordner mit Versicherungspolicen, Steuerbescheiden und sonstigen Dokumenten. Den würden wir zu zweit tragen müssen.

Ich war gerade dabei, Laptop und Fotoapparat in einem Koffer zu verstauen, als es läutete. Schnell trabte ich die Treppe vom Schlafzimmer nach unten und riss die Haustür auf. Bruchteile von Sekunden später lagen wir uns in den Armen.

Rita und ich hätten äußerlich kaum unterschiedlicher sein können. Sie trug das Haar seit ihrer Pubertät kupferrot gefärbt und vorzugsweise smaragdgrüne Kleidung. Früher unförmige T-Shirts, heute enge Kostüme von Versace, die sie übers Internet im Outlet erwarb und die ihre schmale Figur perfekt unterstrichen. Wie immer war sie kunstvoll geschminkt und roch nach Chanel N°5. Das exemplarische Luxusweib. Allerdings autonom. Rita war seit über zwanzig Jahren lukrativ geschieden, kinderlos und überzeugter Single. Sie hatte zwar ab und an einen spendablen Liebhaber, achtete aber immer darauf, dass dieser ebenso ungebunden war wie sie. Ohne Festnetznummer lief bei ihr gar nichts, und beim ersten Rendezvous bestand sie grundsätzlich darauf, die Herren von zu Hause abzuholen.

So wenig wir uns optisch glichen – unsere Herzen schlugen im selben Takt. Schon immer. Wie ich Ihnen bereits erzählt habe, war Rita die Einzige, die von Sammy wusste. Also *wirklich* wusste: Dass ich mit ihr sprach, stritt, lachte und diskutierte wie mit einem anderen Menschen.

Wir hatten früher sogar zu dritt gespielt, und es war im Laufe der Jahrzehnte immer wieder vorgekommen, dass mich Rita um Rat gefragt hatte und dann sagte: „Und was meint Sammy dazu?".

Ich vertraute ihr blind.

„Süße! Lass dich ansehen! Gut schaust du aus!" Sie hielt mich an den Schultern fest und schob mich ein Stück von sich weg. „Sag mal, kann es sein, dass du keinen BH trägst? Das Kleid ist ja der Wahnsinn! Und die Schuhe sind auch neu. Aber wie geht's dir denn? So ein Arschloch! Der Vollidiot! Ich könnt' diesen saublöden, depperten..."

„Komm' doch erst mal rein", unterbrach ich grinsend und gab den Weg frei. Rita tippelte auf ihren Pumps an mir vorbei in Richtung Küche. Dabei schimpfte sie wie ein Rohrspatz im Matrosenanzug. Ihre Entrüstung tat mir unglaublich gut.

Während ich vorsichtig an der Milch im Kühlschrank schnupperte, schenkte uns Rita zwei Becher ein. Die drei Zuckerwürfel, die ich in meinen Kaffee gab, entlockten ihr zwar ein verwundertes Stirnrunzeln, blieben aber unkommentiert.

Wir nahmen die Tassen mit auf die Terrasse und setzten uns einander gegenüber. Rita rutsche auf ihrem Korbsessel ganz nach vorne, um über den Tisch hinweg meine Hand halten zu können.

„Danke, dass du dir die Zeit genommen hast", sagte ich.

„Du spinnst wohl! Das ist doch selbstverständlich! Eigentlich wollte ich beleidigt sein, weil du mich so abgewürgt hast, aber das hat nicht funktioniert. Jetzt red' schon! Was genau ist passiert? Und warum sollte ich die Vollmacht aus der Kanzlei mitbringen?"

Ich schloss kurz die Augen. Wo beginnen?

„Am Anfang", schlug Sammy trocken vor.

Also erzählte ich Rita alles. Schonungslos. Von Geralds angeekeltem Gesichtsausdruck, als er mich nackt auf der Waage überrascht hatte, bis zu Sebastians Möwenfeder aus Kiel. Ich ließ nichts aus.

Ab und an drückte sie meine Hand und stieß ein zustimmendes, mitfühlendes, skeptisches oder empörtes Grunzen aus, doch sie unterbrach mich kein einziges Mal.

Erst als ich geendet hatte, nahm sie einen Schluck ihres kalt gewordenen Kaffees, lehnte sich ermattet auf ihrem Stuhl zurück und sagte ungläubig: „Ich fasse es nicht. Das Kleid ist *Secondhand*?!"

Oh Mann.

„Ja, aber ich glaube nicht, dass diese Tatsache..."

„Wahnsinn! Hast du die anderen Teile auch da?" Sie sah sich aufgeregt um, als würden die Klamotten gleich selbstständig eine Modenschau über die Terrasse vollführen.

„Nein! – ...und ich glaube nicht, dass diese Tatsache aktuell relevant ist", führte ich meinen Satz zu Ende.

„Schade. – Na gut, dann zeig' mir diese E-Mail." Rita stand auf. „Das nächste Mal will ich wieder dabei sein, wenn du dir die Kante gibst, verstanden? Ich bin schließlich deine beste Freundin! – Und dass es einen österreichischen Frauenfußballverein gibt, der ,FC Maria Hilf' heißt, kannst du deiner Friseuse erzählen. – Aber langer Rede kurzer Sinn..." Sie beugte sich zu mir herab und drückte mich fest. „Hauptsache du weißt, dass ich dich sehr, sehr lieb habe", flüsterte sie mit gepresster Stimme an meinem Hals.

Im Schlafzimmer setzten wir uns nebeneinander aufs Bett, den Laptop auf den Knien.

„Und du hast sie dir wirklich noch nicht angeschaut?"

Ich schüttelte den Kopf.

„Das hätte ich nicht ausgehalten. Dazu wäre ich viel zu neugierig gewesen."

„Ich weiß."

Wir grinsten uns an.

Ritas Kopf senkte sich über den Bildschirm. „Er will die Scheidung." Sie las schnell und konzentriert, klickte die Anhänge durch und fasste ihre professionelle Meinung als langjährige Rechtsanwaltsgehilfin in einem knappen Satz zusammen: „Die haben ja wohl den Arsch offen!"

„Und das heißt?"

„Das heißt, dass du mir die Nachricht jetzt weiterleitest und mein Chef dieser blöden Frey-Tussi mal ordentlich vors Schienbein treten wird. – Das, was sie hier ‚Einvernehmliche Trennungsvereinbarung' nennt, ist nichts anderes als eine umfassende Verzichtserklärung, die du unterschreiben sollst. Eine Unverschämtheit! Für wie blöd hält die Schnepfe dich? Nee, nee, nee! Nicht mit uns! Der werden wir einen ordentlichen Knochen hinwerfen! Dann hat sie was zu kauen, diese eingebildete Advokaten-Schlampe. Dich so verarschen zu wollen! Wo du doch eh schon so viel durchmachen musstest wegen dem Mistkerl und seinem Flittchen. Das ist ja wohl...!"

„Rita?" Ich unterbrach meine Freundin und suchte ihren Blick. Wie erwartet, standen Tränen darin.

„Es geht mir gut", versicherte ich und legte meine Hand auf ihren Unterarm. „Ich will das alles sowieso nicht mehr." Ich machte eine vage Handbewegung, die die Villa, aber auch mein gesamtes Leben hier umfassen sollte.

„Das habe ich befürchtet", schniefte sie und tupfte sich mit dem Zipfel der Bettdecke vorsichtig über die getuschten Wimpern. „Und der Gedanke ist mir unerträglich. Weißt du schon, wo du hinwillst?"

„Jedenfalls nicht nach Neuperlach."

Damit brachte ich sie zum Lächeln.

„Danke, dass du mir hilfst", sagte ich und gab ihr einen dicken Kuss auf die Wange.

Die nächste Stunde verbrachten wir bei einem Gläschen Prosecco an meinem Schreibtisch. Einige Ordner aus dem Karton hatten wieder den Weg nach draußen gefunden und lagen aufgeklappt um uns herum. Rita hatte sich einen kurzen Überblick verschaffen wollen, damit wir nicht irgendetwas übersahen.

„Es ist schon mal sehr gut, dass du dir Hälfte vom Girokonto hast umbuchen lassen. Dann bist du fürs erste unabhängig. – Willst du den Pingel eigentlich anzeigen? Versuchen könntest du es. Zumindest der Bankaufsicht solltest du ihn melden. Was er da gemacht hat, war eindeutig illegal."

„Nein." Ich schüttelte den Kopf. „Das zieht nur einen Rattenschwanz hinter sich her, den ich nicht haben will. Er hat mir mein Geld gegeben und damit gut. Mehr wollte ich nicht."

„Wie – mehr wolltest du nicht?"

„Na, die Hälfte eben."

„Moment mal, Süße, wir sprechen hier ausschließlich von der Hälfte eures privaten Girokontos. Das ist ein winziger Teil des Gesamtvermögens. Natürlich muss ich mir den ganzen Krempel aus dem Karton noch in Ruhe anschauen und dann erstmal meinem Chef vorlegen. Aber da ihr bei der Ehe keine besondere Vereinbarung getroffen habt, gilt die Zugewinngemeinschaft. Das heißt, einfach ausgedrückt, dass dir die Hälfte von allem zusteht, was ihr in eurer Ehe erwirtschaftet habt. Und nachdem dein Vater

Gerald Immobilien Schmaus erst nach der Hochzeit übertragen hat, gilt das auch für die Firma. Genauso wie für die Villa, das Angeberauto und überhaupt."

„Du meinst, ich bin immer noch reich?"

„Ich meine, dass du ihn zwingen könntest, alles zu verkaufen, um dich auszahlen zu können."

Puh!

Das musste ich sacken lassen.

Sammy atmete auf. „Also doch kein Grund zur Panik. Tut mir leid, dass ich so gedrängelt habe mit 'nem zweiten Job und so."

„Mir wäre es lieber, wenn Immobilien Schmaus weitergeführt werden würde", sagte ich schließlich.

„Immobilien Schmaus – Ihr Partner rund um Grund und Haus", zitierte Rita den alten Werbeslogan. „Kann ich verstehen. – Wir werden sehen, Süße. Dauerhaft am Gewinn beteiligt zu sein, ist sicher auch nicht zu verachten, das sollen die Fachleute klären. Und dann kannst du dich immer noch entscheiden, meinst du nicht?"

„Doch. – Ich bin so froh, dass du da bist, Rita. Mein Leben hat sich in diesen drei Tagen so verändert...", hilflos brach ich ab.

„Ich weiß. Ich spüre es. Weißt du, an wen du mich erinnerst?"

Gespannt sah ich sie an.

„An dich. Vor Gerald und den Kindern. An die Charlotte, die losziehen und alles fotografieren und über alles berichten wollte, was ihr vor die Nase kam. Die immer noch mehr wissen wollte, jeden Tag als Geschenk gesehen hat und den Rotwein am liebsten direkt aus dem Tetra-Pack getrunken hat, während sie zu Guns 'n' Roses wie eine Irre durchs Zimmer gehüpft ist."

„Papa ist immer ausgetickt, wenn die Zierteller an der Wohnzimmerwand gewackelt haben."

„Ich hab's nicht vergessen! Dieser Blick, wenn er die Tür aufgerissen und gebrüllt hat: ‚Charlotte! Rita! Macht *sofort* die *verdammte* Musik leiser'!"

Wir lachten. Das waren noch Zeiten!

Ich stand auf, streckte Rita die Hand hin und zog sie wieder in Richtung Schlafzimmer. „Komm' mit, ich hab eine Überraschung für dich."

„Was denn?"

„Bescherung!"

„Äh...?"

„Tataaa!"

Ich öffnete die beiden rechten Türen des deckenhohen Kleiderschranks, in dem ich meine Handtaschen, Schals und Schuhe verwahrte.

Rita verstand die Welt nicht mehr. „Und jetzt?"

„Jetzt darfst du dir alles aussuchen, was du möchtest. Ich brauche es nicht mehr. Gar nichts davon." – Ich unterbrach mich und holte schnell die schwarzen Ballerinas mit den Schleifchen und ein Paar Lederstiefel heraus. „Bis auf die." Ich grinste. „Mir ist schon klar, dass du in meine Klamotten zweimal reinpasst, aber wir haben die gleiche Schuhgröße und auf meine Taschensammlung von Louis Vuitton warst du doch schon immer neidisch."

„Hast du noch so eine Umzugskiste?" Sie klatschte in die Hände und hüpfte aufgeregt auf und ab.

Bald darauf schleppten wir die Kartons mit den Ordnern und den Dingen, die sich Rita aus meinem Kleiderschrank ausgesucht hatte, zu ihrem schwarzen Mini-Cooper, um sie mit vereinten Kräften in den Kofferraum zu wuchten. Beziehungsweise, wir versuchten es.

„Ich hab' dir schon immer gesagt, dass das kein Auto, sondern ein Einkaufswagen ist", ächzte ich.

„Aber ein praktischer", gab sie ungerührt zurück und betätigte den Schalter, der die Limousine zum Cabrio machte. „Stellen wir die Sachen einfach auf den Rücksitz."

Gesagt, getan.

„Ich werde dich vermissen, Süße."

„Ich dich auch. Aber ich bin ja nicht aus der Welt. Bis übermorgen bleibe ich auf jeden Fall in Bad Tölz, und dann werden wir sehen. – Die Vollmacht für deinen Chef hast du wieder eingesteckt, oder?"

„Ja." Sie klopfte auf ihre Handtasche. „Die Schlüssel zur Villa auch."

„Gib mir die Schuld, falls er fragt, warum du deine Mittagspause mehr als verdoppelt hast."

„Mach' ich."

„Danke für alles."

„Pass auf dich auf."

„Das werde ich. Du auch!"

„Versprochen."

Wir umarmten einander noch einmal fest, dann stieg Rita in ihr Auto. Ich winkte ihr nach, bis ihre Hand, die aus dem offenen Dach ragte, nicht mehr zu sehen war.

„So!", sagte Sammy. „Bevor wir hier jetzt gleich anfangen, Trübsal zu blasen, freuen wir uns lieber, einen so netten Menschen als beste Freundin zu haben und widmen uns den nächsten Punkten auf der Tagesordnung: Briefe an Olga und Karl schreiben, restliches Zeug einpacken und von hier verschwinden."

Ich hatte keine Macht, über die Zukunft meiner Haushaltshilfe und die des Gärtners zu entscheiden, dazu hätte ich in der Villa wohnen bleiben müssen, und – auch wenn Rita gesagt hatte, dass Gerald, der Mistkerl, kein Recht hatte, mich einfach so aus dem Haus zu werfen – das wollte ich nicht. Aber ich hinterließ den beiden ein paar Zeilen, in denen ich mich bei ihnen bedankte und sie über die kommenden Veränderungen informierte. Die mit Namen beschrifteten Kuverts legte ich auf den Küchentisch.

Ich wünschte mir sehr, dass Flittchen-Jenny keine personellen Wechsel vornehmen würde, denn sowohl Olga als auch Karl hatten sich als sehr zuverlässig erwiesen, aber das lag nun nicht mehr in meinem Ermessen. Denn ich würde nicht mehr hier sein.

„Eigentlich schon der Wahnsinn, einfach so ins Nichts aufzubrechen", sagte Sammy.

„Ich habe das Gefühl, dass es sich ergeben wird. Etwas wird geschehen. Und dann ist da kein Nichts mehr, sondern ein Weg. Ein Plan. Eine Richtung."

„Du sprichst von göttlicher Fügung? Einem Wink des Schicksals?"

„Sag dazu, wie du willst. Ich nenne es Zukunft."

Neben dem Laptop, der Digitalkamera, den Ballerinas und den Lederstiefeln wanderten noch meine gesamte, gutsitzende Unterwäsche, ein paar Lieblingsstücke und sämtliche Kosmetikartikel in den Koffer. Ich wollte auf keinen Fall, dass sich Flittchen-Jenny an den Slipeinlagen bediente oder mit meinem Rasierer ihre Intimbehaarung stutzte. Dem Weib traute ich alles zu. Wenn sie kein Problem damit hatte, die gebrauchten Männer anderer Frauen aufzutragen, warum dann nicht auch benutzte Klingen verwenden? Obwohl ich nicht wusste, ob das Gerät je wieder zum Einsatz kommen würde – lieber schmiss ich es irgendwann selbst in den Müll.

Auf dem Weg nach unten wartete ich vergeblich auf einsetzenden Trennungsschmerz oder gar Abschiedstränen. Nur ein kleines bisschen Wehmut begleitete mich auf den letzten Metern durch mein einstmaliges Elternhaus, von dem schon viele Jahre zuvor nur noch eine schwache Erinnerung geblieben war. Ich stellte den Koffer zu dem Karton mit den Fotoalben auf die Eingangsstufen, schaltete die Alarmanlage ein und zog entschlossen die Tür hinter mir zu, ohne mich noch einmal umzusehen.

Einer spontanen Eingebung folgend, lenkte ich Rosi zum Waldfriedhof. Das Grab war schön gerichtet und bepflanzt. Ich hatte eine Gärtnerei damit beauftragt. Spätestens an Allerheiligen würden sich sonst sämtliche gläubige Christen Grünwalds das Maul zerreißen. Denn die Verstorbenen im Herzen zu ehren reichte nicht, es musste schon auch für jedermann sichtbar sein.

Ich kam nicht oft hierher. Zu groß war normalerweise die Trauer, wenn ich die Namen meiner Eltern auf dem Marmorsockel las. Doch heute war es anders. Heute fühlte ich eine intensive Verbundenheit. Als wären sie bei mir, um mich herum. Fast körperlich greifbar, so wie früher, als ich noch ganz klein war und zu ihnen ins Bett gekrochen kam und in der Wärme der beiden Körper rechts und links von mir wie in einem schützenden Nest geborgen wieder eingeschlafen war.

Zurück in der Pension erwartete mich eine kleine Überraschung. Traudl Moosberger hatte es innerhalb der rund sechs Stunden meiner Abwesenheit fertiggebracht, ein neues Markenlabel zu designen und auf den Markt zu bringen.

„Ja mei, Frau Wagner, heutzutage ist das mit diesen Computern ja alles viel einfacher geworden. Außerdem hat mir der Josch sehr geholfen." Sie zwinkerte dem Mann, der neben ihr stand, kurz zu. „Ich hab' ihm nur sagen müssen, was ich mir vorstelle, und er hat es dann gemacht. Der ist wirklich blitzgescheit, der Bub."

„Den letzten Schliff und den Druck haben allerdings die Mitarbeiter des Kopierladens übernommen", fügte der *Bub* bescheiden hinzu. „Wie gefällt es dir?"

„Sehr gut! Ich fühle mich geschmeichelt. ‚Tante Carlas Erdbeermarmelade – ein Stück Bayern für daheim'. Das da im Hintergrund ist wohl der Blomberg, oder?" Ich drehte das Glas um. „Und sogar an die Zutatenliste und das Mindesthaltbarkeitsdatum habt Ihr gedacht."

Meine clevere Wirtin nickte. „Ja, aber mit dem Gewicht muss ich beim nächsten Einkochen besser aufpassen. Na ja – wieg ich's halt derweil einzeln ab und schreib's mit der Hand drauf. Ist auch wurscht! Jedenfalls hab' ich Ihnen mit dem Namen in der Frühstückspension Traudl ein kleines Andenken setzen wollen. Als Dankeschön. Stecken S' das Glas ruhig ein, ich schenk' es Ihnen."

Ich lächelte gerührt. „Das ist sehr lieb von Ihnen. Wer kann schon von sich behaupten, dass eine Marmelade nach ihm benannt wurde; und noch dazu eine so schmackhafte?!

– Aber jetzt werde ich mal meine Sachen nach oben bringen." Ich bückte mich nach dem mitgebrachten Koffer. Den
Karton hatte ich im Auto gelassen.

Josch war schneller. „Ich helfe dir."

„Danke. – Dann bis später vielleicht, Frau Moosberger!"

Ich folgte Josch die Treppe hinauf. „Die macht ja richtig
Werbung für dich", sagte ich grinsend, als wir außer Hör-
weite waren. „So ein gescheiter Bub!"

„Sie kennt mich eben von klein auf", antwortete er.
„Traudl ist seit ewigen Zeiten die beste Freundin meiner
Mutter, obwohl sie acht Jahre jünger ist. Und nachdem ihre
eigenen Kinder nur noch selten vorbeischauen – da hat sie
mich halt jetzt adoptiert, sozusagen."

Ich sperrte die Zimmertür auf und gab ihr einen Stoß.
„Bitte schön, hereinspaziert. Ist aber nicht aufgeräumt",
fügte ich hinzu und schloss schnell den Durchgang zum
Badezimmer, wo immer noch der zu enge BH und meine
Unterhose von gestern auf den Fliesen lagen. Wenigstens
hatte ich morgens das Bett einigermaßen ordentlich gemacht.

„Und – hast du schon angefangen zu lesen?", fragte Josch und deutete auf den Krimi, den er mir geliehen hatte.

„Nein, noch nicht. Aber ich werde es mir später auf dem
Balkon gemütlich machen und ein wenig schmökern. Es ist
so ein schöner Nachmittag. – Allerdings muss ich vorher
noch eine Kleinigkeit essen. Ich hatte seit dem Frühstück
noch keine Gelegenheit dazu."

„Vor mir musst du dich nicht rechtfertigen, wenn du
Hunger hast."

„Das tue ich doch gar nicht!", wollte ich widersprechen,
als mir klarwurde, dass er recht hatte. Mein Mund klappte
wieder zu.

„Ich mag Frauen mit gesundem Appetit. Nichts ist schlimmer, als eine Schweinshaxe zu schlemmen und dabei die gierigen, neidvollen Blicke des salatblattknabbernden Gegenübers auf sich zu spüren. Was schwebt dir denn so vor?"

„Mit der Schweinshaxe hast du mich eigentlich auf eine Idee gebracht!", ging ich in die Vollen.

„Die beste Kleinigkeit dieserart gibt's im ‚Löwen', und einen schattigen Biergarten haben sie auch. Du bist auf dem Weg zur Stadtbücherei gestern dran vorbeigekommen. Gleich hinter dem grell-pinken Haus. Weißt du, wo ich meine?"

„Wie hätte ich diesen Kasten übersehen können? Ich dachte erst, das sei ein Puff!"

„Lass' das bloß nie die Traudl hören, die findet die Farbe nämlich ‚erfrischend frech'."

„Na dann... Nix wie hin in die Höhle des Löwen! – Ich wasche mir nur schnell die Hände."

Josch hielt mich zurück. „Leider kann ich dich nicht begleiten. Ich muss noch mal zum... – ich muss noch was vorbereiten. Für unsere Verabredung morgen. Es bleibt doch dabei, oder?"

„Ja klar. Ich bin schon total neugierig, und meine Kamera habe ich auch mitgebracht. Sogar samt Ladekabel."

„Wenn du deinen Hunger noch zwei, drei Stunden verschieben könntest...?"

„Auf gar keinen Fall", wehrte ich ab. „Mir knurrt dermaßen der Magen – ein Wunder, dass du es nicht hören kannst."

„Uuuh! Dein neues, altes Ich meldet sich zu Wort!" Sammy war beeindruckt, dass ich nicht automatisch meine Bedürfnisse zurücksteckte, um mich bei anderen lieb Kind zu machen.

„Ich hatte gehofft, dass es der Magen ist", gab Josch frech zurück.

Es dauerte ein paar Sekunden, bis ich begriffen hatte. „Hey!" Ich boxte ihm spielerisch auf die Schulter. „Da fällt mir ein Witz ein, soll ich ihn erzählen?"

„Nur zu!"

„Also gut, pass auf: Zwei ältere Frauen sitzen auf einer Bank. Sagt die eine: ‚Mein Po ist eingeschlafen.' Darauf die andere: ‚Ich weiß, ich hab' ihn schnarchen gehört!'

Josch grinste. „Den kannte ich schon."

„Ach verschwinde! – Wir sehen uns morgen. Wann soll ich dich abholen?"

„Treffen wir uns doch im Frühstücksraum. So gegen halb zehn?"

„Einverstanden."

Nachdem Josch sich verabschiedet hatte, schickte ich jedem meiner Kinder eine Nachricht, in der ich sie bat, mich morgen am frühen Abend im Internet zum Gruppen-Video-Anruf zu treffen. Ich fand, dass es an der Zeit war, ihnen von der Trennung ihrer Eltern zu erzählen.

„Finde ich auch", stimmte Sammy mir zu. „Ganz gleich, ob das dem Mistkerl nun passt oder nicht."

„Ich hoffe nur, sie geben nicht mir die Schuld."

„Darum geht es doch gar nicht."

„Trotzdem. Was, wenn sie mir Vorwürfe machen?"

„Dann sind sie dumm."

„Meine Kinder sind nicht dumm!"

„Eben. Also zerbrich dir nicht den Kopf."

Sammys Rhetorik war mal wieder unschlagbar.

„Und was jetzt?", fragte ich.

„Schweinshaxe essen!"

Das Grummeln meines Bauches war Antwort genug. „Hervorragende Idee!“

Wie gehofft, fand ich den Weg zum Gasthaus ohne Probleme. Ich kam zwar aus einer völlig anderen Richtung als vermutet, aber wen interessierte das schon. Mich nicht.

„Vielleicht wirkt sich mein neuer, unbelasteter Lebensstil ja auch positiv auf den Orientierungssinn aus“, überlegte ich optimistisch.

„Mhm. Klar! – Träum' weiter.“

Obwohl der kleine Zeiger der Kirchturmuhr schon fast auf die Vier zeigte, war der Biergarten gut besucht. Fast alle Plätze waren besetzt. Auf den wenigen freien Tischen standen Reserviert-Schilder. Rita war mal mit einem Restaurantbetreiber liiert gewesen, daher wusste ich, dass es sich dabei eventuell um einen Marketingtrick handeln konnte. Nach dem Motto: Was alle wollen, will ich auch.

Hier offensichtlich nicht, wie mir die dralle Bedienung im adretten Dirndl unmissverständlich klar machte: „Wenn S' dableiben wollen, müssen S' sich irgendwo dazuhocken. Vielleicht fragen S' mal bei dene Zwoa da drüben?“ Sie deutete auf ein Ehepaar meines Alters, das im Schatten einer großen Kastanie saß und sich anzuschweigen schien.

„Mache ich. Vielen Dank!“

Durch die offenen Sandalen fanden mehrere Kieselsteinchen den Weg unter meine Fußsohlen, so dass ich sie immer wieder herausschütteln musste und mehr zu dem runden Holztisch hüpfte als ging. Zum Glück hatte ich vorher noch einen der aus Grünwald mitgebrachten BHs angezogen. Der Frau war ich schon aufgefallen, sie musterte mich mit leicht abschätzigem Blick. Als ihr klarwurde, dass ich auf ihren Tisch zuhielt, guckte sie schnell weg.

„Grüß Gott. Ist hier noch frei?" Durch die unfreiwillige Steppeinlage war ich leicht außer Atem gekommen.

„Hasi!" Ohne mich anzuschauen, rammte sie ihrem Mann energisch den Ellbogen in die Seite. Der zuckte schmerzhaft zusammen. „Die Dame fragt, ob hier noch frei ist."

Er blickte auf: „Ah ja, die schaut doch fesch aus! Freilich! Bitte schön, setzen S' sich ruhig her zu uns!"

Seine leicht verwaschene Aussprache ließ darauf schließen, dass das nicht seine erste Maß war, die da halbleer vor ihm stand. Kurz bekam ich Mitleid mit der Frau, die sich tapfer an einem Glas Mineralwasser festhielt, während ihr angetrunkener Gemahl eine Fremde als „fesch" bezeichnete. Aber wirklich nur kurz.

„Ja mei, wenn's sein muss. Von mir aus..."

„Danke." Ich nahm auf einem der beiden freien Klappstühle Platz und sah mich nach der Bedienung um. Meine Tischnachbarn widmeten sich wieder den Beschäftigungen, denen sie vor meinem Eintreffen nachgegangen waren: Sie popelte unter ihren Fingernägeln herum, er starrte tumb vor sich hin.

Personen zu beobachten, war schon immer ein großes Hobby von mir. Regelrecht eine Leidenschaft. Ich glaube, ich hatte das bereits erwähnt. Darüber nachzudenken, wie ihr Leben wohl aussehen mochte, was sie beruflich machten, ob sie verheiratet waren, Kinder hatten... – Oft erfand ich auch anhand kleiner Details der Kleidung, des Verhaltens oder der Körpersprache wilde Geschichten über meine Mitmenschen, die ich bis vor ein paar Jahren dann auch in einem Blog im Internet veröffentlicht hatte. Ich kann gar nicht genau sagen, weshalb ich damit aufgehört habe – rückblickend würde ich spekulieren, dass es einfach daran lag, dass ich meine Lebensfreude verloren hatte. Zumindest zu großen Teilen.

„Und den Glauben an dich selbst", sagte Sammy.

„Kann schon sein."

Plötzlich bekam ich wieder große Lust dazu, meiner Fantasie freien Lauf zu lassen. Der Mann dort drüben zum Beispiel, zwei Tische weiter, der mit dem großen Siegelring am Finger und der Narbe im Gesicht: War er das mächtige Mitglied einer schlagenden Verbindung? Oder hatte er den Ring gestohlen und war dabei mit einem Messer verletzt worden? Vielleicht hatte er ihn auch geerbt, und heute war das Schmuckstück der einzige wertvolle Besitz, der ihm von seiner Familie noch geblieben war. Um ihn zu verteidigen, hatte er sich mit einem Degen duellieren müssen. Zu jedem dieser Ansätze entwickelte sich umgehend die passende Kurzgeschichte in meinem Kopf. Es juckte mich in den Fingern, sie niederzuschreiben.

„Vielleicht trägt er das protzige Angeberteil auch nur, weil er einen kleinen Penis hat, und die Narbe hat ihm ein Lude auf der Hamburger Reeperbahn verpasst", überlegte Sammy.

Auch möglich.

„Und – was darf's sein?" Die freundliche Stimme der Bedienung riss mich aus meinen Gedanken.

„Ähm – ein leichtes Weißbier und eine Schweinshaxe, bitte."

„Knödel und Krautsalat dazu?"

„Gerne. Beides."

„Und bei euch?", wandte sie sich dann an meine Tischgenossen. „Alles gut?"

„Hasi!" Wieder bekam der arme Kerl den Ellbogen direkt aufs Zwerchfell gerammt. „Ob alles gut ist, will sie wissen."

Er schnappte laut nach Luft.

„Na, dann passt's ja." Die Bedienung wandte sich ab.

„Bei den beiden bräuchtest du keinen Erfindergeist. Die sind auch so skurril genug", sagte Sammy.

„Bestimmt trägt er einen Bauchgurt unter dem Trachtenhemd. So einen Schutz. Für Ringer", überlegte ich.

„Und irgendwann lässt er spitze Nieten einziehen. Oder Nägel. Aus Rache."

Ich musste unvermittelt lachen. Hasi-Frau blickte misstrauisch zu mir herüber. Halb erwartete ich, dass sie ihren Gatten erneut anrempeln und sagen würde: „Hasi! Die Dame hat gelacht!" Aber nichts dergleichen geschah. Stattdessen klammerte sie sich weiterhin an ihrem Glas fest, während ihr Mann ins Nichts stierte.

„Sie haben wohl bereits gegessen?" Mit dieser harmlosen Frage wollte ich eigentlich nur die Stimmung etwas auflockern. Doch diesmal hob sie tatsächlich den Arm, und noch bevor sie „Hasi! Die Dame fragt, ob wir bereits gegessen haben!" zu Ende gesprochen hatte, lag ich schon fast unterm Tisch.

Peinlich.

Die Rettung kam in Form eines leichten Weißbiers.

„Danke", keuchte ich und wischte mir diskret eine Lachträne aus dem Augenwinkel.

„Zahlen!", forderte meine Sitznachbarin. Ihr Mann konnte gerade noch ausweichen. „Hasi! Ich habe gesagt, wir zahlen!"

Ich konzentrierte mich ganz aufs Atmen, bis die beiden, leicht schwankend, außer Sicht waren. Sie musste ihn immer wieder stützen und festhalten.

„Halb zog sie ihn, halb sank er hin." Jetzt wusste ich endlich, was Goethe mir damit hatte veranschaulichen wollen.

Kurz darauf wurde auch schon die Schweinshaxe serviert. Inklusive Steakmesser, was ich sehr zu schätzen wusste. Ein durch zu starkes Säbeln vom Teller rutschendes Schweinebein half schließlich niemandem etwas. Leider kleckerte ich reichlich Soße auf mein Kleid, aber für diesen Fall hatte ich ja im Drogeriemarkt vorgesorgt.

Es schmeckte vorzüglich. Auch die Knödel und der Krautsalat. Trotzdem bestellte ich vorsichtshalber noch ein Stück Johannisbeerstreuselkuchen und zwei Flaschen Mineralwasser zum Mitnehmen. Als Abendessen sozusagen. Pappsatt und zufrieden mit mir selbst machte ich mich auf den Heimweg. Ich freute mich auf ein Haferl Kaffee aus der Teeküche und meinen Balkon.

„Urlaubsfeeling", sagte Sammy, als ich es mir mit Joschs Krimi in kurzer Hose und T-Shirt gemütlich gemacht hatte. Das Kleid weichte mit einer großen Portion Handwaschpaste aus der Tube im Waschbecken ein, aus der Tasse neben mir duftete es nach gerösteten Kaffeebohnen.

Ich war nicht sicher, ob ich dieser Bemerkung so einfach beipflichten konnte. „Richtig im Urlaub bin ich ja eigentlich nicht."

„Aber wohnen tust du hier auch nicht."

„Was also dann?"

„Durchreise?"

„Durchreise wohin?"

„Hm. Stimmt auch wieder. – Ah! Ich weiß! Haltestelle. Du befindest dich an einer Haltestelle des Lebens. Und wenn ein Bus kommt, steigst du ein. Oder eben nicht", philosophierte Sammy.

Damit kam ich klar. Vor allem, wenn der Wartebereich so lauschig war wie dieser Balkon, an dessen hölzernem Geländer Kästen mit rotblühenden Geranien und wohlriechendem Weihrauch hingen.

Eine Weile gab ich mich mit geschlossenen Augen ganz dem Genuss der Entspannung hin. Schließlich hatte ich heute einen sehr einschneidenden Schritt getan und Grünwald den Rücken gekehrt. Das Verlassen der Villa, der Besuch des Grabs meiner Eltern... – das hatte sich schon sehr nach Abschied angefühlt. Vieles hatte ich zurückgelassen. Fast alles eigentlich. Zumindest materiell gesehen. Und von mir aus konnten sich Mistkerl und Flittchen-Jenny die Schrankwand, das Heimkino inklusive Surround-Anlage und überhaupt sämtliche Konsumgüter dahin stecken, wo die Sonne nie scheint.

Meine Erinnerungen hingegen hatte ich mitgenommen. Ich spreche nicht nur von den Fotoalben – ich meine die in meinem Herzen. Es hatte auch gute Zeiten gegeben, und das Andenken daran wollte ich mir bewahren. Schon des Öfteren war ich Menschen begegnet, die in einer solchen Situation vom Hass zerfressen wurden. Als Kummerkastentante, aber auch im privaten Umfeld. Reiche Leute, die verbittert und wütend in ihren Prachtbauten hockten, zeternd durch ihren Pool schwammen, nur noch mit der Ungerechtigkeit des Schicksals haderten und auf die anderen schimpften, die es angeblich so viel besser hatten als sie. So wollte ich nicht sein und auch nicht werden.

Nun gut, den beiden Ehebrechern aufrichtig ein wunderschönes gemeinsames Leben zu wünschen, davon war ich zugegebenermaßen auch noch weit entfernt. Aber mir selbst schon. Und ich war bereit, etwas dafür zu tun.

„Zum Beispiel im Halbschatten sitzen und lesen", spöttelte Sammy.

„Das wäre zwar durchaus ebenfalls erstrebenswert", erwiderte ich und legte das Buch wieder weg, ohne auch nur die erste Seite angesehen zu haben. „Aber ich dachte mehr an im Halbschatten sitzen und *schreiben*."

NEUNZEHN

Seit meiner Begegnung mit Sebastian, dem Wandergesellen aus Bochum, spukte die Idee für eine Geschichte in meinem Kopf herum. Da ich derzeit lediglich für das Hochglanzmagazin arbeitete, würde ich mit Augenmerk auf die überschaubaren Interessen meiner Zielgruppe inhaltliche Kompromisse schließen müssen, aber das machte nichts. Es ging mir um die Tätigkeiten des Formulierens und Recherchierens an sich. Ich würde über die traditionelle Bekleidung schreiben, ihre tiefere Bedeutung. Warum was wie viele Knöpfe hatte und welche Farbe. Erklären, woher die Bezeichnungen kamen und weshalb manche einen Zylinder, andere einen Schlapphut und dritte eine Melone trugen. Allein die Tatsache, dass sich die Garderobe seit ewigen Zeiten keinem Modetrend unterworfen hatte, würde schon für ungläubiges Staunen bei der überwiegend weiblichen Leserschaft sorgen.

Ich hatte richtig *Bock* darauf. Schließlich war ich Journalistin, verdammt noch mal!

Mit Block und Kugelschreiber bewaffnet, setzte ich mich vor meinen Laptop. Diese altmodische Art, an die Sache heranzugehen, half mir dabei, mich zu fokussieren. Natürlich nutzte ich das Internet und auch mein Schreibprogramm, doch die Notizen machte ich lieber per Hand.

Keine Minute später war ich in der Welt der Gesellen auf Wanderschaft versunken. Ich tippte, klickte, las Reiseberichte, sah mir Schnittmuster und Zunftzeichen an. Immer wieder notierte ich ein Wort mit „?", dessen Bedeutung ich später nachsehen wollte, entwarf ein Diagramm, fast schon einen Stammbaum, um die Entwicklungen aufzuzeigen.

Nun – ich will Sie nicht langweilen. Zusammengefasst kann man sagen: Ich hatte richtig viel Spaß.

Als ich das nächste Mal vom Bildschirm aufblickte – müde, glücklich, und mit einem dreihundertvierzig Zeilen langen Artikel über die Kluft der Tippelbrüder auf dem Monitor vor mir – waren knapp vier Stunden vergangen. Die Kirchturmuhr schlug neunmal.

Ein wenig ärgerte ich mich darüber, Sebastian nicht gefragt zu haben, ob ich ihn fotografieren durfte. Aber ich war sicher, dass mir die Redaktion den Artikel auch ohne aktuelles Bildmaterial abnehmen würde. Sogar mit Kusshand! Denn er war gut. Richtig gut! Informativ, spannend, interessant, kurzweilig.

„Wie in alten Zeiten", meinte auch Sammy.

Ich stand auf und streckte mich ausgiebig. Es hatte ein wenig abgekühlt, die Luft war angenehm lau, eine leichte Brise wehte und ließ den Wetterhahn auf dem Einfamilienhaus gegenüber träge kreisen. Der Balkon lag mittlerweile komplett im Schatten, bald würde es dunkel werden.

Während ich überlegte, ob ich nun den Fernseher einschalten oder doch noch mit dem Buch anfangen sollte, hörte ich unten die Tür aufgehen. Neugierig beugte ich mich über die Brüstung. Traudl Moosberger machte es sich mit einem Gläschen Weißwein auf der Bank vor ihrem Haus gemütlich.

„Guten Abend!"

Sie sah nach oben. „Frau Wagner! Wie geht es Ihnen? Alles in Ordnung?"

„Könnte nicht besser sein. Haben Sie etwas dagegen, wenn ich mich noch ein bisschen zu Ihnen setze?"

„Nein, gar nicht! Ich hol' nur schnell ein zweites Glas."

„Machen Sie sich bitte keine Umstände. Ich hab' noch Wasser hier."

„Wasser! Kommt ja überhaupt nicht in Frage!" Grummelnd ging sie hinein.

Ich schnappte mir den Kuchen und ein Messer aus der Teeküche, bevor ich gemächlich die Treppe hinunterstieg.

„Ist das nicht herrlich?!", stellte meine Wirtin fest und legte seufzend die Füße auf einem abgesägten Baumstamm ab. Die runden Holzklötze sah man hier überall. Sie dienten – je nach Durchmesser und Höhe – als kleine Tische, Pflanzenständer, Hackklötze oder Sitzgelegenheiten.

„Doch, das ist es", antwortete ich überzeugt. Der Ausblick, die Ruhe, die frische Luft... „Herrlich" war das passende Wort dafür.

„Es gibt nichts Schöneres als nach getaner Arbeit hier zu sitzen und sich auf den nächsten Tag zu freuen", sagte sie wohlgemut.

„Darum würden Sie viele Menschen beneiden", gab ich gedankenverloren zurück.

„Mei, dann sollen s' halt wegziehen aus der Stadt, wenn's bei uns schöner ist. Dann könnten s' das jeden Tag haben und ned nur im Urlaub. – Aber mir ist's schon lieber so, wovon sollt' ich denn sonst leben, gell?"

„Nein, das meinte ich nicht. Ich spreche von Ihrer Zufriedenheit mit dem Alltag."

„Na ja, das kann ja jeder mit sich selbst ausmachen, ob er lieber jammert oder sich freut. Das hat mein Kurt, Gott hab' ihn selig, auch immer gesagt. Traudl, hat er gesagt: Wenn ich einschlaf', freu' ich mich gleich wieder aufs Aufwachen, dann fängt der Tag schon mal gut an."

Wir prosteten einander lächelnd zu. Meine Wirtin kramte ein Feuerzeug aus ihrer Rocktasche und zündete eine dreidochtige Anti-Mücken-Kerze an, die neben uns auf einem Pflock stand.

„Die Biester fressen uns sonst auf, seit der Hinterleitner Toni den depperten Koi-Teich angelegt hat. Einen Koi-Teich! Hier bei uns. Ein riesiges Trumm! Aber was willst machen? Er hat eine Japanerin geheiratet, und die wollte ihre Karpfen. Damit sie ihr ‚Glück bringen in der Fremde‘, hat sie gesagt. Sogar mit Alarmanlage für die Nacht, weil die Viecher so teuer waren. Am Anfang ist die ständig losgegangen. Ständig! Wahrscheinlich jedes Mal, wenn eine Nacktschnecke ihre Fühler ins Wasser gehalten hat. Dann ist das Flutlicht angegangen, und eine Sirene hat losgeplärrt, dass man gemeint hat, die Russen greifen an! Aber mit dem Hinterleitner war ja nicht zu reden, also haben wir Unterschriften gesammelt; jetzt ist Ruhe. – Nur die Mücken, die sind halt geblieben, gell?“

„Ist denn schon mal ein Fisch gestohlen worden?“, fragte ich gespannt.

Meine Wirtin machte eine wegwerfende Handbewegung. „Ach geh, woher denn! Die schmecken doch eh ned.“

Ich verkniff mir ein Lachen. Stattdessen packte ich den Streuselkuchen aus und teilte ihn in kleine Stücke.

Traudl Moosberger griff beherzt zu, auch wenn ihr der eigene besser schmeckte, wie sie mit vollem Mund verkündete. „Beeren müssen bei Vollmond gepflückt werden, dann sind sie am fruchtigsten“, behauptete sie. „Das ist auch das Geheimnis meiner Marmelade. Aber nicht verraten!“

„Versprochen.“

„Die Berliner haben schon drei Gläser gekauft. Als Mitbringsel. – Warum sind Sie eigentlich von daheim weggelaufen?“

Vom plötzlichen Themenwechsel überrascht, musste ich erstmal kräftig husten. Ein Brösel hatte sich vor Schreck in die falsche Röhre verirrt.

„Geht's wieder?" Die Wirtin drosch resolut auf meinen Rücken ein.

„Ja... ja, danke", keuchte ich, nahm einen kräftigen Schluck Weißwein und wischte mir ein paar Tränen aus dem Gesicht.

„Wenigstens hast du nicht pupsen müssen", tröstete Sammy. „Was denn? Wir wollten die Dinge doch positiv sehen!"

Ich schnaubte leise.

„Das muss ja sehr spontan gewesen sein. Weil Sie doch ganz ohne Gepäck und auch ohne festes Ziel unterwegs waren." Traudl Moosberger ließ nicht locker. „Sie haben ein bisserl verloren gewirkt, als Sie so allein vor Ihrem Kaffee und dem trockenen Toast gesessen sind. Wie dieser Enrico Caruso auf der einsamen Insel."

„Robinson Crusoe", korrigierte ich automatisch. „Das andere war ein Opernsänger."

Sie ging nicht darauf ein. Vielleicht hätte ich mich vor ein paar Tagen noch innerlich gewunden und darüber geärgert, dass ich so schlecht lügen konnte. Jetzt aber fühlte ich ein neues Selbstbewusstsein in mir aufsteigen. Warum sollte es *mir* peinlich sein, wenn mein Noch-Ehemann ein untreuer Mistkerl war?

„Weil es dich abwertet. Wenn du gut genug gewesen wärst, hätte er dich nicht betrogen", spielte meine innere Stimme den Advocatus Diaboli.

„Eben nicht!", widersprach ich überzeugt. „Es wäre viel schlimmer, wenn ich für einen Menschen, der so etwas tut, die passende Partnerin wäre."

„Gut kombiniert, Watson", lobte Sammy und grinste.

Meine Wirtin sah mich weiterhin an, den Kopf leicht schräg geneigt, und schwieg.

Ich räusperte mich. „Mein Mann hat mir mitgeteilt, dass er künftig lieber mit seiner Sekretärin zusammenleben möchte. Und zwar in unserer gemeinsamen Villa, die zuvor meinen Eltern gehört hatte."

„Der ist einfach mit der neuen Frau vor der Tür gestanden?!" Traudl Moosberger riss entsetzt die Augen auf.

„Nein, nein! Das nicht. Die beiden machen jetzt erstmal Urlaub auf Mallorca. Ich soll weg sein, wenn sie wiederkommen."

„Ach so! – Trotzdem: Sehr dreist von Ihrem Mann, das muss ich schon sagen!"

Ihre Entrüstung tat mir gut.

„Ich hab' einfach Abstand gebraucht. Erst war ich noch Schuhe kaufen, und dann konnte und wollte ich irgendwie nicht mehr nach Hause. Es war wie ein Reflex. Als ob mein Hirn ausgeschaltet war."

„Die Sandalen, die Sie anhaben?"

Ich nickte.

„Sehr hübsch."

„Danke. – Jedenfalls war ich heute noch einmal dort, wie Sie wissen, und habe aus der überhasteten Flucht einen bedachten Auszug gemacht."

„Dafür haben S' aber nicht viel mitgebracht. Oder ist alles eingelagert?"

„Nein, ich habe nur das eingepackt, was für mich persönlich von Bedeutung ist. Stellen Sie sich vor: Auf dem Weg nach Grünwald habe ich einen Anhalter mitgenommen..."

Traudl Moosberger sog scharf die Luft ein.

„...einen jungen Wandergesellen auf der Walz..."

Sie atmete erleichtert aus.

„...und da ist mir mit einem Mal klargeworden, wie befreiend es sein muss, fast nichts mehr zu besitzen."

„Zumindest, wenn man diese Entscheidung freiwillig trifft und sowieso unterwegs ist", schränkte meine Wirtin ein.

„Genau. Und die rechtlichen Konsequenzen der Trennung habe ich einem Juristen übergeben."

„Es ist immer gut, wenn man seine Sachen in Ordnung bringt", stimmte sie mir zu. „Die Scheidung steht also schon fest?"

„Ja. Definitiv."

Traudl Moosberger seufzte. „Ich glaube, dazu kann man Sie in diesem Fall nur beglückwünschen", sagte sie zu meiner Verwunderung. Ich hätte meine Wirtin als streng katholisch und entsprechend schicksalsergeben eingeschätzt, was das Thema Ehe anging. „Wissen S', Frau Wagner, ich bin zwar keine Lebensberaterin, so wie Sie, aber ich weiß, dass es Männer gibt, für die die Trauben in Nachbars Garten immer die süßeren sind." Ihr Blick war in die Ferne gerichtet, als sie weitersprach. „Mein Kurt, Gott hab' ihn selig, war zum Glück nicht so. ‚Traudl', hat er gesagt, ‚du bist ein so dermaßen kompliziertes Weib, dass es für fünf reicht.' – Das hat er aber lieb gemeint, mein Kurt. Sein Bruder war da ganz anders. Der hat dreimal geheiratet. Und immer eine noch Jüngere. Oder der Hinterleitner, der war vorher mit der Gundel beianand und hatte vier Söhne mit ihr – ich glaub' nicht, dass der mit seiner Ayumi glücklich bleiben wird, auch wenn ich's ihnen wünschen würde. – Nein, Frau Wagner, Sie werden sehen: Irgendwann verlässt Ihr Mann diese Sekretärin und sucht sich wieder eine andere."

„Das ist mir ziemlich einerlei", gab ich zurück.

„Sie werden's trotzdem sehen." Traudl Moosberger nahm ihre Füße vom Holzpflock und streckte den Rücken durch. „So! Und jetzt wird's Zeit fürs Bett."

„Ich bleibe noch ein bisschen sitzen."

„Auch recht." Sie schenkte mir den Rest aus der Weißweinflasche ein und nahm ihr Glas. „Bringen Sie Ihres dann später selbst rein? Einfach am Tresen im Frühstücksraum abstellen."

„Mach' ich. – Ach, und Frau Moosberger: Vielen Dank für alles."

„Vergessen S' die Kerze ned zum Ausblasen, wenn S' reingehen. Und sperren S' hinter sich ab."

„Alles klar. Gute Nacht, bis morgen!"

„Schlafen S' gut", antwortete meine Wirtin, schon halb im Haus. „Und schöne Träume."

Die hatte ich tatsächlich. Obwohl ich später, in meinem Zimmer, noch begonnen hatte, den Psychokrimi zu lesen, den Josch mir geliehen hatte, träumte ich nicht von Münchner Frauenleichen, sondern von der Augsburger Puppenkiste. Fragen Sie mich nicht, warum. Vielleicht, weil ich selbst keine Marionette mehr war, deren Schnüre von der Grünwalder Gesellschaft, dem Dasein als stets tolerante Ehefrau und dem Abstumpfen der Wertschätzung mir selbst gegenüber gezogen wurden. Aber ich bin weder Sigmund Freud noch Immanuel Kant – und letztendlich war es mir gleichgültig.

ZWANZIG

Ich erwachte munter und ausgeruht, bereit für den Tag, von einer gespannten Neugierde getrieben, wohin der Ausflug heute gehen würde.

„Du fotografierst doch gerne Menschen", hatte Josch gesagt. Also würde er kein Rendezvous in trauter Zweisamkeit geplant haben. Oder doch? Meine Kamera war jedenfalls aufgeladen und bereit, samt Teleobjektiv.

Frisch geduscht, mit mir und der Welt im Reinen, hüpfte ich fröhlich die Treppen hinunter.

„Und das ganz ohne Kaffee", wunderte sich Sammy.

Da ich nicht genau wusste, ob ich durchs Unterholz kriechen, um einen See flanieren oder mit einem Heißluftballon über den Himmel fahren würde, hatte ich mich für die mittlerweile gelüfteten Sneakers, Jeans und T-Shirt entschieden. Meine Strickjacke hatte ich ebenfalls dabei. Die noch feuchten Haare locker zusammengebunden, betrat ich erwartungsvoll schnuppernd den Frühstücksraum. Es roch nach frischen Semmeln, Eiern und Schnittlauch.

Josch war noch nicht da. Dafür aber zwei Frauen Mitte dreißig, die sich verliebt an den Händen hielten und nur Augen füreinander hatten, sowie das Ehepaar aus Berlin.

Ich trat mit meinem reichlich beladenen Tablett an deren Tisch und deutete auf eins der noch unbenutzten Gedecke. „Darf ich?"

„Hallo! Selbstverständlich, gerne!", antwortete der Mann. Seine Frau lächelte zustimmend und machte auf dem Tisch rasch etwas Platz für Kaffee, Rührei, Orangensaft und Co.

„Danke. Ich hatte mich gestern gar nicht vorgestellt. Charlotte Wagner. Aus Grünwald", fügte ich automatisch hinzu.

„Ich bin Markus Schäfer und das ist meine Frau Sandra. Wir kommen aus Berlin."

„Freut mich."

„Frau Moosberger hat uns schon erzählt, wer Sie sind", platzte Sandra aufgeregt heraus. „Sie sind Tante Carla!"

„Jetzt lass' doch die arme Frau in Ruh', Mausi", wies ihr Partner sie vermeintlich liebevoll zurecht. „Die hat doch och Urlaub."

„Ach was, das ist schon in Ordnung, Herr Schäfer. – Und was treibt Sie zu uns nach Bayern?"

„Na, hooptsächlich die jute Luft und die Berje, nich wahr, Mausi?"

Mausi nickte.

„Ich habe kurz nach Neujahr ein paar Tage in Spandau verbracht. Mein Sohn lebt dort. Berlin ist eine atemberaubende Stadt."

„Spandau." Schäfer pfiff durch die Zähne. „Noble Jejend. Wir sind aus Neukölln."

„Auch nett", antwortete ich und lächelte ihm zu. „Die Blumenschauen im Britzer Garten werden sehr unterschätzt." Ich war froh, eine Artikelreihe über die Stadtteile Berlins geschrieben zu haben, in der ich jedem Bezirk auch etwas Gutes abzugewinnen versucht hatte. Das war eine kurze, aber spannende Zeit gewesen, in der ich hauptsächlich Reiseberichte verfasst hatte. „Randgeschichten" hieß die Kolumne, die mich durch ganz Deutschland geführt hatte. „Außerdem koste ich für mein Leben gern türkische Vorspeisen", fiel mir noch ein.

„Ja, da ham wa viel Auswahl", bestätigte Sandra Schäfer. „Am besten sind die Stände aufm Wochenmarkt am

Maybachufer. – Mein Mann, der Markus, der mag das ausländische Essen nicht so gerne, aber icke. Das hat den Flair der großen weiten Welt."

„Den ham Bananen och."

Fast hätte ich mich verschluckt.

„So hab' ich das doch nich jemeint", empörte sich seine Frau.

„Ja wie denn dann?!"

Ich überließ das Ehepaar seinem kleinen Disput und widmete mich derweil verstärkt meinem Frühstück, das – bis auf den frisch gepressten Orangensaft – zum Glück noch nicht viel in der Welt herumgekommen war.

Ich hatte aufgegessen und gerade meine zweite Tasse Kaffee getrunken, als Josch die Pension betrat. Er blieb abwartend an der Tür stehen.

Ich runzelte fragend die Augenbrauen. „Kommst du nicht rein?", sollte das heißen.

Er verstand und schüttelte stumm den Kopf. Mit einer Handbewegung bedeutete er mir, dass er draußen warten würde.

„Guten Morgen", grüßte ich ihn ein wenig verwirrt, nachdem ich mein Geschirr auf den Tresen gestellt und mich von den immer noch diskutierenden Berlinern verabschiedet hatte.

„Hallo Lotte! Und – bist du startklar?" Er legte seine Hände auf meine Schultern und gab mir einen Kuss auf die Wange.

„Ähm – ja, startklar", stotterte ich überrascht und blickte mich verlegen um. „Warum bist du nicht reingekommen?"

„Ach, wegen Sandra und Markus", sagte er und hakte sich auf dem Weg zum Auto bei mir unter.

„Du magst die beiden nicht?"

„Ich kenne sie kaum, aber sie streiten die ganze Zeit. Ist dir das nicht aufgefallen?"

„Doch schon. Ich dachte, das wäre eine Ausnahme."

„Ist es nicht." Er grinste mich an. Wieder trug Josch Hochwasserhosen samt Hosenträgern, ein kurzärmliges Hemd und eine passende Fliege. Diesmal kariert. Die Füße steckten in braunen Sandalen. Immerhin waren die Socken nicht weiß, sondern von ähnlicher Farbe wie die Schuhe. „Wollen wir dann?" Er blieb vor einem leicht verbeulten, silberfarbenen Renault Twingo stehen, der eingekeilt zwischen zwei anderen Fahrzeugen stand. „Wenn ich bitten darf...?"

„Wo fahren wir denn hin?", fragte ich, während er mir höflich die Tür aufhielt. Die Tasche stellte ich zwischen meine Beine in den Fußraum. Eine Antwort erhielt ich erst, als Josch ebenfalls eingestiegen war.

„Ich dachte, es ist an der Zeit, dass du meine Mutter kennenlernst", sagte er, ohne mich anzusehen, parkte geschickt aus und fädelte sich in den überschaubar fließenden Verkehr ein.

„Was?!", rief ich perplex.

„Nicht so wie du denkst", beruhigte er mich und legte kurz eine Hand auf mein Knie. „Zur Fotosession!"

Ich war platt. Vieles hätte ich vermutet, mit fast allem gerechnet – aber an ein Date im Altenheim hatte ich nicht gedacht. Allerdings war das bei genauerer Überlegung eine Spitzenidee. „Und deine Mutter ist damit einverstanden?"

„Nicht nur meine Mutter! Insgesamt freuen sich acht Damen und drei Herren darauf, von dir abgelichtet zu werden. Um die nötigen Unterschriften bezüglich Datenschutz und so weiter habe ich mich gestern schon gekümmert. Du kannst also einfach loslegen. – Zum Glück macht das Wetter mit!"

Tatsächlich strahlte die Sonne vom weiß-blauen Himmel. Es war angenehm warm, aber noch nicht heiß. Vermutlich hatten wir Föhn, die Alpen schienen zum Greifen nah.

„Und hier sind wir auch schon." Er setzte den Blinker und bog auf einen Parkplatz ab.

„So schnell? Die paar Meter hätten wir auch zu Fuß gehen können", sagte ich.

„Eher gut einen Kilometer. Außerdem bin ich mehr die faule Socke als der flinke Turnschuh", gab Josch unbekümmert zu. „Obwohl ich gerne schwimme, aber das ist mein einziges Zugeständnis an sportliche Aktivitäten." Er stieg aus und ging um den Wagen herum, um mir die Tür aufzuhalten und beim Aussteigen zu helfen. Ich schwankte zwischen Anerkennung über sein mustergültiges Kavalierverhalten und einem leichten Unmut, dass er mich wie eine gebrechliche Alte behandelte. – Sie wissen schon, so, als wenn das erste Mal ein Kind in der U-Bahn aufsteht, um Ihnen seinen Platz anzubieten. Auf der einen Seite furchtbar zuvorkommend, aber auf der anderen Seite auch irgendwie ernüchternd.

„Wir müssen da lang." Er zeigte auf die Einmündung zu einem Weg, der zwischen den hohen Hecken entlangführte, die den Parkplatz umgaben. Wir traten hindurch und mir stockte der Atem. Das war kein Altenheim – das war ein Schloss!

„Erinnert mich an einen englischen Landsitz aus dem 17. Jahrhundert", sagte Sammy.

„Und? Beeindruckt?" Josch war neben mir stehengeblieben. „Das Haus ist im karolinischen Stil erbaut worden."

Also hatte meine innere Stimme richtig gelegen.

Umgeben von weitläufigen Rasenflächen führte ungefähr einhundert Meter von uns entfernt eine breite Freitreppe zum großen Hauptgebäude. Es wurde von zwei schmäleren Seitenflügeln flankiert, die über ebenerdige Zugänge mit sanfter Neigung zu erreichen waren. Der Komplex war riesig. Majestätisch. Würdevoll. Auf dem Dach des Zentralbaus stand eine Kuppel mit einer Glocke. Die vorspringende Eingangspforte wurde von zwei soliden Säulen getragen. Auf dem Platz davor, zwischen Treppe und Portal, waren Sonnenschirme, Tische und Stühle aufgestellt. Mehrere Menschen hielten sich dort auf.

„Wow!"

„Mach' den Mund zu, es zieht", neckte Josch gutmütig. Wir gingen an gepflegten Blumenbeeten und Birkengruppen entlang, unter denen gemütlich wirkende Bänke zum Verweilen einluden. Der Park schien nach einem akkuraten Muster angelegt worden zu sein. Die Wege kreuzten sich in regelmäßigen Abständen und teilten die Grünfläche in gleichgroße Rechtecke.

„Ich komme mir vor wie in einem Paralleluniversum", versuchte ich, mein Erstaunen in Worte zu fassen. „Gerade noch Bayern, und dann – Schwupps – Hampshire."

„Nur mit Bergpanorama", lachte Josch.

„Jedenfalls die perfekte Kulisse!", rief ich begeistert. „Siehst du das alte Mäuerchen dort drüben? Wo die Glockenblumen zwischen den Rissen herauswachsen? Das ist so... – zärtlich-rustikal. Verstehst du, wie ich meine? Und die bunte Blumenwiese auf der anderen Seite! Bestimmt wurde die extra für die Bienen gesät. Wie der Mohn zwischen dem Hahnenfuß und dem Schaumkraut hervorsticht – einfach wunderschön!"

Josch schien sich an meinem Eifer zu erfreuen. Er grinste und machte eine ausladende Geste, als würde er mir all das zu Füßen legen wollen. Mittlerweile hatten wir uns dem Haupteingang so weit genähert, dass ich einzelne Personen ausmachen konnte. Eine der Seniorinnen hatte sich von ihrem Stuhl erhoben. Auf einen Stock gestützt stand sie an der steinernen Brüstung und winkte.

„Meine Mutter", sagte Josch und hob ebenfalls die Hand.

Ich war nervös und erleichtert zugleich. Ich hatte nicht vergessen, dass es sich bei diesem herrlichen Anwesen in Wahrheit nicht um einen romantischen Landsitz, sondern um ein Altenheim handelte. Und ich wusste, dass das nicht nur skatspielende ältere Herrschaften bedeutete, die sich später frohgemut um ein Klavier versammeln würden, sondern dass sich auch viel Kummer, Krankheit und Elend hinter diesen edlen Mauern verbergen konnte. Joschs Mutter schien jedoch wohlauf zu sein. Wir stiegen gemeinsam die Stufen hoch. An deren Seiten waren geschickt zwei Rampen integriert worden. Aus der Ferne hatte ich sie gar nicht bemerkt.

„Hallo Mama!" Josch nahm die alte Dame so behutsam in den Arm, als könnte sie zerbrechen, und hauchte ihr einen Kuss auf den schneeweißen Scheitel. „Darf ich dir Charlotte Wagner vorstellen? – Lotte, das ist meine Mutter. Frau Rosemarie Buchholz."

„Hallo!" Ich schüttelte der Älteren die Hand. „Schön, Sie kennenzulernen."

„Die Freude ist ganz meinerseits. Bitte, setzen Sie sich doch! Mir ist langes Stehen leider nicht mehr so zuträglich. – Ach, Schwester! Wären Sie so lieb und sagen den anderen, dass Frau Wagner jetzt eingetroffen ist?" Die Pflegerin nickte lächelnd und verschwand. „Sie müssen wissen, Sie sind hier bei uns eine richtige Berühmtheit. Wir lesen Ihren Kummerkasten jede Woche – auch wenn wir mit Ihnen nicht immer einer Meinung sind", fügte sie spitzbübisch hinzu.

„Mutter, bitte." Josch rutschte peinlich berührt auf seinem Stuhl hin und her.

„Ist schon gut", sagte ich. „Das ist eines der Dinge, auf die ich mich im Alter freue: Immer einfach sagen zu können, was man denkt!"

„Da haben Sie ganz recht, meine Liebe. Das – und jeden Tag Kuchen essen."

„Sie sehen nicht so aus, als müssten Sie sich darüber Gedanken machen. Ihre Figur ist die eines jungen Mädchens", sagte ich bemüht charmant.

„Bei mir bleibt einfach nichts mehr hängen. Früher habe ich wenigstens noch ein bisschen Busen gehabt..." Sie blickte kummervoll an sich herab.

Ich warf Josch einen kurzen Blick zu. Er wurde tatsächlich rot.

„Aber auch das ist ein Vorteil des Alters: Es muss mich nicht mehr tangieren, wie ich aussehe. Bis auf die Lachfalten. Auf die bin ich stolz! – Apropos Busen", wandte sie sich dann fragend an ihren Sohn, „hast du den Trachtenschmuck von der Traudl mitgebracht?"

„Ja. Natürlich!" Er griff in die Innentasche seines Jacketts und holte eine flache, quadratische Schachtel heraus.

„Mit dem bisschen Holz vor der Hütt'n kann ich natürlich kein Dirndl mehr tragen, aber den hier schon." Sie klappte die Box auf und zeigte mir ein mehrreihiges Perlencollier mit einem silbernen Edelweiß. Daneben lagen die passenden Ohrclips.

„Das ist wunderschön", sagte ich andächtig.

„Joschs Vater hat mir das Ensemble zur Hochzeit geschenkt, aber wir sollen hier keine Wertgegenstände aufbewahren. Damals habe ich mir schon Socken in den Ausschnitt stopfen müssen, damit die Kette nicht zu flach herunterhängt", verriet sie schmunzelnd.

„Heutzutage nimmt man da Push-Up-BHs."

„Hochdrückende Büstenhalter", übersetzte sie flink. „Was es nicht alles gibt!"

„Könnten wir vielleicht das Thema wechseln?", fragte Josch. „Ich möchte nicht zwingend über deine Brüste sprechen, Mutter."

„Selbstverständlich, mein Junge. – Wärst du so nett, mir das Collier umzulegen? Ich habe extra eine Bluse mit eckigem Ausschnitt gewählt, damit es auf den Fotos gut zur Geltung kommt."

„Charlotte wird schon dafür sorgen, dass *alles* gut zur Geltung kommt", antwortete Josch überzeugt.

„Vielen Dank für die Vorschusslorbeeren", sagte ich. Schließlich hatte er noch keine Aufnahmen von mir gesehen. „Wollen wir denn schon einmal anfangen, oder wäre es Ihnen lieber, auf die anderen zu warten, Frau Buchholz?"

Sie legte geschickt die Ohrringe an und lächelte kokett. „Knipsen Sie ruhig drauflos, meine Liebe. Ich kann es kaum erwarten!"

„Prima! Am liebsten würde ich bei dem kleinen Mäuerchen beginnen. – Josch, hilfst du deiner Mutter bitte nach unten?"

Was soll ich sagen? Es war ein herrlicher Vormittag, faszinierend und spannend. Die Seniorinnen und Senioren sonnten sich in der Aufmerksamkeit, und ich sonnte mich in ihren charakterstarken Gesichtern, dem Schalk und der

Ernsthaftigkeit, die aus ihren wissenden Augen sprachen. Wir lachten gemeinsam, als sich eine der Damen wie eine Diva auf ihrem Rollator verrenkte, und lauschten ergriffen den Erinnerungen eines Mannes, der davon erzählte, wie er nach der Kriegsgefangenschaft zwar sein Haus, nicht aber seine Familie wiedergefunden hatte. Ich porträtierte ihn im Profil, den Blick in die Ferne gerichtet, mit einer einzelnen Träne auf der zerfurchten Wange. In diesem Moment übermannte mich wieder das vertraute Gefühl, mit der Kamera nicht nur irgendwelche Bilder zu schießen, sondern Geschichten zu erzählen. Ebenso lebendig, ebenso ausdrucksstark wie das geschriebene Wort.

Mittags kam eine Pflegerin zu uns in den Garten, um an die Tabletten und das Essen zu erinnern. Wir hatten einen der Sonnenschirme stibitzt und eine Decke in der Blumenwiese ausgebreitet. Bis auf zwei der Damen, die das ablehnen mussten, weil es zu mühsam war, ließen sich die Herrschaften mit vereinten Kräften nacheinander für ein Foto darauf nieder. Joschs Mutter hatte die Idee, den Schirm aus dem Ständer zu nehmen und ihn schräg auf die Decke zu legen. Ich knipste sie vor diesem Hintergrund, ein Knie angewinkelt, das steife Bein ausgestreckt, durch die Blüten hindurch. Ihr Schmuck funkelte in der Sonne. Sie wirkte so fröhlich, so unbeschwert. Später erzählte sie mir, dass sie an ein Picknick in ihrer Kindheit gedacht hatte. Mit Äpfeln und Brot. Mehr hatten sie nicht gehabt. „Die Äpfel waren so saftig, das Brot noch keine zwei Stunden alt. Was haben wir geschlemmt, damals!"

Josch und ich wurden zum Mittagessen eingeladen, doch ich fand keine Ruhe. Immer wieder löcherte ich die alten Menschen mit Fragen, wollte mehr über sie und ihr Leben erfahren, bis ich letztendlich meinen halben Block voller Notizen hatte. Die gefüllten Kalbsröllchen und den

Blattspinat hingegen hatte ich kaum angerührt. Trotzdem schaffte ich es, mich zu bekleckern. Ein älterer Herr schenkte mir sein Stofftaschentuch mit eingestickten Initialen. Nach dem Essen entschuldigten sich acht meiner Models, um ein wenig auszuruhen. Der Abschied fiel herzlich aus. Ich versprach, ihnen Abzüge der besten Bilder zukommen zu lassen. Nur Rosemarie Buchholz und Ferdinand Prager, der Mann mit der Träne, blieben noch auf einen Kaffee bei uns sitzen.

„Hattest du nicht gesagt, dass insgesamt elf Personen auf mich warten?", fiel mir ein, während ich den Senioren hinterherblickte.

„Doch, stimmt. – Mama, was ist mit Luise? Wollte sie nicht auch mitmachen?"

„Luise ist auf der Pflegestation. Ihr Zustand hat sich leider rapide verschlechtert."

„Was?! Aber ich habe doch gestern noch mit ihr gesprochen! Da ging es ihr gut! Sie hat die Vollmacht für die Fotos unterschrieben!" Josch war fassungslos.

Seine Mutter nickte. „Ich weiß. Aber heute Nacht kam es zu Komplikationen. – Luise Täuber, so heißt meine Bekannte mit vollem Namen, leidet an einem bösartigen Tumor", fügte sie für mich erklärend hinzu. „Dabei hatte sie sich so auf das Treffen mit Ihnen gefreut." Sie seufzte. „Aber zum Schluss kann es halt sehr schnell gehen."

„Darf ich denn zu ihr?", fragte ich spontan.

Rosemarie Buchholz blickte zu Josch, dann zu Ferdinand, bevor ihre Augen wieder auf mir ruhten. „Das kann ich nicht entscheiden, aber ich denke schon. Es ist nur so, Frau Wagner: Luise hat Dickdarmkrebs. Das ist vielleicht kein – wie soll ich sagen – kein einfaches Zusammenkommen."

Ich glaubte zu verstehen. „Meine Mutter hatte Multiple Sklerose. Auch sie konnte am Ende nicht mehr... – Ich weiß, was Sie meinen."

Als ich wenige Minuten später von einer freundlichen Schwester ins Pflegezimmer geführt wurde, war ich auf den Geruch vorbereitet; nicht aber auf das dankbare Aufleuchten, das ich im Gesicht der Sterbenden sah. Sie wurde über eine Nasensonde mit Sauerstoff versorgt, in ihrem dünnen Handrücken steckte die Infusionskanüle, durch die ihrem Körper Flüssigkeit zugeführt wurde. Wie selbstverständlich ergriff ich ihre Finger, als ich mich auf dem Besucherstuhl neben ihrem Bett niederließ.

„Hallo, Frau Täuber." Automatisch flüsterte ich. „Sie wissen, wer ich bin?"

Die Seniorin nickte. „Die Schwester hat es mir gesagt, aber ich hätte Sie auch so erkannt: Sie sind Tante Carla." Sie atmete flach, doch ihre Stimme war gut zu verstehen. „Es tut mir leid, dass Sie mich nun doch nicht fotografieren können."

„Eigentlich bin ich genau deshalb hergekommen. – Wenn Sie einverstanden sind. Sie müssen keine Angst haben. Ich verspreche Ihnen, dass es ästhetisch ansprechende Bilder werden."

„Ich habe keine Angst."

„Nicht mal vor dem Tod?" Die Frage rutschte mir einfach so heraus. Ich schlug erschrocken die Hand vor den Mund, wäre am liebsten im Erdboden versunken. Doch zu meiner Verwunderung drückte Luise Täuber beruhigend meine Finger und schüttelte den Kopf.

„Nein. Vor dem Sterben schon. Vor den Schmerzen und dem Leid. Aber vor dem Tod...? – Ja, ich hatte Angst davor. Große Angst sogar. Ich habe lange darüber nachgedacht, und da ist mir mit einem Mal etwas eingefallen..."

Sie musste husten. Schnell griff ich nach der Schnabeltasse, die auf dem Nachttisch stand, und hielt ihren Kopf, während sie ein paar Tropfen trank. „Danke. – Mir ist eingefallen, dass ich nur Angst vor dem Tod hatte, weil ich nicht wusste, wie das ist, tot zu sein. Aber ich weiß doch auch nicht, wie es vor dem Leben war." Sie sah mich eindringlich an. „Verstehen Sie? Die Zeit vor meiner Geburt, an die kann ich mich ebenso wenig erinnern, und die macht mir doch auch keine Angst."

Ich schluckte. „Das ist ein sehr tröstlicher Gedanke", brachte ich schließlich heraus.

„Das finde ich auch", sagte sie dankbar und ließ meine Hand los. „Wenn Sie mögen, dürfen Sie mich jetzt fotografieren."

Wir schafften eine einzige Aufnahme. Dann fielen Luise Täuber vor Erschöpfung die Augen zu. Sie schlief einfach ein. – Auch heute noch kann ich mit Fug und Recht behaupten, dass dieses Bild das schönste Foto ist, das ich je gemacht habe.

EINUNDZWANZIG

Auf dem Weg zurück zum Auto schlug Josch einen kleinen Spaziergang am Isarstausee vor. Obwohl es mir unter den Nägeln brannte, die Fotos zu sichten und zu sortieren, erklärte ich mich bereit. Nicht, um es ihm recht zu machen, sondern damit mein Kopf wieder ein wenig leichter wurde. Die Begegnung mit den Bewohnerinnen und Bewohnern des Seniorenstifts hatte mir klargemacht, dass es für mich noch viel zu früh war, alt zu sein. So, wie mir die Episode mit Flo verdeutlicht hatte, nicht noch einmal jung sein zu wollen.

„Es ist genau richtig, so wie es ist. Hier. Heute. Jetzt. Und zwar jeden einzelnen Tag." Ich wusste nicht genau, woher dieser Gedanke kam, aber ich fühlte dahinter eine Wahrheit, die ebenso schlicht wie kompliziert war.

„Gib dir einfach selbst mal eine Chance", sagte Sammy. „Sei, wie du bist. Und lass' dich überraschen, was das eigentlich heißt."

„Lotte?" Joschs Stimme unterbrach meine innere Zwiesprache. „Willst du mir nicht endlich reinen Wein einschenken? Ich spüre doch, dass da etwas nicht stimmt."

„Was meinst du?", fragte ich, um Zeit zu gewinnen.

„Du weißt nicht, wie lange du bleiben wirst, du kommst mit einem Koffer zurück, obwohl du nur die Kamera und den Laptop holen wolltest..."

„Na und? Frauen sind so. Die müssen immer viel zu viel einpacken."

Er schüttelte den Kopf. „Du verschweigst mir etwas."

Ich hielt ihn am Arm zurück und blieb stehen. „Ja, Josch. Stimmt. Ich verschweige dir was. Und das ist auch mein gutes Recht. Wir kennen uns seit... – wie lange? Drei Tagen?

Ich bin nicht verpflichtet, mein Leben vor dir auszubreiten. – Ich werde es dir ja erzählen", fügte ich beschwichtigend hinzu, „aber nicht jetzt. Du musst ein bisschen Geduld haben. Vertrau mir. Kriegst du das hin?"

Etwas blitzte in seinen Augen auf. War es Trotz? Gekränkter Stolz? Was auch immer es gewesen war, es hatte nur den Bruchteil einer Sekunde angehalten.

„Ja, natürlich. Bitte entschuldige. Es ist nur so... – Ich mag dich. Sehr sogar. Du bist seit langem die erste Frau, die mich interessiert. Vermutlich habe ich einfach nur Angst..."

„Ach Josch." Ich hakte mich bei ihm unter. Langsam setzten wir unseren Weg fort. „Mein Leben ist momentan etwas turbulent. Ich stehe hier gerade an einer Haltestellte", griff ich Sammys Gedanken auf, „aber ich weiß weder, wann der nächste Bus kommt, noch wohin er fährt."

„Vielleicht ist Bad Tölz ja auch schon die Endstation", sagte er hoffnungsvoll.

„Ja, vielleicht, aber ich glaube nicht. Eigentlich habe ich mir überlegt, ob ich nicht für eine Weile nach Norwegen gehen sollte."

„Zu deiner Tochter?"

„Ja. Wir haben uns immer gut verstanden. Sogar während ihrer Pubertät. Die Zwillinge sind jetzt über ein Jahr alt, und Sarah überlegt, wieder zu arbeiten. Ich könnte sie unterstützten und auf die Kleinen aufpassen."

„Vollzeitoma?"

„So wie du das sagst, hört es sich nach etwas Schlechtem an." Ich runzelte unwillig die Stirn.

„Nicht unbedingt schlecht, aber langweilig."

„Du bist ganz schön anmaßend. Immerhin würde ich dort gebraucht werden. Und außerdem wäre es maximal ein Halbtagsjob. Ich hätte genug Zeit für andere Dinge."

Josch hob seine Hände. Die internationale Geste für: „Ich ergebe mich!"

„Darf ich dich denn mal besuchen kommen?"

„Noch ist es ja nur ein Gedanke. Ich habe bislang nicht einmal mit ihr darüber gesprochen."

„Aber falls...?"

„Ja, natürlich dürftest du! – Ich mag dich nämlich auch."

„Grüß Gott, Herr Doktor Buchholz."

„Hallo Janina", antwortete Josch flüchtig.

Ich riss die Augen auf. Das Mädchen, das soeben im fröhlichen Galopp an uns vorbeigehüpft war, war niemand anderes gewesen als die hinterhältige Kleine vom Brunnen. Die Eltern folgten händchenhaltend mit ein paar Metern Abstand.

„Eine Schülerin von dir?", fragte ich, als sie vorüber waren.

„Ja. – Aber lenk' nicht ab. Du magst mich also auch?"

Ich drehte mich kurz um und sah Janina nachdenklich hinterher. Es freute mich, dass sie offensichtlich aus soliden Verhältnissen stammte und es eigentlich nicht nötig haben sollte, Passantinnen übers Ohr hauen zu wollen. Aber es war beunruhigend, wie wenig die Eltern ihr eigenes Kind zu kennen schienen.

„Lass' uns nach Hause fahren", bat ich, ohne auf seinen Flirtversuch weiter einzugehen.

Josch war einverstanden. „Aber nur, wenn du mich später besuchen kommst!"

Ich versprach es ihm.

Zurück in der Pension, verband ich als erstes die Kamera mit dem Laptop, um mir die Bilder in der Vorschau anzusehen. Bei so vielen Aufnahmen, es waren über dreihundert, war es erfahrungsgemäß sinnvoll, sich zunächst einen

Überblick zu verschaffen und nur die guten aufs Notebook zu ziehen. Außerdem sortierte ich alles immer gleich von der Speicherkarte aus und legte die Bilder in verschiedenen Ordnern ab. Heute benötigte ich ein glattes Dutzend. Elf davon benannte ich nach den Namen der Seniorinnen und Senioren, den letzten wollte ich für Landschaftsaufnahmen und Bilder nutzen, die ich vom Anwesen gemacht hatte.

Wenn man Rita Glauben schenken wollte, lag dieses Verhalten an meinem Jungfrau-Aszendenten; also an dem Sternzeichen, das zum Zeitpunkt meiner Geburt am östlichen Horizont aufgegangen war. Angeblich sei ich deshalb nicht nur analytisch, scharfsinnig, nachdenklich und wissbegierig, sondern auch ordnungsliebend.

Na ja. Wenn ich mich hier so umsah, stellte ich zumindest die letzte Behauptung zum wiederholten Male ernsthaft in Frage. Bevor ich es wieder vergessen konnte, räumte ich meine Dreckwäsche in eine Tüte und wusch das Kleid aus. Zufrieden blickte ich auf den fleckenlosen Stoff.

„Musst du das ausgerechnet jetzt machen? – Ich will die Bilder sehen!", maulte Sammy, während ich das Kleid an einem Bügel auf den Balkon zum Trocknen aufhängte.

„Bin ja schon fertig."

Meine innere Stimme konnte echt nervig sein. Aber ich selbst war ja genauso ungeduldig. Ich hatte das Gefühl, heute Großes geleistet zu haben, und ich irrte mich nicht: Es waren fantastische Aufnahmen, mit zauberhaften Models! Die Bilder sprühten vor Leben; gleichzeitig unterstrichen sie unbarmherzig dessen Vergänglichkeit. Natürlich waren viele nahezu identisch. Ich hatte den Auslöser meist schnell hintereinander gedrückt, so dass sie sich oft nur in Nuancen unterschieden. Die welke Blüte einer Margarite

ein paar Zentimeter näher an die Nase gehoben, den weißen Fedora ein bisschen kecker in die faltige Stirn gedrückt.
Etliche Aufnahmen wanderten in den digitalen Papierkorb.

Noch während ich kritisch ausmusterte, urteilte und
verwarf, entstand in meinem Kopf die Idee zu einem Foto-
band. Meine Kontakte in der Branche waren zwar alt, aber
nicht verstaubt. Ich wusste, an wen ich mich für eine Ver-
öffentlichung wenden konnte.

„Ich kann es förmlich vor mir sehen", sagte Sammy.
„Ein großes Porträt mit Namen und Jahrgang, ganzseitig,
dahinter drei Seiten mit je drei Bildern und einer kurze Zu-
sammenfassung ihrer Lebensgeschichte und der Anekdo-
ten, die sie dir erzählt haben. Auf den Umschlagseiten innen vorne und hinten je ein Landschaftsbild, und als Cover
die Frontaufnahme des Landsitzes. – Das ist genial!"

„Und ich habe auch schon einen Titel", sagte ich. „Ich
nenne es: ‚Herbstblick mit Aussicht'."

„Ein mutmachender Name für ein mutmachendes
Buch", stimmte Sammy mir zu. „Was wirst du mit dem
Foto von Luise machen? Willst du es ebenfalls veröffentli-
chen?"

„Nein", sagte ich und schaute auf den Monitor, von
dem mir das sanfte Lächeln der todkranken Frau entgegen-
blickte. „Dazu ist es zu kostbar. Aber ich werde einen Weg
finden, ihre Botschaft in die Welt zu tragen, weshalb wir
den Tod nicht fürchten müssen."

Ich erschrak furchtbar, als mein Handy Stunden später
durchdringend zu piepen begann und mich völlig unvermittelt aus der Konzentration riss.

„Was? Schon so spät?! Das kann doch gar nicht sein!"
Ich hatte den Alarm gestellt, damit ich meinen Termin mit
den Kindern nicht verpasste. In weiser Voraussicht, wie

sich nun zeigte. Ich war so mit Ausschnittvergrößerungen, Bildbearbeitung und Formatvorlagen beschäftigt gewesen, dass ich nicht bemerkt hatte, wie schnell die Zeit vorübergegangen war.

„Du hast noch fünf Minuten", sagte Sammy. „Komm' runter. Beruhige dich."

„Du hast leicht reden!" Hektisch speicherte ich sämtliche offenen Dateien ab und hastete dann ins Bad. Dort spritzte ich mir jede Menge kaltes Wasser ins Gesicht und zupfte nervös an meiner Frisur herum.

„Wie soll ich es ihnen nur sagen?"

„Am besten frei heraus. Das sind deine Kinder. Nicht deine Scharfrichter."

„Okay. Ja. Gut..." Ich atmete tief ein. Jetzt bereute ich, nur Mineralwasser zur Hand zu haben. Ein Gläschen Rotwein wäre besser gewesen. Oder zwei. Oder drei.

„Alkohol ist keine Lösung", sagte Sammy.

„Wasser auch nicht!", keifte ich zurück und setzte mich wieder vor den Laptop. Meine Hände waren feucht. Ich wischte sie an meiner Jeans ab und startete das Programm.

Falls Sie Video-Telefonate übers Internet nicht kennen: Stellen Sie sich ein Haus mit vielen Zimmern vor. Eines davon haben Sie reserviert, um sich mit ihren Gesprächsteilnehmern dort zu treffen. Sie melden sich mit einem Passwort an und gehen rein. Als würden Sie mit einem Schlüssel aufsperren. Wer den Code nicht kennt, der muss draußen bleiben. Man kann einstellen, ob man nur gehört oder auch gesehen werden möchte, sofern man eine Webcam hat, also eine Kamera, die einen aufnimmt. Eine praktische Sache. Vor allem, wenn große Entfernungen zwischen den Menschen liegen, die sich austauschen möchten.

Ich nutzte diese Art der Kommunikation gerne mit meinen Kindern. Doch eine Familienkonferenz, an der alle auf einmal teilnahmen, beriefen wir nur selten ein. Zuletzt nach der Geburt von Sören und Torben, wobei damals natürlich auch Gerald, der Mistkerl, dabei gewesen war. Heute nicht.

„Jetzt geh' schon rein", ermunterte mich Sammy.

Ich holte nochmal tief Luft, dann steckte ich mir meine Blue-Tooth-Kopfhörer in die Ohren und gab das Passwort ein. Ralf, Sarah und Felix waren bereits da. Es war, als würde ich in einer Kneipe an einen Tisch treten, an dem schon Bekannte saßen, die sich unterhielten. Sie unterbrachen ihr Gespräch, um mich zu begrüßen. Ralf saß in seinem Arbeitszimmer, Sarah in der Küche und Felix... hm – keine Ahnung, wo er sich rumtrieb. Diese Treffen funktionieren auch mit dem Smartphone. Seit langer Zeit sah ich die Gesichter meiner Kinder mal wieder alle auf einmal. Wenn auch als quadratische Ausschnitte.

„Hallo!", grüßte ich betont fröhlich zurück und winkte in die Kamera. „Und, wie geht's euch so?"

„Wo bist du denn?", wunderte sich Sarah.

„Eigentlich bin ich auf'm Sprung, Mama, was gibt's denn so Dringendes?", fragte Ralf zeitgleich.

Felix schien einen Döner zu essen. Ich sah mehr von den Zwiebeln als von meinem jüngsten Sohn.

„Ich bin in einer Pension in Bad Tölz. Und ich muss euch etwas sagen."

„Bad Tölz?"

„Bad Tölz?"

„Bapfölpf?"

„Spielen wir hier jetzt Echo, oder was?" Sarah verdrehte genervt die Augen. „Also Mama: Was machst du in Bad Tölz?"

„Ich – äh – Urlaub."

„Und Papa?", fragte Ralf.

„Der macht auch Urlaub. Aber auf Mallorca."

Schweigen.

Sarah wickelte sich eine Haarsträhne um den Finger, Ralf zwirbelte seine Unterlippe zwischen Daumen und Zeigefinger, und Felix schaute überall hin, nur nicht in die Kamera.

„Wir haben uns getrennt."

Immer noch Schweigen, nervöses Räuspern. Was zum...? Oh mein Gott! Das konnte nicht wahr sein. Durfte nicht wahr sein! Und dennoch war ich sicher. Eine Mutter kennt ihre Kinder. Ich spürte, wie mein Mund trocken wurde. Magensäure kroch brennend meine Speiseröhre hoch. Ich schluckte schwer.

„Ihr habt es gewusst", flüsterte ich schließlich. „Ihr habt es gewusst und nichts gesagt." Mir wurde schlecht. „Wie lange schon?"

Felix wischte sich mit der Serviette Dönersoße vom Mund. „Also bei mir waren sie im Februar. Zur Immobilienmesse."

„*Sie*?"

„Ja. Papa und Jenny. Sie haben mich besucht. Er hat gesagt, dass er erst noch selbst mit dir sprechen möchte. Ich hab' gedacht, das hätte er längst gemacht. Und außerdem geht es mich ja auch gar nichts an."

Zur Übelkeit gesellte sich ein Schwindelgefühl. Geht ihn nichts an. Februar. Februar! Das war vor einem halben Jahr gewesen!

„Mama? Alles klar bei dir?" Sarah schien besorgt zu sein. „Du siehst blass aus."

„Sag' nicht, dass sie bei euch in Norwegen waren. Sag nicht, dass dieses Flittchen meine Enkel auf dem Schoß hatte!"

„Ähm – nein! Also... – sie wollten eventuell an Weihnachten... – aber das steht noch nicht fest. Jenny will selbst vielleicht auch noch ein Baby, und wir haben ja so viele Sachen von den Zwillingen im Keller..." Abrupt brach sie ab.

Ich starrte das digitale Bild meiner Tochter an, weigerte mich, das Gehörte tatsächlich zu begreifen.

„Jenny scheint ganz nett zu sein", meldete sich Ralf zu Wort. „Sie passt gut zu Papa. – Die beiden waren im Mai hier", fügte er hinzu, als er meinen fragenden Blick sah. „Auch zur Messe. Ich wollte es dir ja sagen, aber dann... – irgendwie hat es sich nicht ergeben."

Mit einem schnellen Schlag warf ich den Laptopdeckel zu und stürzte zur Toilette, wo ich würgend das bisschen Wasser von mir gab, das ich zuvor getrunken hatte. Kalter Schweiß stand auf meiner Stirn, ich zitterte unkontrolliert.

„Dieser Mistkerl! Dieses verlogene Arschloch!"

Doch viel schlimmer war der Verrat meiner Kinder. Er traf mich mitten ins Herz. Ich plumpste mit dem Po auf die Fliesen. „Sie haben mich hintergangen", murmelte ich halblaut vor mich hin, verschränkte die Arme vor der Brust und krallte die Fingernägel in meine Unterarme, bis es wehtat. „Alle drei!" Ich konnte es nicht glauben, wollte es nicht glauben. Wie oft hatten wir seither telefoniert? Viele Male. Und sie hatten mich jedes Mal erfolgreich geblendet und getäuscht. Lieber ihrem Vater die Treue gehalten als mir. Aus Bequemlichkeit, Desinteresse und Egoismus. „So habe ich sie nicht erzogen."

„Nein. Nein, das hast du nicht." Sammys Stimme kam von sehr weit her.

Etwas bohrte sich in meinen Rücken. Ich griff danach. Gleich darauf knallte die Klobürste mit aller Wucht gegen die Wand. Ich atmete schwer, hatte mit dieser Bewegung sämtliche Energiereserven aufgebraucht. Nebenan läutete das Handy.

„Warum haben sie das getan? Warum haben sie das nur getan?" In einem fort wiederholte ich diesen Satz, während ich auf dem harten Boden vor und zurück schaukelte, das Gesicht in den Händen vergraben. Noch wollten keine Tränen kommen. Noch erlebte ich kein Déjà-vu des Nervenzusammenbruchs in der Küche meiner Villa. Ex-Villa. Ex-Zuhause. Ex-Mann. Ex-Kinder. Alles Ex!

Ich würgte erneut, rappelte mich auf und klappte den Klodeckel hoch. Doch es kam nur Spucke. Erschöpft wischte ich den Speichel vom Mund. Er vermengte sich mit meinem Schweiß. Nicht mal ein Stück Toilettenpapier schaffte ich abzureißen. Ich war zu schwach. Zu geschockt. Zu unfassbar schlimm verletzt.

Wimmernd rollte ich mich vor der Schüssel zusammen. Machte mich so klein wie möglich. Doch natürlich fanden sie mich trotzdem. Die selbstzerstörerischen, niederträchtigen Gedanken, von denen ich erst vor kurzem geglaubt hatte, sie bezwungen zu haben. Nun tanzten sie wieder um mich herum, durch mich hindurch. Besetzten jede Ecke meines Denkens, jeden Winkel meines Körpers und jedes Schimmern meiner Seele.

ZWEIUNDZWANZIG

Irgendwann waren die Tränen doch gekommen. Hart und schmerzhaft hatte sich der Kloß durch meinen zu engen Hals gedrängt, war hochgekrochen, um als klagende Laute aus meiner Kehle zu dringen.

Ich wusste nicht, wie lange ich so dagelegen hatte – Minuten, Stunden? –, als es plötzlich klopfte. Im ersten Moment war ich völlig verwirrt. Ich machte die Augen auf, blinzelte gegen das helle Licht der Deckenbeleuchtung. Mein Haar hing in feuchten Strähnen ums Gesicht und klebte an meiner Wange. Mir war kalt.

Wieder klopfte es. Diesmal lauter. Fordernd. „Lotte?! Lotte, bist du da?!" Josch.

„Geh weg!" Ich rief, so laut ich konnte, doch es kam nur ein heiseres Krächzen aus meinem wunden Rachen. Ich räusperte mich. Versuchte es erneut. „Geh weg!" Besser.

„Du wolltest doch zu mir kommen! Was ist denn los? Ist alles in Ordnung?" Wieder klopfte er, rüttelte am Knauf der Zimmertür, die sich nur von innen ohne Schlüssel öffnen ließ.

Ich mochte nicht sprechen, nichts erklären. „Er wird bald aufgeben", flüsterte ich und sank wieder zurück auf die Fliesen.

„Ist es wegen deinem Mann und dieser Sekretärin? Lotte, lass' mich rein, ich kann dir..."

Mit einem Satz war ich auf den Beinen, stürmte wie eine Besessene mit großen Schritten aus dem Bad und riss die Tür auf. Schwankend und außer Atem hielt ich mich am Rahmen fest. Ich muss ausgesehen haben wie der Leibhaftige. Josch trat erschrocken einen Schritt zurück.

Ich stieß mich wütend ab, torkelte auf ihn zu. „Was hast du da gesagt? Woher weißt du von meinem Mann?" Mein ganzer Körper kribbelte. Mit einem Mal war mir heiß. Ich packte mit beiden Händen sein Revers und zog ihn zu mir herunter. „Hast du mit Traudl gesprochen? Hat sie es dir gesagt?" Unsere Nasen berührten sich fast. In seinen Augen las ich die Wahrheit. Auch er hatte mich verraten. Statt mir zu vertrauen und Geduld zu haben, hatte er hinter meinem Rücken die Informationen eingeholt, die ich ihm heute am See noch nicht hatte geben wollen. Angewidert schubste ich ihn weg.

Bestürzt versuchte er, nach meinen Händen zu greifen, öffnete den Mund, setzte vermutlich zu einer Erklärung an – aber ich wollte nichts hören. Nicht noch mehr Rechtfertigungen und Argumente, weshalb es scheinbar nicht nötig war, mich zu respektieren, meine Würde zu wahren. Er war nicht besser als Gerald, der Mistkerl, nicht besser als meine Kinder. Ohne ein weiteres Wort drehte ich mich um und wankte ins Zimmer zurück, mit einem lauten Knall fiel die Tür hinter mir ins Schloss. Heftig atmend lehnte ich mich mit dem Rücken dagegen, die Fäuste geballt. Die Wut tat mir gut, lenkte mich für ein paar Sekunden ab von dem Schmerz, der durch meine Eingeweide jagte. Eine Weile hörte ich Josch draußen noch herumgehen. Er murmelte leise. Anscheinend hielt er Zwiesprache mit sich selbst. Dann verklangen seine Schritte endlich auf der Treppe.

Meine starke Fassade bröckelte. Hilflos rutschte ich am Türblatt hinunter, blieb auf dem Boden sitzen, das Gesicht zwischen den Armen vergraben, und schluchzte. Diesmal waren es heiße, leichte Tränen, die meine Seele wuschen und den Geist befreiten. Ich spürte, dass ich wieder klarer wurde, den ersten Schock des Abends mit Hilfe des zweiten zu überwinden begann. Zumindest dachte ich das.

„Komm, steh' auf und leg' dich ins Bett", sagte Sammy. „Ruh' dich aus. Morgen sieht die Welt schon wieder besser aus."

„Nein. Nein, ich bleibe hier keine Sekunde länger!" Die Wände schienen sich zu bewegen, immer enger zu werden. Sie kamen auf mich zu, versuchten mich zu erdrücken. Ich sprang hektisch auf und begann, alles, was ich zwischen die Finger bekam, wahllos in die Koffer zu werfen. Sammy hatte keine Chance, zu mir durchzudringen. Ich war wie in einem Rausch. Gleichzeitig beobachte ich mich selbst wie in Zeitlupe. Ich wünsche keinem Menschen, das je erleben zu müssen.

Als ich mein Gepäck in den Kofferraum wuchtete, war bei Josch alles dunkel. Auch in der Pension war ich niemandem begegnet. Ich hatte keine Ahnung wie spät es war. Ein Blick aufs Handy verriet es mir. Zweiundzwanzig Uhr sechsunddreißig. Bad Tölz hatte die Bürgersteige längst hochgeklappt.

Rosi machte beim Anlassen einen Hüpfer nach vorne. Ich hatte den Motor abgewürgt. Meine Nerven vibrierten, die Hände zitterten. „Komm schon, komm schon", murmelte ich wie zum Gebet – und wurde erhört. Beim zweiten Versuch rutschte mein Fuß nicht von der Kupplung. Ich rammte den Rückwärtsgang rein und drückte aufs Gas.

„Willst du dich umbringen?!", schrie Sammy. Fast wäre ich die Böschung auf der anderen Straßenseite hinuntergerutscht. Ich schlug das Lenkrad hart ein und schaltete in den ersten Gang.

Halbblind vor Tränen irrte ich durch die Straßen, auf der Suche nach einem Geldautomat. Dinge wie Verkehrsschilder oder Ampeln interessierten mich dabei nicht. Erst als ich vor einer Bankfiliale anhielt und die Scheinwerfer ausschalten wollte, bemerkte ich, dass ich sie gar nicht angemacht hatte. Ich hob fünfhundert Euro ab. Dann suchte ich den Rückweg zur Pension. Mit bebenden Fingern faltete ich einen Zettel, legte die Hälfte des Geldes dazwischen und steckte es in Traudl Moosbergers Briefkasten.

Als ich das nächste Mal stoppte, befand ich mich auf einem Parkplatz der Raststätte Hochfelln. Die liegt an der A8 in Richtung Salzburg, kurz vor der Abfahrt Traunstein/Siegsdorf, rund neunzig Kilometer von Bad Tölz entfernt. Rosi musste den Weg ganz allein gefunden haben, denn ich kann mich an diese Fahrt nicht erinnern. Benommen stieg ich aus und versuchte, mich zu orientieren.

„Was mache ich hier?"

Es summte der übliche Reiseverkehr in den Sommerferien, auf beiden Richtungen der Autobahn waren viele Fahrzeuge unterwegs. Die einen wollten in den Süden, die anderen mussten nach Hause. Ich sah auf die Uhr. Genau Mitternacht. Wenigstens war ich nicht zu schnell unterwegs gewesen. Wie hypnotisiert starrte ich auf den Doppelpunkt zwischen den vier Nullen. Konnte den Blick nicht abwenden. Wartete darauf, dass sich die letzte Null in eine Eins verwandelte. Vielleicht brauchte ich diesen Beweis, dass das Leben weiterging, sich die Erde immer noch drehte. Die Atomuhr in Braunschweig arbeitete zuverlässig. Die Anzeige wechselte zur Eins, zur Zwei, zur Drei, zur Vier... – Vermutlich fiel ich nicht weiter auf, wie ich da so neben der offenen Fahrertür meines Autos stand und abwesend auf das Display stierte. Eher im Gegenteil.

„Voll normal", würde Felix sagen. – Felix! Der Schmerz kam unerwartet. Gnadenlos riss er mich aus meiner dumpfen Trance und katapultierte mich mitten hinein in die grausame Realität. Deshalb war ich hier! Auf der Flucht.

Zum zweiten Mal innerhalb weniger Tage. Weil sie mich verraten hatten. Alle! Alle hatten mich verraten! Belogen! Im selben Moment läutete mein Handy. Ich schrie auf und ließ es fallen.

„Hey, Lady, alles in Ordnung?"

Ich schnellte herum. Vor mir stand Hulk Hogan. Hulk Hogan mit dunklen Haaren, Cowboyhut und tätowierten Unterarmen so dick wie mein Oberschenkel, die unter einem hochgekrempelten Jeanshemd hervorragten. Na gut – wie mein *halber* Oberschenkel, aber immer noch beeindruckend.

Er bückte sich und hob das Telefon auf. Es war in dem Moment verstummt, als es auf den Asphalt geknallt war, und jetzt sah ich auch, weshalb. Das Display war gesplittert, die Rückseite aufgeplatzt, der Akku herausgefallen.

„Wie hast du denn *das* geschafft?", wunderte sich Sammy.

„Wie haben Sie denn *das* geschafft?", wunderte sich der Trucker und gab mir die Einzelteile zurück. „Am besten nehmen Sie die SIM-Karte und die Speicherkarte raus und kaufen sich ein neues. Die scheinen beide nicht kaputt zu sein."

„Danke", wollte ich sagen, aber plötzlich sah ich lauter bunte, flirrende Punkte um mich herumtanzen. In meinen Ohren rauschte es und ich hörte noch, wie Hulk rief: „Hey, Lady, nicht umkippen!" Dann wurde es schwarz um mich.

„Da sind Sie ja wieder."

Ich lag neben Rosis offener Fahrertür auf dem Parkplatz, die Füße hochgelagert, mit den Fersen meiner Sneakers auf dem Sitzpolster.

„Was...? Wie...?" Ich fasste mit der Hand an die Stelle, wo mein Hinterkopf pochte. Kein Blut.

„Sie waren kurz weg." Hulk blickte besorgt. „Geht's wieder?"

Ich nickte verhalten und versuchte, mich aufzusetzen.

„Warten Sie, ich helfe Ihnen."

Die kuchentellergroßen Pranken waren rau, aber erstaunlich sanft.

„Sie machen ja Sachen", sagte er. Die Erleichterung, dass ich ohne Probleme allein sitzen konnte, war ihm anzumerken. „Soll ich einen Arzt rufen?"

„Nein, danke, das war nur ein kleiner Schwächeanfall. Aber wenn Sie vielleicht etwas zu trinken für mich hätten?"

„Bin gleich zurück! – Und Sie rühren sich nicht von der Stelle", fügte er schon im Davoneilen hinzu.

Nichts lag mir ferner.

Kurz darauf hielt ich eine Dose Cola und eine Schachtel Bonbons in den Händen.

„Das sind Rescue-Pastillen. Notfall-Bachblüten. Da lutschen Sie jetzt zwei davon."

„Oh. Mein. Gott. Ein charmanter Muskel-Macho mit einem Faible für Pseudowissenschaften. Wie sexy ist das denn?!" Sammy war begeistert.

Ich nicht so sehr. Mir war immer noch etwas schwummrig.

„Glauben Sie mir – die tun Ihnen gut."

Und tatsächlich. Keine Ahnung, ob es am Zucker in der Cola lag, an den fünf Blüten, die Doktor Bach irgendwann einmal als Notfallmischung auserkoren hatte, oder an dem Schlag auf den Hinterkopf – es ging mir von Minute zu Minute besser. Schon bald konnte ich aufstehen und mich auf den Beinen halten. Sexy fand ich Hulk zwar immer noch nicht, aber ich war froh, dass er mir geholfen hatte.

„Behalten Sie die Pillen. Ich hab' noch 'ne Dose. – Soll ich Sie zu den Waschräumen begleiten? Die sind gleich da drüben."

„Nein danke, Mister Ho... – äh... – Ich denke, ich komme ab jetzt wieder allein klar." Ich streckte ihm die Rechte entgegen. „Gute Weiterfahrt und vielen Dank für alles."

„Keine Ursache. – Ma'am?" Er tippte mit dem Zeigefinger an seinen Hut und ging dann mit großen Schritten zum Lkw. Als er grüßend an mir vorüberfuhr, las ich auf dem Schild an der Windschutzscheibe seinen Vornamen. Ich werde ihn hier nicht wiederholen, denn das würde Ihr ganzes, wackeres Bild von ihm komplett zerstören.

Nein – nicht *Kevin*. Aber fast.

Die sanitären Einrichtungen waren erfreulich sauber. Andererseits hatte ich auch siebzig Cent für die Benutzung bezahlt. Ich fuhr mir mit den Fingern durch die Locken, band meinen Pferdeschwanz neu und putzte mir die Zähne. Zum Glück hatte ich immer das Reise-Set in meiner Handtasche. Dazu gehörten auch Handcreme, die fürs Gesicht herhalten musste, und ein Parfümpröbchen, das ich mir unter die Achseln schmierte. Es brannte höllisch. Eine Weile stand ich aufgestützt vor dem Waschbecken, den Kopf gesenkt. In meinem Nacken lagen circa zehn klatschnasse Einmalhandtücher. Ein alter Trick meiner Mutter. Langsam begann ich, mich wieder wie ein Mensch zu fühlen. Ein trauriger, übernächtigter Mensch, aber immerhin.

Fünfzig Cent der bezahlten siebzig konnte ich mir beim Einkauf im Raststätten-Shop wieder gutschreiben lassen. Also nichts wie hin. Wenigstens auf einen Kaffee. Und eine Breze. Und eine Wurstsemmel, ein Snickers, ein Corny und Kaugummis. Die aus Bad Tölz musste ich irgendwo vergessen haben.

„Das nächste Mal gehen wir gleich ins Gourmet-Restaurant", sagte Sammy. „Kommt billiger."

„Jetzt mäkle nicht rum. Sei froh, dass es mir wieder besser geht."

„Bin ich ja. Bin ich wirklich!"

Der Kaffee war viel zu heiß. Ich stellte ihn aufs Wagendach und beschloss, erst einmal umzubauen. Ich hatte Ihnen ja schon erzählt, wie praktisch und funktionell Rosi war. Heute nutzte ich das. Die Rückbank war schnell versenkt, die Koffer wuchtete ich auf den Beifahrersitz. Mit der karierten Decke, die schon meine Eltern immer im Auto gehabt hatten, würde ich hier drin ein paar ruhige Stunden verbringen und mich erst einmal richtig ausschlafen, bevor ich... – Ja… – bevor ich was?

Ich setzte mich mit meiner Brotzeit an eine der Picknickbänke, die neben den Mülleimern aufgestellt waren. Mitten in der Nacht hatte ich die Qual der Wahl. Ich entschied mich für die unter einer Laterne. Sicher ist sicher. Die Semmel schmeckte nach Pappe, die Wurst nach nichts. Dafür war die Breze schön trocken und salzfrei. Die Riegel wollte ich mir für später aufheben – oder fürs Frühstück, je nachdem.

Auf der Suche nach einem Papiertaschentuch – die Frau am Verkaufstresen hatte die Servietten vergessen – kramte ich in meinem Riesen-Shopper und stieß dabei auf die Mövenfeder, die Sebastian mir geschenkt hatte. Versonnen strich ich mit den Fingern darüber.

„Viel freier als jetzt gerade kannst du kaum sein", sprach Sammy meine Gedanken aus.

„Das stimmt." Ich griff ins Seitenfach und holte Flos Stein mit dem Lebensbaum und Pfarrer Marquardts Münze mit dem Heiligen Antonius hervor. Das Glas mit „Tante

Carlas Erdbeermarmelade" war ebenfalls schnell gefunden, und sogar die leere Wasserflasche des grantelnden Oberbayern mit seinem Hund Xaver schleppte ich immer noch mit mir herum. Als letztes legte ich das Stofftaschentuch des Mannes aus dem Seniorenheim und Joschs Krimi auf den Tisch, den ich aus Versehen in die Tasche geworfen hatte. Es klebte Blattspinat daran. Vermutlich vom Taschentuch.

„Ein wahres Sammelsurium an Erfahrungen", sagte Sammy.

„Und Erkenntnissen", ergänzte ich und betrachtete die Gegenstände. „Ich muss nicht suchen, um zu finden. Ich muss nicht vergessen, um zu verzeihen. Ich muss weder jünger noch älter sein. Ich muss nicht alles allein schaffen. Ich muss nicht mehr sein als ich bin. Weder beruflich noch als Frau."

„Soll ich dich in Zukunft Charly nennen?"

„Untersteh dich!"

„Oder Lotte?"

„Auf keinen Fall! – Weißt du überhaupt, was der Name bedeutet?"

„Nein."

„Ich auch nicht."

„Dachte ich mir."

„Wir googeln das irgendwann mal."

„Okay. – Wollen wir jetzt schlafen gehen?"

„Na gut."

Ich packte die Geschenke wieder ein und warf meinen Müll in den Eimer.

Dann kuschelte ich mich in die karierte Decke und machte es mir in Rosis Kofferraum gemütlich.

„Und was machen wir morgen?", fragte Sammy, als ich schon fast eingeschlafen war.

„Du meinst später. – Später fahren wir weiter. Nach Süden."

„Und dann?"

„Dann werden wir sehen."

EPILOG

Ich sitze vor meinem Camper und esse Pfirsiche. Im Spätsommer schmecken sie am besten; wenn sie so richtig reif sind.

Es ist Ende September und immer noch sehr warm. Meine Füße liegen auf einem Klapphocker, gut achtzig Meter vor mir brechen sich die Wellen an der kroatischen Steinküste. Neben mir baumeln ein großes Handtuch und mein neuer pinker Badeanzug an einer Wäscheleine, die zwischen zwei Pinien gespannt ist.

Es war gar nicht so einfach, in meiner Größe Bademode ohne jeden Shape-Level zu finden. Eigentlich eine Unverschämtheit. Nicht jede Frau mit Kurven möchte diese auch automatisch zusammenquetschen oder ihren Körper als Problemzone sehen.

Na, egal!

Sie fragen sich bestimmt, wo Rosi ist. Die schmerzhafte Wahrheit lautet: Ich habe sie verkauft. Beziehungsweise als Teil der Anzahlung für meinen Bus verwendet. Das war keine einfache Entscheidung. Aber als ich an der Raststätte Hochfelln wieder aufgewacht war, tat mir jeder Knochen weh, den ich kenne – und auch noch ein paar mehr. Außerdem hatte Rosi keine Standheizung, und bald wird es kälter werden. Herbert hingegen schon. Herbert ist mein neues Zuhause. Er bringt mich von einer Haltestelle des Lebens zur nächsten und hat sogar eine richtige Matratze, eine kleine Küche, Stromanschluss, eine Markise, eine Rückfahrkamera und einen Heckträger für meinen Elektroroller. Der ist zitronengelb und heißt Rosi 2.

Später werde ich einen Ausflug mit ihr unternehmen und ein kleines Fischerdorf am Meer besuchen, wo nur wenige technische Neuerungen eingesetzt werden und vieles nach guter, altbewährter dalmatinischer Handarbeitstradition ausgeführt wird. Auf dem Wasser und zu Land. Also sowohl beim Fischfang als auch im privaten Alltagsleben. Einige Häuser haben nicht einmal fließend Wasser oder Telefon.

So etwas interessiert die Menschen. Und mich auch. Deshalb werde ich darüber in meinem Blog berichten. Ich habe ihn nämlich reaktiviert; allerdings komplett überarbeitet. Vor allem die „Über mich"-Seite. Neues Foto, neue Infos, alles neu. Seit meinem Zusammenbruch habe ich vier Geschichten veröffentlicht, und geplant ist, dass jede Woche eine weitere hinzukommen wird. Die Arbeit ist nicht nur spannend, sie befriedigt auch meine Neugierde und die Lust am Schreiben und Fotografieren.

Ich bin gut in dem, was ich tue. Das beweisen die Klickraten und mein inneres Gleichgewicht, das ich zu großen Teilen entweder neu entdeckt oder wiedergefunden habe. Die Ideen für den Blog liegen sozusagen am Wegesrand. Oder sie kommen zu mir – in Cafés, Supermärkten, auf Campingplätzen... Wie gesagt, ich mache schnell neue Bekanntschaften.

Den Kummerkasten der Hochglanzillustrierten betreue ich weiterhin. Er bereitet mir Spaß. Und selbst wenn nur alle paar Jahre eine Erfolgsstory wie die von Traudl Moosberger dabei herausspringt, ist schon viel damit gewonnen.

Ich bin ihr nicht mehr böse. Sie hat es für Josch getan. Vielleicht sogar für uns beide, weil sie wollte, dass wir zusammenfinden. Neulich habe ich ihr eine Postkarte geschickt. Eine mit Erdbeeren drauf. Grüße an den Grund-schullehrer mit den Hochwasserhosen ließ ich aber nicht ausrichten. Dieses Kapitel ist abgeschlossen.

Auf meinen Artikel über „Die Mode der Tippelbrüder" habe ich viel positive Resonanz bekommen. Die Redaktion hat mir mitgeteilt, dass ich jederzeit gerne wieder etwas Derartiges einreichen darf. Wörtlich stand in der E-Mail: „Wir hatten ganz vergessen, dass Sie eigentlich Journalistin sind."

Ähm.

Auch auf die Gefahr hin, dass Sie mich für eine Ange-berin halten: Der Bildband „Herbstblick mit Aussicht" hat einen Verleger gefunden und erscheint aller Voraussicht nach noch dieses Jahr. Luise Täubers Ansichten zur Angst vor dem Tod habe ich als Zitat auf die letzte Seite gepackt. Als Schlusswort sozusagen. Ich hoffe, dass das vielen alten und kranken Menschen Mut machen wird.

Beruflich läuft es also sehr gut bei mir, und was meine Kinder angeht: Ralf hat mir geholfen, Werbekunden für den Blog zu finden. Er sitzt schließlich an der Quelle. Unser Kontakt beschränkte sich anfangs rein auf die berufliche Ebene, was eine gewisse emotionale Distanz garantierte. Aber inzwischen sagt er auch Dinge wie: „Und, sonst so?" Oder: „Letzte Woche waren wir bei einer Vernissage im Schloss". Ich bin nicht sicher, ob ich das möchte.

Sarah arbeitet wieder. Meine Enkel werden dreimal die Woche für ein paar Stunden von einer Tagesmutter betreut. Sie hat mir davon per WhatsApp erzählt und Fotos der Zwillinge beigefügt. Bislang hatte ich nicht das Bedürfnis zu antworten. Nur einen erhobenen Daumen habe ich zu-rückgeschickt.

Mein Jüngster, Felix, hat es sich sehr einfach gemacht. Am Tag nach unserer Video-Konferenz schickte er eine

Nachricht mit folgendem Inhalt, die mich allerdings erst später erreichte, als ich ein neues Handy hatte: „hi mom solange ich nichts anderes von dir höre ist für mich alles ok".

Soll er denken, was er will. Meine Kinder sind groß. Erwachsen. Sie tragen die Verantwortung für das, was sie tun und für das, wie sie sind. Genau wie ich. Genau wie Sie. Genau wie wir alle.

Obwohl in meinem neuen Leben jeder Tag einzigartig ist, hält der heutige eine besonders schöne Überraschung für mich bereit. Ich warte auf Rita. Gestern hat sie angerufen und mir mitgeteilt, dass sie mich spontan besuchen kommen und zwei Wochen bleiben wird. Ich freue mich wie Bolle darauf, sie endlich wiederzusehen! Sie sollte eigentlich gleich da sein. Dass sie sich verfährt, ist unwahrscheinlich, denn Rita ist Schütze-Aszendent und verfügt daher über einen ausgeprägten Orientierungssinn. Ein Geschenk des Universums – sagt sie. Ich hingegen behaupte: Ohne sieht man mehr von der Welt. Das hat sich gerade in den zurückliegenden Wochen immer wieder bestätigt.

Jedenfalls blicke ich ihrem Eintreffen freudig entgegen. Rita wird wie ein smaragdgrüner Paradiesvogel durch die verwinkelten Gassen des Fischerdorfes staksen und jeden mit ihrem exzentrischen Charme und ihrer Begeisterungsfähigkeit verzaubern. Na ja, manche wird sie auch schockieren oder in den Wahnsinn treiben.

Ach! Und bevor ich es vergesse: Der Mistkerl hat mir mitgeteilt, dass Jenny-Flittchen tatsächlich schwanger ist.

„Du solltest langsam damit aufhören, die beiden so zu nennen."

Sammy ist natürlich auch noch da und redet mir ins Gewissen. Vermutlich hat sie recht. Wahrscheinlich sogar. Aber ich bin halt, wie ich bin – und das ist gut so!

Du musst das Vakuum
nach dem Tod nicht fürchten.
Es existiert ebenso wenig,
wie die Leere vor deiner Geburt.

„Pfirsiche im Spätsommer" ist der erste Entwicklungsroman, den Sabine Schumacher veröffentlicht hat. Ihr Debüt als Buchautorin gab sie mit der Münchner Psychokrimireihe **„Franz Branntwein ermittelt"**, von der bislang drei Bände erschienen sind:

Gemeinsam sind wir tot   Print: ISBN 9783752641066
BoD Verlag   eBook: ISBN 9783753447018

Im Tod liegt die Wahrheit   Print: ISBN 9783753403847
BoD Verlag   eBook: ISBN 9783753486604

Ein Herz für Tote   Print: ISBN 9783753482668
BoD Verlag   eBook: ISBN 9783753434094

Sabine Schumacher wurde im Sommer 1969 in München-Schwabing geboren, wo sie auch aufwuchs und die ersten einunddreißig Jahre ihres Lebens verbrachte. Über Abstecher nach Laim, Germering und in die Oberpfalz landete die zweifache Mutter 2017 schließlich im schönen Allgäu, wo sie an der Seite ihres Mannes eine neue Heimat fand.

Hat Ihnen der Roman gefallen?

Sie helfen mir sehr, wenn Sie bei Einkäufen übers Internet eine positive Bewertung hinterlassen. Mundpropaganda ist und bleibt die beste Werbung – vielen Dank!

Ihre Sabine Schumacher